Catherine POULARD

DANS LA TOURMENTE DES GOULAGS

Pour mes ancêtres

L'homme est à la fois le centre du mal et la source du bien. (Jiang Zilong)

Prologue

Les traîneaux glissaient sur la neige dans le silence ouaté du petit matin. Les rennes galopaient, la vapeur s'échappait de leur museau et dessinait des formes étranges. Ourmia était lovée contre sa mère. Elle était tout excitée, aujourd'hui la tribu allait rejoindre le grand camp pour la fête du printemps. Sa grand-mère Tooky serait là et elle se réjouissait de la revoir. Son visage rosi par le froid gardait encore les courbes de l'enfance. Une fourrure de loup l'enveloppait toute entière la protégeant du froid polaire qui sévissait encore dans ces premières journées de printemps.

Enfin, après un temps qui parut interminable à la fillette, le camp fut en vue. Des odeurs de viande grillée lui chatouillèrent les narines la faisant saliver et son ventre se mit à gargouiller. Elle sauta du traîneau et se mit à courir vers la vielle femme qui lui tendait les bras. Sa grand-mère Tooky la serra tendrement contre elle. Elle adorait cette petite fille si pleine de vie, si rieuse. Une chaude complicité les liait. Elles se ressemblaient beaucoup, les mêmes yeux d'un bleu étincelant, la même chevelure couleur de geai, les mains fines toujours en mouvement et surtout ce rire qui jaillissait en cascade à la moindre occasion.

Sa fille Tya s'approcha d'elle en la regardant de ses yeux vairons. Un soupir s'échappa de Tooky. La froideur de sa fille la touchait toujours autant. Sa naissance avait été difficile et Tooky était restée alitée longtemps. Son lait s'était tari et l'enfant avait été allaitée par toutes les autres mères du camp. Rien de commun ne les rapprochait. La communion entre l'enfant et la mère ne s'était jamais faite. Tya refusait tout enseignement de la vieille femme et s'était enfuie rapidement avec un homme qui l'avait abandonné au bout de plusieurs mois. Elle était revenue près de sa mère pour donner naissance à l'enfant puis était repartie. Tooky s'était occupée de la petite pendant de nombreuses années, puis un jour Tya était revenue la chercher, laissant la grand-mère seule et désespérée. Les fêtes de printemps les réunissaient chaque année à la grande joie de Tooky. L'enfant et sa grand-mère passaient de longues heures à marcher s'éloignant du camp, oubliant la fête, profitant de chaque instant. Cette année fut différente, la mère laissa l'enfant. Une autre vie l'attendait ailleurs et la petite ne faisait pas partie de ses projets.

Tooky lui enseigna tout ce qu'elle avait appris de sa mère et de sa grand-mère, les simples n'avaient aucun secret pour elle. Cette année, la petite aurait douze printemps et il était temps pour elle d'être initiée par sa grand-mère aux rites de guérison, de l'enfantement et de la mort. La Déesse l'appelait.

Elles avaient quitté le camp tôt ce matin-là et avaient marché de longues heures sous le soleil, cueillant des plantes, le dos courbé. Tooky se redressa et s'étira longuement, le dos endolori. Des gouttes de sueur perlaient sur son front et coulaient le long de son visage. Elle regarda vers la petite fille qui déterrait, arrachait, se courbant et se relevant souple comme une jeune herbe de la toundra. Ses longs cheveux volant au vent lui chatouillaient le visage, elle les repoussait derrière ses oreilles mais le vent jouait. De guerre lasse, l'enfant se mit à tresser des brins d'herbe qu'elle attacha dans ses cheveux. Tooky sourit, elle aimait l'ingéniosité de la fillette. Elle la trouvait belle et elle ressemblait tant à son arrière-grand-père Chetan. La tristesse noya l'espace d'un instant les yeux de la vieille femme, Naïla et Chetan, ses parents, avaient disparu lors d'une chasse. Les chasseurs les avaient vus tomber dans une crevasse et n'avaient rien pu faire pour les sauver, ils étaient partis ensemble comme ils avaient toujours vécu et c'était mieux ainsi. Son regard revint vers l'enfant si rieuse, si pleine de vie. Elle la trouvait grande pour son âge. Ses jambes étaient fines sous sa robe de peau mais elles étaient solides et elle pouvait marcher de longues distances d'un pas souple Ses mains étaient agiles, ses longs doigts fuselées étaient habiles à tanner les peaux, à couper la viande, à cueillir les fleurs sans les abimer mais surtout à soulager les maux quand elles se posaient sur les corps. Elles pouvaient alors irradier d'une chaleur bienfaisante ou d'un froid polaire qui anesthésiait la douleur.

Beaucoup de jeunes garçons des clans avaient essayé d'attirer son attention mais aucun ne lui avait plu. Tooky sourit. Les femmes de son clan, des chamanes et des guérisseuses réputées avaient toujours choisi l'homme qui partagerait leur couche et elle était sure que la jeune fille ferait de même.

Tooky leva la tête, humant l'air, quelque chose avait changé, une légère vibration se faisait sentir, lui hérissant les poils du corps. Elle eut peur et appela la petite qui elle aussi s'était redressée. Que se passait-il ? Les oiseaux avaient cessé de chanter, tout semblait en attente. La vieille femme regarda autour d'elle et ne vit rien. Soudain, la terre trembla tout doucement, si infime que Tooky le sentit à peine. Elle prit la petite contre elle et ne bougea plus, ses lèvres remuèrent et un son indistinct jaillit de sa bouche. La terre trembla plus fort, crevassant son sol ; un grondement violent jaillit de ses entrailles. Une odeur de terre, d'humus assaillirent leurs narines, puis aussi soudainement les tremblements cessèrent.

Elles restèrent blotties l'une contre l'autre. Tooky savait que la terre était en colère et qu'elles ne devaient pas bouger, rester là. Elle caressa les cheveux de la petite qui tremblait, la rassura avec des mots doux. Un grondement se fit entendre perçant le silence, puis une pluie violente, mélange de pierres et de grêlons percuta le sol et un vent violent souffla emportant tout sur son passage. Alors Tooky bougea et rampa entraînant l'enfant avec elle, là elles trouvèrent un gros rocher qui les protégeait des éléments déchaînés. Au bout d'un temps qui leur parut interminable, tout cessa. Elles se levèrent, hébétées, la peur toujours tapie au creux de leur ventre. Le sol était jonché de cailloux, certains brillaient au soleil. Le regard de la vieille femme glissa et soudain s'arrêta. Une pierre grosse comme son pouce brillait de mille feux et l'attirait par son éclat. L'espace d'un instant, elle oublia où elle se trouvait, le regard fixé sur la pierre. C'était un cristal ovale avec une étoile éclatée gravée en son centre, son éclat hypnotisait Tooky. Elle tendit la main et prit la pierre, elle sentit une chaleur intense la parcourir et un frisson lui remonta le long du dos. La lumière de l'étoile se fit plus intense et une lueur bleutée émana du cristal. La joie éclata en elle, balayant toute tristesse et peur. Une scène lui apparut mêlant vent et eau, terre et glace, des femmes aux cheveux rouges ou noirs dansant au son des tambours, la pierre autour de leur cou. Elle ferma les yeux et elle sut, la pierre renfermait l'esprit des femmes sacrées de son clan.

1

Léna était une enfant silencieuse qui pouvait rester des heures les yeux perdus dans le vague, son pouce dans la bouche ou bien observer de ses grands yeux noirs ourlés de très longs cils, les adultes vaquer à leurs occupations. Très tôt, elle sut allumer le feu, aider sa mère à monter le tchoum qui restait l'apanage des femmes. Elle aimait coudre et réussissait à faire des points si petits que l'on ne pouvait distinguer les coutures. En grandissant son caractère s'affermit et elle pouvait se montrer têtue et autoritaire mais d'un sourire, elle balayait les rancœurs. Elle descendait d'une grande famille de femmes chamanes et guérisseuses et enfant, avait été initiée au mystère de la nature. Elle connaissait les plantes qui peuvent soigner ou tuer. Le tannage des peaux n'avait aucun secret pour ces filles de la toundra et il était important de savoir tout faire pour trouver un bon mari. Elle était très jeune quand elle se maria. Les jeunes filles russes se mariaient entre quinze et seize ans et Léna ne fit pas exception à la règle. Durant une fête de printemps, elle avait jeté son dévolu sur Ygor et elle se jura que cet homme serait le sien. Ygor ne trouva rien à y redire, il savait qu'avec Léna, son clan pouvait devenir important et puis, elle lui plaisait ce petit bout de femme qui le menait par le bout du nez avec tellement d'amour et de chaleur. Il ferait bon se reposer au creux de ses bras durant les longues nuits pensait-il et l'avenir lui donna raison. Ils ne regrettèrent jamais leur choix.

Les mariages avaient souvent lieu avant la grande migration, quand les éleveurs partaient avec leurs rennes vers le nord. L'été dans les plaines était impossible à vivre car infestées de moustiques qui rendaient fous. Le jour et l'endroit de leur union furent choisis par la grand-mère de Léna, chamane du clan. Le lieu fut reconnu comme sacré à partir de ses indications et maintenant, devra être vénéré, par la tribu. Elle avait fait appel aux esprits qui lui avaient montré un petit lac bordé d'un rocher de forme ovoïdale. Elle savait où se trouvait cet endroit et emmena tout le clan et les invités à la suivre. Ce fut une fête mémorable et elle dura plusieurs jours. Habillé de leurs plus beaux costumes, le jeune couple fit des offrandes à l'esprit du lac, mère de la vie et orna le rocher de rubans multicolores symbole de puissance. Un renne fut sacrifié en l'honneur de la terre mère et son sang fut versé dans le lac.

Les hommes surveillaient les troupeaux de rennes, chassaient et pêchaient. Les femmes avaient l'immense fonction d'entretenir le feu. Ce n'était pas une mince tâche car sans feu, c'était la mort et on devait aller souvent très loin pour trouver du bois. Malgré le froid et le blizzard, elles devaient l'alimenter pour chauffer le tchoum, préparer la soupe de poisson ou de rennes. Pendant les grands froids et les nuits polaires, on se blottissait autour du poêle pour se tenir chaud et raconter les légendes de la toundra. Léna était experte pour trouver le bois et son tchoum était toujours chauffé et le thé toujours chaud pour recevoir les hôtes qui ne manquaient pas de la visiter, soit pour un conseil, soit pour une brûlure ou une douleur, elle était toujours disponible. Une autre responsabilité pour les femmes de la toundra était l'approvisionnement en eau, elles faisaient fondre glace ou neige sur le bord du poêle. Elles rivalisaient d'idées pour confectionner de superbes manteaux, bottes, chapkas en peau de renne ou de loup mais Léna n'avait pas son pareil pour broder les vêtements de sa famille. Durant la nuit, pour économiser le bois si difficile à trouver, le poêle était éteint et l'on dormait collés les uns contre les autres enveloppés de fourrures pour se protéger du froid mordant et intense. Léna était toujours la première levée, les yeux encore ensommeillés, elle allumait le poêle et retournait se coucher en attendant que le tchoum se réchauffe. Elle aimait cette vie de nomade, toujours en symbiose avec la nature, lui faisant des offrandes, lui demandant protection pour elle et les siens.

Lors des transhumances, les tchoums étaient démontés et remontés tous les six jours, c'était un travail harassant pour les femmes, d'ôter et de plier les dizaines de peaux composant le tchoum. Ensuite on démontait les longues perches de bois et on les chargeait ainsi que toutes les affaires du campement sur les traîneaux tirés par des rennes. Léna aimait cette vie d'errance et n'aurait pas voulu changer son monde contre un autre. Son mari Ygor était le chef du clan mais ne prenait aucune décision sans en parler à sa femme. Elle était la Chamane et savait parler aux esprits.

Les années passèrent dans cette harmonie, une petite fille Mina était née et Léna désespérait d'avoir un autre enfant. Chaque mois, son espoir était déçu. Elle adorait sa fille mais elle doutait que son enfant devienne chamane. C'était une enfant docile mais elle n'avait ni la seconde vue ni le don de guérison. Léna voyait bien comment les hommes la regardaient car elle était d'une beauté à couper le souffle et ce n'était encore qu'une enfant. Elle avait peur que sa beauté lui attire des ennuis et ne savait comment faire pour la mettre en garde.

Après plusieurs heures de traîneau, Ygor stoppa la caravane près d'un site sacré au milieu de nulle part dans ce monde blanc. Depuis des générations, les clans s'orientaient grâce aux astres, au relief de la neige, évitant les rivières mouvantes. Ils suivaient la piste du renne. Tout est vivant dans la toundra. Dieux, esprits, animaux, défunts font partis du quotidien. Léna descendit de son traîneau puis se dirigea vers le site sacré, déposa des offrandes pour honorer l'esprit du lieu et lui demander protection durant leur séjour. Elle lança quelques pincées de tabac et versa quelques gouttes de vodka sur le sol puis attendit. Après un long moment elle revint vers la caravane en se dirigeant vers Ygor.

L'esprit du lieu accepte notre présence.

Aussitôt les tchoums furent remontés, l'entrée face au soleil, le feu allumé. Chacun connaissait son travail et très rapidement tout fut mis en place. Les rennes protégés des loups grattaient la neige pour trouver le lichen qui les nourrissait pendant que les hommes et les femmes se reposaient autour du feu dans le tchoum. Léna adorait ces moments où tout semblait paisible. Elle était enceinte depuis quelque temps et sa main caressait son ventre dans un mouvement lent et doux. Sa mère avait la charge de faire fondre la glace et la neige qui servirait à préparer la soupe de renne et à faire le thé. Les femmes coupaient la viande, les hommes affûtaient leur couteaux ou tressaient les tendons pour en faire des lassos, les enfants s'amusaient avec des petits jouets confectionnées par les adultes, quand ce calme vola aux éclats.

Des motoneiges pétaradantes s'annoncèrent dans la nuit ouatée de la toundra. Des ordres fusèrent, des pas lourds pénétrèrent dans le tchoum faisant entrer le froid et tourbillonner la neige. Un frisson glacial parcourut le corps de Léna. Cette visite n'annonçait rien de bon. Il était rare que des hommes osent braver le froid. Ygor se leva ainsi que les hommes présents, les enfants se cachèrent derrière les jupes de leurs mères. Léna s'approcha de son mari et fit face aux hommes qui les fixaient froidement.

- Par ordre du petit père des peuples nous sommes ici pour évaluer vos troupeaux et vous ramener demain matin au village le plus proche où vous serez parqués pour une période indéterminée. Dès maintenant vos troupeaux et vos biens appartiennent à l'état russe, tout manquement sera puni de prison ou de mort. Nous réquisitionnons ce tchoum pour la nuit, aboya le responsable des gardes.

Ygor s'avança et essaya de parlementer mais d'un geste brutal, l'homme le jeta à terre et le bourra de coups. Léna essaya de s'interposer mais il lui donna un violent coup de poing dans le ventre qui la fit chanceler. Les hommes grondèrent mais d'un regard froid, son fusil pointé vers eux, il leur montra la sortie. On aida Léna et Ygor et ils sortirent tous dans la nuit noire. Ils rejoignirent le tchoum le plus proche où ils trouvèrent des hommes et des femmes hébétés, ne sachant quoi faire. Léna se sentait mal, son ventre la faisait souffrir horriblement. Une heure plus tard, les crampes commencèrent et peu après, la petite créature, que Léna espérait tant, sortit, ses membres recroquevillés, son petit corps presque formé. Léna crut mourir de chagrin. Elle l'enveloppa dans une fourrure toute douce qu'une femme qu'elle avait accouchée lui donna, sortit dans la nuit, et creusa un trou dans la neige. Là, elle ensevelit le petit garçon. Des pleurs secouèrent son corps. Elle ne comprenait pas comment sa vie si douce avait pu basculer si vite. Elle se releva, son peuple, sa fille avaient besoin d'elle et il n'était pas question pour cette femme fière de se laisser dépérir. Alors elle se redressa et d'un pas ferme retourna vers les siens.

Ce fut une des pires nuits du clan. Les questions fusèrent, des réponses furent données. On essayait de comprendre. L'aube les trouva hagards, meurtris. Ygor, le visage tuméfié ordonna le démontage des tchoums. Tout fut rangé sur les traîneaux dans un silence total sous l'œil goguenard de leurs gardiens et pour la dernière fois, la caravane suivit la piste qui les menait vers le village, vers leur prison. Ils sentaient au fond d'eux-mêmes que c'était là, la fin d'une époque.

2

Katia observait la rivière charriant des cailloux, c'était le moment de la fonte des neiges et la rivière à cet endroit était particulièrement dangereuse. La jeune fille s'approcha du bord et laissa glisser sa main dans l'eau fraîche. Elle regarda plus en amont de l'autre côté du fleuve et aperçut les fleurs préférées de sa mère. Elle sourit en imaginant son plaisir et peut-être aura-t-elle le droit de voir un sourire sur ce visage tant aimé. Elle posa un pied sur les pierres et entreprit de traverser la rivière. L'ourlet de sa robe fut très vite trempé et ses pieds glacés mais elle continua. Enfin elle put rejoindre la rive opposée mais s'arrêta net en entendant un gémissement de détresse sortant du taillis. Doucement elle s'approcha et se pencha. Deux yeux couleur d'ambre la fixèrent. Elle recula si brusquement qu'elle tomba sur son séant. Sa curiosité fut la plus forte et de nouveau elle s'avança et tendit la main. Une langue râpeuse vint lui lécher les doigts. Un louveteau, pensa-t-elle, un petit perdu mais que faisait-il là ? Elle le prit dans ses bras. L'animal se lova contre elle, le corps tremblotant et ne bougea plus. Katia lui chuchota des mots tendres tout en le caressant. Elle avait le don de communiquer avec les animaux. Les tremblements cessèrent peu à peu et elle put l'observer. C'était une petite louve au pelage tout blanc parsemé de taches un peu plus foncées sur son poitrail. Des yeux d'une intelligence peu commune la fixaient. La complicité et l'amour qui les lieraient durant les prochaines années venaient de débuter à cet instant précis.

-Je te protégerai petite louve, je te le promets.

Elle revint vers son clan et se dirigea directement vers le tchoum de sa grand-mère Léna.

-Viens me goûter ça, fillette lui dit-elle tout en se retournant. Que nous ramènes-tu là ?

Le petit louveteau gémit et Katia le serra plus fort contre elle pour le rassurer.

Léna sourit, elle avait l'habitude de voir la jeune fille ramener des petites bêtes blessées mais jamais au grand jamais un jeune loup. Elle s'approcha et chatouilla de ses longs doigts la gorge du jeune fauve qui se mit à gémir de plus belle.

- Bienvenue petite louve, lui murmura-t-elle. Autrefois Katia, les femmes de ton clan possédaient des loups, ils étaient de notre famille mais depuis plusieurs générations ils avaient disparu de notre vie et maintenant te voilà, toi, la jeune fille et son loup. Ses yeux se voilèrent. Tu seras une grande guérisseuse mais tu souffriras beaucoup. Seul le loup pourra te sauver.

Ses yeux clignèrent et revinrent se poser sur la jeune fille qui l'écoutait, son regard était posé sur le cristal que la vieille dame portait à son cou. L'étoile en son centre brillait de mille feux et une lumière étrange en irradiait. Le bijou était très ancien et avait été percé avec une pierre très fine et non avec un clou.

- Lorsque les esprits t'auront choisi, il sera à toi.

La jeune fille allait répondre quand sa mère entra et les

regarda. Un soupir s'échappa de sa bouche mince. Elle ne comprenait pas sa mère, le danger était si grand pour les femmes de son clan. Depuis plusieurs années, tout le territoire avait subi un processus de soviétisation. Le gouvernement avait obligé les éleveurs de rennes à vivre en collectivités. Le troupeau était devenu la propriété commune plutôt qu'individuelle, et les russes avaient introduit des méthodes modernes de reproduction pour avoir plus de rennes. Plus rien ne leur appartenait. La dékoulakisation avait fait son œuvre et beaucoup d'éleveurs de rennes qui refusaient les coopératives avaient été spoliés de leur bien par une oppression brutale les conduisant à un emprisonnement à vie ou à la mort. Certains avaient fui dans la grande toundra mais beaucoup étaient restés. L'éducation était devenue obligatoire et chaque enfant devait se rendre à l'école où on leur faisait oublier à coup de baguettes leur héritage culturel. Les chamans, eux aussi, étaient persécutés et souffraient terriblement de cette haine à leur encontre. Plus personne n'osait parler ni venir les voir. Certains avaient été choisis par l'administration soviétique pour tenir des rôles de chamanes pendant les spectacles folkloriques de propagande pour les ridiculiser. De véritables chamans, des guérisseurs ou encore des enfants de chamanes avaient accepté de remplir cette fonction pour échapper à la répression afin de leur faire perdre tout crédit auprès de la population mais la grand-mère de Katia avait refusé et continuait à initier sa petite fille au grand dam de Mina.

Soudain elle aperçut le loup, son corps se raidit

-Sors cette bête de la, hurla-t-elle.

La vieille femme s'approcha de sa fille et la tint dans ses bras comprenant son désarroi. Le compagnon de sa fille avait été tué par une meute de loups affamés alors qu'il était blessé lors de la dernière guerre. Katia n'avait que de faibles souvenirs de cet homme mais se souvenait et vivait encore le terrible chagrin de sa mère qui pouvait pleurer des jours et des jours la perte de son compagnon, se désintéressant de tout ce qui n'était pas son chagrin. Elle sortit avec son loup laissant les deux femmes discuter. Elle entendait la voix douce de sa grand-mère et elle connaissait son pouvoir de persuasion alors elle attendit. Au bout d'un long moment sa mère sortit et un faible sourire vint éclairer son visage.

C'est d'accord, lui dit-elle, tu peux garder ce loup mais je ne veux pas le voir.

La jeune fille enlaça sa mère, huma son parfum si particulier et la serra très fort. Ce furent des jours heureux, des courses effrénées, des roulades à n'en plus finir. Loup adorait jouer, il grandissait très vite et devenait de plus en plus fort. Les gens du clan s'étaient habitués à les voir ensemble. Quelques-uns auraient bien voulu s'en débarrasser et prendre sa peau mais le regard de Katia les en dissuada très vite. Malgré son jeune âge, une force l'habitait et ils savaient qu'elle pouvait être très virulente et pouvait se battre contre eux. Sa famille l'avait élevée comme un garçon malgré la réprobation des anciens. Son grand-père l'emmenait toujours avec lui à la chasse et lui avait enseigné comment survivre dans ce milieu hostile. Il lui avait appris à regarder, à se repérer dans la toundra, à suivre les traces de ses ancêtres, à aimer marcher la nuit où les repères étaient différents. Une fois elle était restée seule durant plusieurs nuits. La journée elle chassait des petites proies et le soir venu, elle allumait un feu et faisait rôtir son petit gibier. Katia avait adoré ces nuits, seule, écoutant le chant des loups hurlant à la lune. Quand son grand père était venu la rechercher, il l'avait trouvée différente, quelque chose s'était passé chez sa petite fille. Il sonda son regard mais ne vit qu'une grande sérénité et aucune peur. Sa femme saurait. Quand sa grand-mère la vit, elle sut qu'elle avait rencontré le monde des esprits. Elle était prête à accomplir sa destinée mais à quel prix dans cette époque si troublée, où tous les repères connus s'étaient perdus, où l'individualité n'existait plus.

Quand elle ne jouait pas avec Loup ou chassait avec son grand père, Katia partait avec sa grand-mère, malgré le danger, pour parfaire son apprentissage. C'était le seul moment où Loup ne venait pas avec elle. Assise à l'entrée du tchoum, il la regardait partir en gémissant. Léna lui apprenait l'art de guérir, lui chantant des chansons pour qu'elle mémorise le nom des plantes et leurs vertus. Elle lui racontait l'histoire de leurs ancêtres, toutes de puissantes chamanes, et surtout lui apprenait à écouter les esprits, à connaître et respecter leurs pouvoirs. Léna était toujours étonnée de voir la puissance et la force de la jeune fille. Un destin hors du commun l'attendait mais elle n'en avait rien dit. C'était les esprits qui choisissaient. Elle aimait lui raconter la vie d'avant, la vie de la toundra. La jeune fille ne s'en lassait pas.

3

Enfin, pour tout le clan, vint le jour tant attendu. La fête du printemps avait lieu dans leur village. C'était la seule fête que Staline avait gardé car toute autre manifestation était strictement interdite. La tribu était en pleine effervescence, des rennes furent tués pour l'occasion. Les femmes cuisinaient sans arrêt, des effluves de toutes sortes sortaient des tchoums faisant saliver tout un chacun. Des jeux seraient organisés sur le lac qui brillait de mille feux, la glace était épaisse et miroitait au soleil.

Dès l'aube, les premiers arrivèrent, qui sur des motos, d'autres en carrioles à chevaux, certains à pied mais tous furent présents à l'appel. Des échanges eurent lieu, des petits vendeurs de souvenirs s'installèrent vendant leurs productions et leurs travaux. Les hommes échangèrent leurs tabatières pendant que les femmes se retrouvèrent dans les tchoums parlant des évènements qui avaient eu lieu durant l'année. Pendant toute la journée, ce ne fut que papotages, bavardages et commérages. Les rires et les moqueries fusèrent, suivis par un long silence quand on apprenait qu'un tel ou une telle était parti rejoindre le monde des esprits, mais malgré cela, l'ambiance était à la fête.

Katia, Loup à ses pieds, regardait tous ces gens affluant de toutes parts. Soudain, elle fut attirée par le regard d'un homme sur sa moto, il ne ressemblait pas aux hommes de son peuple, ses cheveux étaient blonds, ses yeux d'un bleu presque noir la fixaient sans vergogne. Elle se sentit rougir et son cœur s'emballa, une chaude douceur embrasa son bas ventre. Elle détourna les yeux mais pas sans avoir vu le sourire moqueur de l'homme.

Katia était devenue une belle jeune femme petite et bien proportionnée, elle savait plaire et attirer le regard des hommes mais restait chaste et prude. Elle avait de magnifiques grands yeux rieurs à la couleur indéfinissable, verts ou marrons pailletés d'or et une longue chevelure brune, retenue par deux peignes en écaille que sa mère lui avait acheté lors de la venue d'un marchand tirant sa carriole. Toutes les femmes s'étaient précipitées et s'étaient extasiées sur la bimbeloterie que l'homme transportait. Les marchandages avaient duré toute la journée et l'homme était resté pour la nuit dans leur tchoum. Katia avait adoré écouter ses histoires venues d'un autre monde, la grande ville, les trains, les femmes aux belles robes. L'homme était un très bon conteur et la jeune femme avait laissé son imagination l'emporter. Sans le dire à sa famille, elle rêvait de connaître la grande ville.

Toute la journée, son regard fut sans cesse attiré par l'homme à la moto. La famille chez qui il logeait l'avait invité pour la fête. Il avait sauvé leur fils durant la dernière année de la guerre en le portant sur son dos et l'avait laissé aux mains des chirurgiens. Sans lui, leur fils serait mort. Katia sut très vite son prénom, Vladimir.

La journée fut dédiée à la fête. Ce fut des courses de chevaux, des jeux de palets, des luttes entre hommes. Les femmes ne furent pas en reste, lancer de lassos, courses dans la neige, glissades sur le lac, tout était prétexte à rire et à s'amuser. Des œillades furent échangées, des couples se formèrent sous l'œil vigilant des anciens.

Le soir, un grand feu fut allumé et les musiciens s'installèrent pour une nuit de danse et de chants. Elle vit Vladimir s'approcher d'elle de son allure nonchalante, ne la lâchant pas du regard. Elle se sentait comme un lapin devant le fusil du chasseur. Elle ne bougeait plus, n'entendait plus la musique. Loup grogna, d'une main nonchalante elle le caressa. L'homme se tenait devant elle et lui prenait la main pour l'emmener dans un tourbillon de rondes et de danses. Elle passa le reste de la nuit à danser et à rire, elle était si heureuse, elle avait trouvé son amoureux, elle en était sûre. Elle avait hâte d'être au matin, de le revoir.

Durant toute la fête, les gardes de l'armée rouge étaient omniprésents, observant, épiant si aucune manifestation contre le petit père des peuples n'avait lieu. Depuis plusieurs années, tout le territoire avait subi un processus de soviétisation et le joug soviétique restait très présent. Durant cette fête on essayait d'oublier, l'espace d'un moment, les arrestations abusives, et de ne pas voir les larmes et la tristesse des familles ayant perdu un proche, soit arrêté soit fusillé pour un mot, une rumeur ou souvent pour rien. La terreur s'était installée, insidieuse, obligeant les gens à se méfier de tout un chacun.

Léna et Ygor avaient décidé de fuir. Il était de plus en plus dangereux pour la vieille femme de rester. Elle se sentait surveillée et la peur commença à s'installer dans le tchoum, aussi la famille de Katia se tenait prête à partir dans la toundra. Ils connaissaient des nomades qui se trouvaient loin dans le nord et qui avaient encore gardé leur liberté. Les esprits avaient prévenu, il serait bientôt temps de partir.

Pour l'heure, les femmes de la famille étaient réunies avec Katia dans le tchoum et discutaient ferme. Elles avaient vu les regards échangés entre la jeune femme et l'étranger et tentaient de la dissuader. La bouche fermée, le regard noir des mauvais jours Katia entendait mais ne voulait rien écouter. Elle était amoureuse et rien de ce qui serait dit ne changerait cela. La grand-mère le comprit rapidement, elle ne pouvait aller à l'encontre du destin. Elle s'approcha et dénoua le cristal de lumière, doucement, elle l'accrocha au cou de la jeune femme.

- Que l'esprit de tes ancêtres te protège jeune fille.

Katia porta la main à sa gorge et sentit le bijou irradier dans sa main, elle ferma les yeux et vit les femmes qui la précédaient danser au son des tambours dans une ronde effrénée. Un soupir lui échappa, des larmes coulèrent sur ses joues. C'était la fin de son enfance. Elle sortit en courant suivie de Loup et alla se réfugier près du lac, là où les arbres formaient un arc de cercle. Loup grogna, Katia tenta de sonder l'obscurité mais ne vit rien. Le grognement de Loup s'apaisa peu à peu. Elle ne rentra que tard dans la nuit.

Le lendemain, le jour était levé depuis longtemps quand elle se réveilla. Rapidement elle s'habilla et sortit. Elle chercha Vladimir des yeux, mais ne le vit nulle part, elle déambula, s'arrêtant à un stand, prenant un objet, le reposant, son regard à l'affût. Soudain Katia sentit un picotement sur sa nuque. Quelqu'un l'observait. Elle se retourna et le vit. Son cœur se mit à battre la chamade. Il était là. Il n'était pas parti. De son pas toujours nonchalant, il s'avança vers le groupe de garçons en ignorant délibérément la jeune femme qui le fixait, béate d'admiration. Elle le trouvait beau, il était de taille moyenne mais avait une carrure très musclée. Il se tenait droit. Ses cheveux très gominés lui semblaient bruns. Il portait des chaussures de cuir et une étoffe de laine lui ceignait les reins. Sa blouse était blanche sous sa pelisse de fourrure et faisait ressortir son teint halé par le soleil, à son cou, un foulard rouge était noué. Il avait cette allure de mauvais garçon qui plaisait tant aux filles. Elle le regardait parlant avec les jeunes hommes qui acquiescèrent et formèrent un cercle. Vladimir se plaça au centre avec Igor, un jeune homme d'une force peu commune. Les combattants enlevèrent leur chemise et leurs souliers et se mirent en position de combat. La joute dura longtemps sous les cris et les paris des garçons. Des filles arrivèrent rapidement pour voir le combat. Vladimir souleva son adversaire et le mit à terre. Il jeta un coup d'œil vers Katia qui l'observait avec admiration. Un sourire de satisfaction glissa sur sa bouche. Il avait gagné sur tous les tableaux. Il savait maintenant qu'il pouvait avoir la plus jolie fille du village et il en était fier. Elle lui plaisait trop cette petite. Il s'approcha alors des jeunes filles et s'accroupit auprès de Katia en la regardant au fond des yeux. Elle se fondit dans les yeux bleus de cet homme. Elle le voulait et ferait tout pour l'obtenir. Ses lèvres effleurèrent doucement la bouche du jeune homme sous le regard envieux de ses amies, puis il partit sans se retourner. Elle était fière d'avoir été remarquée par lui. Elle avait envie d'être amoureuse et de s'amuser un peu avant et il lui plaisait tant alors....

Les jours suivants, elle le rencontrait au détour d'un chemin. Des baisers volés furent échangés. Il lui donnait des rendez-vous qu'elle acceptait et elle le retrouvait près du lac. Il la tenait par la main faisant attention à ne pas l'effaroucher, lui parlant de ses projets, ses espoirs de sa vie dans la grande ville de Moscou, de son engagement auprès du petit père des peuples. Elle l'écoutait muette d'admiration, fondant sous son regard, alors il la prenait dans ses bras et l'embrassait. Jamais aucun homme ne l'avait embrassée de cette façon et elle aimait ces baisers si différents des autres baisers échangés avec les garçons de son clan. Puis un jour, il partit sans lui avoir dit au revoir, la laissant désemparée.

Pendant une quinzaine de jours, elle resta prostrée attendant un signe, rien ne l'intéressait, Loup essaya de la sortir de sa torpeur en la mordillant mais rien n'y fit. Elle ne pouvait concevoir qu'il l'ait oubliée. La vie avait perdu tout intérêt pour elle. Elle était malheureuse, ne mangeait plus et faisait peine à voir. Un matin, en allant chercher de l'eau au lac, elle le vit qui l'attendait, assis nonchalamment contre un tronc d'arbre. Son cœur battit la chamade. Loup grogna mais d'un geste elle lui intima le silence, il s'assit et ne bougea plus. Vladimir la regardait, il lui sourit alors elle oublia tout, son départ, son attente, son désespoir et s'approcha de lui. Il lui tendit les bras et elle se lova contre lui. Ses lèvres cherchèrent les siennes et il se colla tout contre elle, elle sentit la bosse toute dure dans le bas ventre de l'homme, une étincelle de désir la traversa. Il la plaqua contre l'arbre et se plaça derrière elle, souleva ses jupes, lui écartant les jambes de ses genoux et la pénétra d'un coup. La douleur fut violente et un cri lui échappa. Il se mouvait en elle n'ayant cure des gémissements, elle s'agrippa à l'arbre, des larmes roulèrent sur ses joues, enfin, il se retira d'elle et la retourna vers lui.

- C'est normal, la première fois, ce sera mieux la prochaine fois lui dit-il dans un grand sourire tout en se rajustant.

Katia se sentait mal, le sang coulant le long de ses jambes nues. Prenant son mouchoir, elle s'essuya, elle n'avait pas du tout imaginé cette première fois et elle avait du mal à reconnaître l'homme qui l'avait séduite. Il s'approcha d'elle et la prit dans ses bras.

- Je veux que tu deviennes ma femme, lui dit-il, je retourne quelques temps à Moscou mais je reviendrai te chercher, me suivras-tu ?

Elle le regarda et sentit son cœur s'embraser de nouveau, oui ce sera mieux la prochaine fois pensa-t-elle.

- Oui, je t'attendrai et je veux bien devenir ta femme.

Un matin, Katia se réveilla le cœur au bord des lèvres, et des nausées la plièrent en deux. Elle se recoucha, vidée et sans force, ces nausées perdurèrent toute la journée et la semaine.

- Tu es enceinte, ma fille lui dit sa mère tout en lui palpant le ventre. On élèvera ce petit, ne t'inquiète pas.

- Il viendra me chercher, lui rétorqua Katia, il me l'a promis.

Au bout de quelques semaines, comme promis, Vladimir revint et épousa Katia malgré les réticences de la famille. Aucun argument ne put la faire changer d'avis.

Le mariage fut rapidement exécuté par un fonctionnaire pressé et ils prirent le jour même le train pour Moscou, les adieux à sa famille furent brefs. Sa mère lui glissa un petit baluchon de nourriture et sa grand-mère la prit dans ses bras et lui glissa à l'oreille :

-N'oublie pas Katia qui tu es et reviens nous vite si tu as besoin.

Vladimir arrêta ces effusions et prenant le bras de la jeune femme l'entraîna vers la moto de son ami. Des larmes roulèrent sur ses joues quand elle entendit le hurlement de Loup. Elle l'avait oublié, et tenta de descendre mais il était trop tard. La moto s'éloigna dans un nuage de poussière cachant les visages aimés. Le voyage en train jusqu'à Moscou fut un calvaire.

Vladimir s'endormit rapidement mais Katia ne put fermer l'œil. Elle ne savait plus pourquoi elle était là. Elle regardait cet homme qui dormait la bouche ouverte, un filet de salive lui coulant sur le menton et elle ne reconnaissait en rien celui qu'elle avait connu. Elle était effrayée et se sentait si seule. Le voyage dura deux jours, ponctué par quelques arrêts où ils purent se dégourdir les jambes et acheter du thé vendu sur les quais de gare par des petits marchands ambulants.

Katia n'avait toujours pas annoncé sa grossesse à son mari et ne savait comment lui dire. A la fin du voyage, il se montra de nouveau tendre avec la jeune femme qui reprit confiance et put enfin lui annoncer la nouvelle. Un rictus déforma la bouche de l'homme, son regard devint dur mais devant le désarroi de la jeune femme il se contint.

- J'aurais préféré un peu plus tard car ma carrière n'est qu'au début mais bon, on s'arrangera, lui dit-il en la prenant dans ses bras. Un soupir échappa à la jeune femme, le visage contre le torse de Vladimir. Oui, elle avait confiance, tout ira bien se sermonna-t-elle.

4

Son rêve de connaître Moscou et sa crainte de la grande ville plantée dans son cœur fut plus fort que tout. L'arrivée à la gare de Moscou lui fut un dépaysement total. Le bruit, le mouvement incessant de la foule qui les bousculait, elle s'agrippa au bras de Vladimir ne souhaitant pas le perdre dans cette cohue. Avec une aisance qui força son admiration, il se fraya un chemin vers la sortie où une imposante statue de Lénine les regardait avancer. Enfin, ils se retrouvèrent sur l'immense trottoir qui longeait la garde. L'artère principale était complètement encombrée par des voitures, des motos pétaradantes, des odeurs de gaz d'échappement mélangés à la putréfaction des détritus lui assaillirent les narines. Une nausée l'envahit qu'elle réprimât aussitôt. Le bruit était assourdissant, des vendeurs hurlaient leurs gros titres, les moteurs rugissaient. Katia résista à l'envie de se boucher les oreilles et de fermer les yeux. Jamais elle n'avait vu autant de gens regroupés au même endroit. La panique l'envahit, elle serra plus fort le bras de son mari. Elle leva la tête vers le ciel gris et suintant d'humidité cherchant la douce chaleur du soleil et ne vit que de lourds nuages. Elle sentit dans l'air l'absence de la nature avant même de le constater et là, d'un seul coup, elle regretta sa terre natale. La nostalgie l'envahit mais son mari la pressa, l'obligeant à avancer et à ne pas s'appesantir sur ce qui n'existait plus. Aussi, elle décida être capable d'affronter cette ville, d'oublier cette peur, mais elle sentait s'entrechoquer ses genoux et une sueur glacée lui couler dans le dos. Ils marchèrent longtemps, Vladimir n'avait pas assez d'argent pour prendre une voiture. Enfin, après un temps qui parut interminable, ils arrivèrent dans une petite ruelle.

- C'est là, lui dit-il en montrant un petit immeuble coincé entre deux grandes maisons.

Le corridor sentait le chou bouilli. Ils montèrent un escalier étroit jusqu'au dernier étage. L'intérieur semblait propre, une dizaine de personnes étaient assises, tous levèrent les yeux à leur entrée.

-Que nous ramènes-tu là, s'écria un vieil homme bedonnant en s'approchant de Katia qui eut un mouvement involontaire de recul en sentant les yeux libidineux de l'homme.

- Mais c'est une véritable beauté, viens là petit oiseau.

- Bas les pattes, je vous présente ma femme Katia Botova.

Les questions fusèrent, elle laissa Vladimir y répondre, se tenant là, droite dans l'entrée, écoutant ces bavardages, ne sachant que faire. La nausée revenait, elle avait envie de s'étendre et dormir, ne plus penser. Où était la magnifique maison que Vladimir lui avait contée, elle ne voyait rien de tout ça ici, et que faisaient tous ces gens dans la maison ? Vladimir la poussa dans une chambre où trônait un lit, les draps étaient sales et des vêtements jonchaient le sol, le papier peint se décollait. Tout semblait si misérable, si triste. Elle s'assit au bord du lit et se mit à pleurer.

- Nous partageons la maison avec toutes ces personnes. Il est difficile de trouver un endroit où se loger à Moscou mais dès que ma situation se sera améliorée, nous partirons.

Katia ne s'habitua jamais à cette maison. Elle essaya au tout début de donner un semblant de foyer mais Vladimir lui refusa tout changement et la contraignit à oublier ce qu'elle était. Il refusait qu'elle soigne, soulage les personnes habitant dans la maison. Il ne voulait surtout pas qu'elle montre ses dons à quiconque. Désœuvrée, elle errait dans la maison où la solitude n'existait pas, elle voyait toujours quelqu'un coudre ou faire la cuisine. Il lui était impossible de s'isoler alors elle sortait, arpentait les rues de Moscou, marchait sans s'arrêter, rentrait le soir, les jambes tremblantes de fatigue, le nez rouge et la tête ailleurs au grand déplaisir de son mari. Les nuits se ressemblaient, il la prenait brutalement puis s'endormait d'un sommeil lourd. Ses promenades durent s'arrêter, son ventre devenait énorme et la marche lui devenait de plus en plus pénible. Enfin, vint le jour de la délivrance, allongée sur son lit, elle gémissait, les douleurs devenaient de plus en plus violentes. Elle était seule. Vladimir était parti tôt le matin et ne reviendrait que le soir. Elle savait que cette journée serait la naissance de son petit. Tous les signes étaient là. Elle entendit un grattement à la porte et une femme entra portant des serviettes. Elle s'approcha du lit et sans un mot tâta le ventre distendu de Katia.

- N'aies pas peur, petite, je vais t'aider.

La jeune fille reconnut la femme qui ne parlait jamais et qu'elle voyait toujours assise, un livre à la main. Elle était si différente des autres habitants de la maison que personne ne la voyait plus. Elle ne se mélangeait ni ne parlait à personne. Katia connaissait juste son nom Erika.

L'accouchement fut long et difficile. Les habitants avaient déserté la maison. Enfin, au bout d'un temps qui lui parut interminable, Katia accoucha de deux bébés, un garçon et une fille. Erika les posa sur le ventre de la jeune femme où ils se mirent à téter avec ardeur. Une bouffée d'amour primitive jaillit du ventre de la jeune femme et des larmes coulèrent sur ses joues. Sa famille lui manquait tant et elle n'avait plus de nouvelles depuis si longtemps. Elle savait que ses grands parents avaient, un jour disparu dans la toundra, que Loup avait quitté le campement dès son départ et que personne ne les avait revus. Sa mère était restée au village où elle s'était remariée avec un responsable bolchevique.

Dès ce jour, une amitié très forte lia les deux femmes. Erika lui conta son histoire.

- La maison où nous logeons tous, nous appartenait. Mon père était un grand chirurgien. Je me souviens du jour, où nous avons emménagé dans cet appartement. Un gardien surveillait l'entrée et faisait de menus travaux. Il avait aidé ma nounou à porter la grande malle. Dès notre entrée, une bonne odeur de peinture fraîche, de cire nous a accueillis. Les meubles étaient déjà en place, les livres de mon père rangés dans la bibliothèque et le piano de ma mère à sa place. Ma chambre était grande et spacieuse et le bureau de papa qui est maintenant votre chambre, donnait sur un parc derrière l'immeuble et surtout, la salle de bain était munie d'eau chaude et de toilettes. J'ai grandi dans cette maison, entourée de l'amour des miens, de l'odeur des gâteaux, de la musique de maman. Très tôt, elle m'a appris à y jouer et surtout à aimer les livres. Quand les bolcheviques ont pris le pouvoir, tout fût différent. Le gouvernement a réquisitionné des pièces de notre maison et plusieurs personnes sont venues y habiter. Nous avons fait des queues interminables pour s'approvisionner en bois et en pain. Plus rien n'était entretenu. Le froid de l'hiver s'est installé et nous n'avions plus rien pour nous chauffer, les tuyaux sous le gel éclataient. Mon père n'est pas revenu de la guerre et ma mère est partie le rejoindre peu après. Je me suis retrouvée seule avec tous ces gens que je ne connaissais pas. J'ai rencontré mon mari qui est mort durant la dernière guerre et j'ai eu un fils qui a disparu. Voilà mon histoire, petite Katia.

La jeune femme essaya de se représenter la maison mais ne vit que désolation et désordre. Le raffut était à son comble comme tous les jours. Des femmes se disputaient dans la cuisine. Une autre faisait tourner le gramophone en dansant avec son amie. Une petite fille essayait de faire ses devoirs dans cette cacophonie de bruits, dans ces odeurs de cuisine où le chou était omniprésent et était la base de toute l'alimentation. Dans cet appartement si spacieux autrefois vivaient maintenant six familles. Tous les habitants étaient à l'étroit et mal à l'aise. Le matin pour aller aux toilettes et à la salle de bain il y avait une longue file d'attente. À la cuisine des disputes éclataient souvent. Mais personne ne disait rien et s'estimait heureux d'avoir un logement même réduit car à Moscou, obtenir une pièce était difficile.

Erika enseigna à Katia la lecture. L'éducation scolaire avait été brève dans la toundra car la fillette préférait jouer et courir dans la grande plaine. Sous la férule de la vieille femme elle apprit à aimer les livres et devint très vite une lectrice assidue. Les jumeaux poussaient bien et devenaient des petits bébés joufflus. Elle s'était aussi accommodée des ardeurs de Vladimir et attendait les yeux au ciel qu'il termine rapidement, ensuite, il s'endormait d'un sommeil lourd et alcoolisé.

Une nuit, on sonna à la porte, des coups longs suivis d'un court. Tout le monde fut réveillé, des hommes entrèrent dans l'entrée, interpellèrent violemment la famille qui vivait dans la grande chambre. Tous furent emmenés manu militari ayant à peine le temps de se vêtir sous le regard blême des autres habitants. Quand tous furent partis, un soupir de soulagement s'échappa des bouches et tous se perdirent en conjectures.

- Il doit y avoir une erreur je les connais depuis longtemps, ce sont des gens honnêtes, dit l'un.

- Nous sommes dans un pays où personne n'est arrêté sans raison. S'il y a erreur, ils vont s'en apercevoir et les relâcher, dit une autre femme.

- Qu'est que ça veut dire honnête, vous ne lisez pas les journaux, nous sommes envahis par des saboteurs et des espions, renchérit un autre.

Katia écoutait et était terrifiée de ce qu'elle entendait et voyait. Qui étaient ces gens qui se désintéressaient de cette famille ? Ils étaient partis avec leurs deux enfants. Que venait faire un sabotage chez ces petits ? Elle voulut parler mais Vladimir d'un regard la fit taire et la tira vers leur chambre.

- Tais-toi, tu veux notre mort, lui siffla-t-il en lui serrant le bras si fort qu'elle poussa un gémissement et d'une violente gifle, il la jeta sur le lit.

C'était la première fois qu'il levait la main sur elle. Là-dessus il saisit sa ceinture et il la battit jusqu'à ce que son bras lui fasse mal.

Le lendemain fut terrible, elle ne pouvait bouger, tout son corps lui faisait mal. Elle était seule, il était parti, ses bébés pleuraient, il était l'heure de leur tétée. D'un effort surhumain, elle se leva et les serra dans ses bras en pleurant. Elle voulait partir mais que pouvait-elle faire ? Elle était seule dans cette grande ville, sans argent. Elle allaita ses petits et se recoucha. Un coup frappé à la porte lui fit lever la tête et quand elle vit le visage d'Erika, un soupir lui échappa. Elle avait si honte mais la femme s'approcha, la prit dans ses bras, alors elle s'abandonna à ce moment de tendresse et pleura toutes les larmes de son corps. Tout s'échappa, son chagrin, sa déconvenue, son non amour pour cet homme, son regret d'avoir oublié qui elle était. Elle déversa tout cela lovée dans le giron d'Erika. A bout de larmes, elle s'endormit.

Les jours passèrent, Vladimir n'avait plus touché Katia depuis longtemps. L'hiver fut bientôt là et particulièrement très froid. Le bois vint à manquer et les queues pour en obtenir beaucoup plus longues. Chaque maison avait droit à deux fagots qui devaient durer le plus longtemps possible. Des femmes essayèrent de prendre les livres d'Erika mais la vieille femme refusa si fort qu'elles abandonnèrent. La nourriture vint à manquer, Vladimir avait plusieurs cartes de rationnement. Katia ne savait pas comment il se les procurait et n'osait le lui demander. Il partait tôt le matin et revenait tard le soir, l'haleine toujours chargée de vodka. Souvent il lui ramenait du hareng, du chou et quelques pommes de terre qu'elle cuisinait tant bien que mal sur le réchaud à pétrole de la cuisine. Elle devait rester là à surveiller pour éviter les vols et en cachette de son mari, gardait quelques restes pour Erika.

Bientôt, le froid devint si mordant que les canalisations ont éclaté. Les jumeaux se mirent à tousser et eurent bientôt beaucoup de fièvre. Pour calmer sa femme, Vladimir ramena un médecin qu'il connaissait. Il hocha la tête quand il vit les deux enfants.

- Je ne peux rien faire. Vous pouvez les emmener à l'hôpital si vous le voulez mais il est rempli de gens malades. C'est le chaos et la confusion avec cette épidémie de grippe, nous manquons de tout et nous ne pourrons rien faire de plus. Soignez-les chez vous et faites baisser la fièvre dit-il.

Malgré sa peur, Katia essaya de se rappeler les plantes

qui pouvaient aider, elle fit une liste à Vladimir mais il revint bredouille. Il n'y avait plus rien nulle part. Katia marchait de long en large portant ses deux petits, appelant les esprits, jurant et maudissant quand l'état des enfants devint de plus en plus critique. Ses bébés si beaux étaient devenus si maigres, si chétifs, leur respiration n'était que sifflements. Leur calvaire dura trois jours.

Katia ferma les yeux, elle était si fatiguée mais personne ne pouvait toucher ses enfants. Les pleurs de ses enfants la réveilla, surprise d'avoir dormi et en colère contre elle de les avoir oubliés l'espace d'un instant. La fièvre avait atteint son paroxysme, ils étaient brûlants et écarlates. Katia sentit que c'était la fin, ses enfants allaient lui être enlevés. Alors elle les posa sur le lit tous les deux, mit la main de la petite fille dans celle de son frère puis se lova contre eux leur chantonnant un chant de Léna. Un chant qui lui rappela si fort la toundra, un chant d'amour pour ses petits, puis quand ils la quittèrent quelque chose se déchira à l'intérieur de son corps et elle se mit à hurler.

5

Durant plusieurs mois, elle resta prostrée puis le printemps arriva, les arbres se mirent à bourgeonner, la vie reprenait ses droits. La cicatrice sur son cœur était là et les larmes venaient à chaque fois qu'elle pensait à ses petits. Vladimir l'avait laissée tranquille et certains soirs il ne rentrait pas de la nuit. Elle avait repris la lecture et marchait des heures durant dans la ville qui n'eut bientôt plus de secret pour elle. Un jour qu'elle déambulait, l'enseigne d'une petite échoppe l'attira comme un aimant. Elle poussa la porte de la boutique, un tintement joyeux lui répondit comme les petites cloches que l'on mettait quelquefois aux chevaux de la toundra. Le magasin était sombre et ses yeux eurent du mal à s'habituer à l'obscurité. Des odeurs de plantes lui assaillirent les narines, elle en reconnut certaines mais d'autres lui étaient inconnues. Elle regarda autour d'elle et vit des plantes accrochées au plafond, des bocaux, certains remplis de feuilles sèches, d'autres de liquides ambrés ou laiteux. Elle s'approcha du comptoir où se tenait un homme jeune, les yeux perdus dans un livre. À son approche il leva la tête et leurs regards se croisèrent sans pouvoir se détacher l'un de l'autre. Pendant un instant le temps parut suspendu puis d'un clignement des paupières Katia mit fin à l'enchantement, son cœur battait à tout rompre et ses mains dans ses mitaines étaient devenues moites. Elle se mit à dévisager l'inconnu avec cette impression de déjà vu, tout l'attirait chez cet homme. Il était d'une beauté peu commune, des cheveux vieil or et des yeux comme l'eau bleue d'un lac en été sur un visage à l'ovale parfait. Une barbe naissante lui mangeait le visage mais n'en était pas moins un charme supplémentaire. Quand il lui parla, sa voix était douce et rauque. Tout son corps frémit quand elle l'entendit mais les paroles de l'homme lui étaient incompréhensibles.

- Bonjour madame, que puis-je faire pour vous, lui redemanda-t-il. Enfin les paroles atteignirent le cerveau de Katia.

- Excusez-moi, je désire un sachet de cette plante, en lui désignant au hasard des fleurs au plafond. Il la regardait en souriant et se sentait attiré par cette jolie jeune femme au regard si triste.

Katia détacha enfin le regard de cet homme et ses yeux allèrent se poser tout autour d'elle. Elle s'approcha d'une fleur séchée qui avait encore gardé son parfum. Des larmes jaillirent de ses yeux qu'elle ne put arrêter. L'homme la regardait. Il sentait au plus profond de lui-même la détresse de cette femme et une envie folle de la prendre dans ses bras le tenaillait. Il s'approcha d'elle et lui toucha le bras.

- Excusez-moi, lui dit-elle à nouveau mais cette fleur me rappelle chez moi et ça fait si longtemps...

- Asseyez-vous, lui dit-il en sortant un tabouret, désirez-vous boire quelque chose ?

Elle acquiesça. Il s'approcha d'un samovar et lui concocta une tisane avec différentes plantes. En humant sa tasse, une odeur piquante lui chatouilla les narines et elle chercha à reconnaître les différents arômes.

- De la camomille, de la marjolaine, de la lavande, du

thym et du romarin, lui énuméra-t-elle dans un pâle sourire, et quelle est cette plante au goût épicé ?

- Du gingembre, je le faisais venir d'Inde mais malheureusement, il ne m'en reste plus beaucoup. Il donne du tonus et de l'énergie entre-autre et je sens que vous en avez besoin.

- Merci, dit-elle en buvant sa tisane à petites gorgées.

Il l'observa et la trouva belle malgré sa tristesse et son regard perdu. Elle était maigre à faire peur et ses yeux de cette couleur indéfinissable lui mangeaient son visage en forme de cœur, la bouche était petite et bien dessinée, les mains étaient fines et il vit une alliance briller à son doigt. Mais qui était cette femme qui lui faisait battre le cœur ? Il avait envie d'en savoir plus et ne savait pas comment il pouvait l'aborder sans l'effaroucher et sans paraître indiscret. Il n'attendit pas longtemps car un flot de paroles jaillit de la bouche de la jeune femme et elle lui raconta pêle-mêle sa vie si belle et si triste. Un élan de compassion l'attira vers elle et il lui prit la main. Katia se sentait mise à nue devant ce regard mais n'en prit pas ombrage, elle se sentait en sécurité avec cet homme qu'elle voyait pour la première fois. Elle ne le connaissait pas mais rien n'aurait pu l'empêcher de parler, de raconter de vider son cœur de tout ce qui lui faisait mal. Il l'écoutait sans bouger, attentif et elle parlait… Enfin, elle se tût, elle se sentait vidée, ses yeux se posèrent sur lui et une rougeur envahit son visage ?

- Je suis désolée, je ne voulais pas, dit-elle les lèvres tremblantes.

Il avait une envie folle de l'embrasser et de la serrer contre lui mais il se contint et lui sourit.

- Je m'appelle Constantin et toi quel est ton nom ? Belle inconnue.

- Katia.

- Bienvenue dans mon antre jeune guérisseuse.

De ce jour, ils ne se quittèrent plus. Katia apprit l'histoire de cet homme qui malgré sa jeunesse avait beaucoup voyagé à travers le monde. Passionné par les plantes, il en avait ramené à chacun de ses voyages. Depuis plusieurs années, il ne quittait plus Moscou où il se savait surveillé mais pas inquiété car des gens influents avaient besoin de lui pour sa connaissance des plantes et de leurs bienfaits. Il avait repris la boutique à la mort de ses parents, passionnés eux aussi de plantes et guérisseurs à la cour du Tsar et de Lénine. Il parlait plusieurs langues et adorait discuter des points obscurs de théologie. Il avait hérité du don de sa mère qui était une peintre très connue pour la beauté de ses icones que l'on s'arrachait à prix d'or aux temps anciens. Mais maintenant il était interdit de prononcer le nom de l'ancien tyran de la Russie sous peine de mort.

Katia retrouva le goût de vivre auprès de cet homme, et ils devinrent vite amants. Constantin était un être doux et attentionné et elle connut dans ses bras la joie de l'étreinte. Ils adoraient passer des heures au lit à deviser et à s'aimer. Ils s'enseignèrent mutuellement de multiples choses et les plantes n'eurent plus aucun secret pour la jeune femme. Elle redevint la Guérisseuse et passa beaucoup de ses journées - quand elle ne voyait pas Constantin - à l'hôpital où son aide fut la bienvenue dans ces temps troublés où le personnel soignant manquait.

On l'affecta au service de gynécologie où elle était la plus douée pour s'occuper des femmes enceintes et prêtes à accoucher. Elle excellait et bientôt on lui laissa tout loisir pour aider les femmes.

Elle aimait ces moments où elle se sentait utile et sa réputation dépassa très vite le cadre de l'hôpital. Vladimir était furieux et malgré les coups, il ne put empêcher sa femme de continuer. Il essaya de la faire arrêter mais ses chefs lui intimèrent de ne pas bouger pour l'instant, car l'influence de Constantin était grande et pouvait faire jouer de ses relations. Vladimir travaillait pour le KGB, son rôle était subalterne et il n'avait jamais réussi à obtenir un grade plus élevé. Son arrogance, son alcoolisme, en autre, l'avaient énormément desservi. Il était devenu un être aigri et violent. Il aimait le pouvoir que lui procurait la police, arrêter des personnes, les torturer lui donnait un sentiment jouissif et pervers. Il n'avait jamais réussi, malgré les coups, à dominer sa femme et il ne supportait pas cette liberté et cette confiance en elle qu'elle affichait de plus en plus. Le seul moment où il pensait avoir un pouvoir sur elle était quand il la forçait, quand elle se débattait dans ses bras mais depuis quelque temps, elle se laissait faire attendant qu'il termine et du coup, il avait perdu tout plaisir et toute envie. Il lui en voulait de son impuissance.

Parfois il l'observait. Elle avait changé et était devenue très belle, son rire résonnait souvent dans la maison. Des rondeurs étaient apparues sur son corps, ses seins paraissaient plus pleins, son ventre s'arrondissait. Il n'était pas aveugle et se souvenait d'elle attendant les jumeaux, elle devait être enceinte. Il chercha dans sa tête, la dernière fois et il ne s'en souvint pas. Une rage froide l'envahit, ce môme qu'elle attendait n'était pas le sien. Il en était convaincu mais qui était le père ? Il trouverait, il en était sur et il se vengerait.

Katia était heureuse, elle portait le bébé de Constantin, l'homme qu'elle aimait le plus au monde. Leur coup de foudre, la passion qui les animait et maintenant ce bébé qu'ils allaient avoir. Elle avait décidé de se séparer de Vladimir. Il était facile de divorcer en Russie mais elle ne savait pas encore comment lui annoncer sa grossesse et son désir de le quitter. Elle craignait sa violence et savait que ni Erika, ni personne ne pourrait la protéger. Elle n'aimait pas le regard qu'il avait sur elle, elle se sentait épiée, surveillée quand elle se rendait chez son amant ou chez les femmes qu'elle soignait à leur domicile. Elle sentait le danger roder autour d'eux. Plusieurs fois, elle supplia Constantin de partir, de retourner dans la toundra, là où sa famille les protégerait, mais d'un baiser il la faisait taire, confiant dans l'avenir, confiant dans les gens qu'il connaissait. Alors elle oublia ses peurs et retrouva l'insouciance de la jeunesse.

Au printemps, elle accoucha d'une petite fille qu'elle nomma Sarah. Elle laissait souvent la garde de sa fille à Erika. Au grand dam de Vladimir et grâce au soutien de Constantin, elle s'était inscrite dans une école pour devenir sagefemme. Ce furent des moments heureux pour la jeune femme qui lui changèrent considérablement sa vision de la vie. Elle s'accomplissait en tant que femme et mère. Sa chance fut Erika qui aimait ces deux femmes comme ses enfants, car Katia ne fut pas confrontée aux difficultés de tâches domestiques. Erika s'occupait de tous les problèmes d'intendance. La petite bien au chaud dans son landau, elle passait des heures avec une inépuisable patience à faire des queues comme toutes les ménagères de cette grande ville. Agglutinées à l'entrée des magasins, elles attendaient, jamais révoltées par l'indifférence des fonctionnaires qui leur distribuaient la nourriture avec parcimonie. C'était le lot de tant de femmes confrontées aux difficultés des tâches domestiques auxquelles venaient s'ajouter leurs obligations professionnelles qui les empêchaient souvent de travailler. Leur abnégation et leur patience faisaient peine à voir et confortaient Katia à sortir de ce chemin. Vladimir tenait à la garder sous son joug et lui avait bien fait comprendre à coups de ceinture mais rien n'y avait fait. Katia savait ce qu'elle désirait et elle avait une chance d'y parvenir grâce aux personnes qui l'aimaient et rien ne put la faire changer d'avis. Elle fut très fière d'obtenir son diplôme et pleura de bonheur dans les bras d'Erika. Elle ne savait pas comment remercier cette femme qui s'était oubliée pour l'aider. Elle la tenait dans ses bras et pour la première fois se rendant compte de sa fragilité, elle la regarda. Erika avait vieilli et s'était recroquevillée sur elle-même mais ses yeux pétillaient de bonheur en regardant la jeune femme. Elle avait réussi et c'était sa plus belle récompense.

Elle ne vit pas la rage de Vladimir quand il rentra et trouva les deux femmes enlacées. Ce soir-là, Katia lui annonça son désir de le quitter. Il s'avança vers elle pour la gifler mais elle se dressa devant lui, droite et fière, une lueur dans ses yeux qu'il n'avait encore jamais vue. A cet instant, il comprit qu'il l'avait perdue. Il se mit à donner des coups de pieds rageurs tout autour de lui brisant tout ce qui pouvait être brisé et sortit en claquant la porte. Il ne rentra pas de la nuit.

Quelques jours passèrent sans voir Vladimir. Katia était confiante dans l'avenir et faisait plein de projets. Erika l'écoutait, la peur au ventre, elle n'avait pas confiance, Vladimir n'était pas homme à ne rien faire, son orgueil de mâle l'obligerait à réagir, elle tenta de mettre en garde la jeune femme mais rien n'y fit.

Un matin, des nausées l'assaillirent la laissant pantelante sur son lit, sourire aux lèvres. Elle attendait un bébé, un autre petit pour sa nouvelle vie. Un heureux présage, elle en était sure. Vite, elle se leva et s'habilla rapidement. Laissant la petite à Erika, elle courut chez Constantin, voulant lui annoncer le plus vite cette heureuse nouvelle.

En arrivant près de la boutique, elle ralentit, tout était étrange. Deux hommes en sortirent encadrant Constantin menotté. Leurs regards se croisèrent et elle lut tout l'amour de cet homme, sa peur pour elle et son vœu de l'arrêter dans l'élan qui la poussait à aller vers lui. Ils le montèrent brutalement dans la voiture qui partit rapidement. Son estomac se révulsa et elle vomit la bile qui lui obstruait la gorge. Elle chancela, se retenant à peine au mur. Une femme s'approcha qu'elle reconnut à peine et lui donna une tasse de thé qui la revigorât quelque peu. Elle ne comprenait pas ce qui s'était passé.

- Venez, vous ne devez pas rester là.

La femme la fit entrer dans une cuisine où des effluves de plantes lui chatouillèrent les narines. Elle s'effondra plus qu'elle ne s'assit sur une chaise et les larmes vinrent tout d'un coup, violentes, pliant son corps en deux. La femme lui caressa son dos raidi, la forçant à se détendre, lui parlant d'une voix douce et tendre, l'obligeant à réagir. Elle connaissait Katia, l'avait souvent vue chez Constantin et elle connaissait leur amour. Au bout d'un moment les larmes firent place à l'hébétude, elle se redressa et se noya dans les yeux noirs de la femme. Elle la reconnut. Lia, une amie très chère à Constantin, sa presque sœur, lui disait-il et de nouveau les larmes affluèrent.

- Pourquoi, que s'est-il passé ?

- Je ne sais pas, ils sont arrivés un peu avant toi.

Lia la laissa un instant et revint tenant une lettre.

-Il m'a laissé ça pour toi au cas où … lui dit-elle.

Katia tourna et retourna la lettre, elle l'ouvrit enfin sortant un feuillet et une liasse de billets

« Mon amour,

Dieu, qu'il m'est difficile de t'écrire cette lettre de ne pas

savoir quand je pourrais te revoir et te serrer dans mes bras. Katia, je veux que tu saches que mon amour pour toi sera toujours le plus fort et que je te retrouverai dans cette vie où ailleurs. Tu dois partir, quitter Moscou, retourner dans la toundra avec notre enfant, là tu seras en sécurité et là je reviendrai te chercher, je te le promets mon amour. Je t'aime.

Constantin »

Katia embrassa la lettre, la posa sur son cœur, des larmes perlèrent à ses yeux qu'elle refoula. Elle avait confiance en son destin et elle devait vivre et se battre, sa fille et le bébé qu'elle attendait avaient besoin d'elle et Constantin avait confiance, alors elle décida de suivre son conseil. Il lui avait laissé assez d'argent pour quitter Moscou. Elle prit congé de Lia en la serrant dans ses bras.

- Merci pour tout, Lia.

Elle devait faire vite, elle ne savait pas pourquoi Constantin avait été arrêté mais elle se souvenait des mises en garde d'Erika et elle soupçonnait Vladimir de ne pas être étranger à cette arrestation. Dans la journée, elle quitta la maison où elle avait vécu. Elle voulut emmener Erika mais la vieille femme refusa.

- C'est ma maison, Katia, là où j'ai toujours vécu, là où mon fils reviendra peut-être. Et puis je suis vieille pour faire ce si long voyage. Pars, mon enfant.

Elles pleurèrent longtemps dans les bras l'une de l'autre et ce fut un véritable déchirement. En l'espace d'une journée, elle avait perdu son amour et sa mère adoptive qui lui avait tant appris et tant donné. Elles savaient qu'elles ne se reverraient pas, que cette étreinte était un adieu. Alors Katia chuchota tous les mots tendres qu'elle n'avait jamais dit à l'oreille de cette femme tant aimée, puis elle partit, sa fille dans son landau, sans un regard en arrière.

Le voyage fut un calvaire pour Katia. Elle n'avait pas pris le temps de comprendre ce qui s'était passé, tout était allé si vite. Elle revoyait le regard de Constantin et une souffrance terrible lui tordait le ventre. Des questions sans réponse tournoyaient dans sa tête. Que s'était-il passé ? Pourquoi son protecteur ne l'avait-il pas aidé ? Sarah pleura tout le trajet sentant le désarroi de sa mère mais rien, ni personne ne pouvait la consoler. Des voyageurs assis dans le wagon regardaient cette femme si triste, le visage fermé, refusant toute discussion, murée dans son chagrin. Certains tentèrent de l'aider mais elle refusa d'un sourire. Enfin, après deux jours de train, le paysage changea. Les yeux noyés de larmes, elle regardait au-dehors, retrouvant son pays. En attendant son train de départ, elle avait réussi à envoyer un télégramme au village pour prévenir sa mère de son arrivée et elle espérait qu'elle l'avait reçu.

Quand elle descendit du train, un soupir lui échappa, elle respira à plein poumons l'air de chez elle, et retrouvait cette saveur si particulière de la toundra. Elle frissonna, le froid était piquant et ses vêtements mis à la hâte ne la réchauffaient pas. Elle serra sa fille contre elle pour lui donner un peu de sa chaleur et regarda autour d'elle. Sa mère était là, accompagnée d'un homme qui lui tenait le bras. Un soupir de soulagement lui échappa et elle se précipita dans les bras tendus de sa mère. Elle la huma, retrouvant son odeur d'herbe fraîche et de fleur. Elle se blottit dans ses bras et pleura. L'homme attendait, les valises et le landau à ses pieds. Mina se tourna vers lui et lui présenta Serguei, son mari. Katia leva les yeux sur lui et rencontra un regard si doux et si bienveillant qu'elle sut qu'elle allait aimer cet homme.

- Bienvenue à la maison Katia.

Pendant que Serguei s'occupait de l'enfant qui ne voulait

plus le quitter, Katia suivit sa mère dans l'isba qu'elle partageait avec son mari. Leur maison était petite mais bien proportionnée. Des sculptures ornaient les montants extérieurs de la porte et des fenêtres. Katia s'arrêta pour les observer. Elles représentaient toutes des animaux de la toundra. Elle reconnut rapidement celle du loup au-dessus de la porte et sourit. Sa mère n'aimait pas le loup. Mina suivit son regard :

- Serguei aime sculpter le bois et je lui ai demandé de faire ce loup en pensant à toi ma fille.

Quand elle rentra dans la pièce, une odeur d'herbe fraîche et de pain l'accueillit. Elle regarda autour d'elle, le sol était recouvert d'un plancher et de tapis multicolores, au soleil couchant trônait un énorme poêle dégageant une douce chaleur et des effluves parfumés. Au-dessus de l'entrée entre le mur et le poêle se trouvait une sorte de mezzanine où étaient disposées des paillasses. Tout le long du mur, des bancs couverts de fourrures. Au soleil levant de l'isba se trouvait le lieu d'apparat où avant la révolution se trouvaient les icônes de la famille. Aujourd'hui, des photos représentant les ancêtres étaient posées. Katia s'en approcha et les effleura de ses longs doigts, leur rendant ainsi hommage et d'autres qu'elle ne connaissait pas devaient être celles de la famille de Serguei.

- Nous t'avons installée dans le fond avec ta fille, je t'ai mis quelques fourrures, si tu en veux d'autres, je t'en apporterai.

Mina avait envie de poser plein de questions à sa fille mais elle la connaissait et elle savait qu'elle parlerait quand elle serait prête.

- Veux-tu aller aux bains maintenant pour enlever la poussière du voyage, je vais t'accompagner.

Les bains n'avaient pas changé depuis le départ de Katia.

Il y faisait chaud et elle avait tant envie de se plonger dans l'eau qu'elle enleva ses vêtements sans voir le regard horrifié de sa mère. Son regard était fixé sur le dos et les épaules de Katia où s'étalaient des cicatrices souvenir des coups reçus. Elle ne dit rien mais une fureur sans nom la prit par surprise, elle qui n'était jamais en colère. Qu'avait on fait à sa petite ? Elle posa les serviettes et sortit pour se calmer, les poings serrés, ayant envie d'hurler. Quand elle fut plus calme elle revint le visage impassible. Katia était déjà dans l'eau, les yeux clos. Mina chercha la petite fille dans cette femme meurtrie mais ne vit que douleur.

- Oh ! Maman, j'aimerais tant que tu sois là, je ne sais pas quoi faire, pensa-t-elle tout bas.

Elle s'approcha de sa fille et doucement pris une éponge et lui savonna le dos. Katia se raidit mais sous les mains de sa mère, elle se laissa aller.

- Que t'a-t-il donc fait ma belle chérie, dit-elle doucement. Katia serra les bras autour de son corps et baissa la tête, la honte la submergea.

- Ne baisse pas la tête ce n'est pas de ta faute, il t'a fait croire peut-être que tu méritais d'être battue mais ce n'est pas vrai, sa voix vibrait d'indignation et de colère.

Katia tenta de retenir ses larmes mais trop épuisée physiquement et moralement elle sentit la digue se briser en mille morceaux et elle parla, raconta Vladimir, la mort de ses petits, raconta Constantin, son amour, leur fille et le bébé dans son ventre. Sa mère écoutait, le cœur meurtri. À bout de force, elle laissa sa mère la sécher et la coucher. Elle s'endormit d'un sommeil profond, lovée dans les fourrures.

6

Mina sortit dans la cour, le cœur au bord des lèvres. Elle se demanda ce qu'aurait fait Léna en pareil cas. Elle alla vers Serguei qui assis sur le sol jouait avec l'enfant.

Il la regardait venir vers lui, cette femme si belle encore, elle ne lui avait rien caché de son histoire et de ses origines, à lui, le commissaire du peuple, débarqué ici contraint et forcé. Il était venu remplacer l'homme qui dirigeait cet endroit d'une main de fer faisant peser sur les habitants son joug et sa méchanceté. Heureusement pour tout le monde et en particulier pour Léna, il était mort. La vodka qu'il ingurgitait à haute dose l'avait tué.

A cette époque, la colère l'habitait puis il avait rencontré Mina venue plaider la cause de sa mère et tout avait changé. Il avait ensuite rencontré Léna et Ygor et les avait aidé à fuir, puis au fil des jours, l'amour était venu et son âme avait trouvé le repos.

Mina avait été une fillette adorable mais beaucoup trop jolie. En grandissant elle devint une très belle jeune femme, des longs cheveux blonds, fait rare dans la toundra et des yeux bleus étincelants complétaient son charme. Sa bouche pulpeuse attirait les baisers. Elle était plus grande que la moyenne et avait de très belles formes voluptueuses. Elle dégageait une sensualité à fleur de peau et attirait les hommes quel que soit leur âge. Elle aimait minauder et était flattée de tous ces regards vers elle malgré les mises en garde de sa mère, qu'elle n'écoutait plus, tout au plaisir de plaire. Léna la surveillait, la peur au ventre. Les esprits avaient parlé, sa fille était en danger. Elle le sentait dans toutes les fibres de son être.

Le jour où tout bascula, elle avait emmené Mina avec elle au village. Elle avait besoin de farine et de kérosène, elle était rentrée dans la grande épicerie et avait laissé la jeune fille assise au soleil, jouant avec un bébé renne. Elle n'était pas tranquille mais on était dans la rue principale et à cette heure de la journée, beaucoup de femmes faisaient, elles aussi, leurs courses. Quand elle sortit, la jeune fille avait disparu. Un mauvais pressentiment lui tordit les entrailles et il ne lui fallut pas longtemps pour entendre des sons étouffés. Elle se mit à courir et surgit tel un diable devant trois hommes aux regards médusés, l'un tenait les bras de Mina tandis qu'un autre tentait de lui soulever les jupes en évitant les coups de pieds. La jeune fille se débattait mais ses forces faiblissaient. Quand elle vit le visage de sa mère, elle redoubla d'ardeur. Les hommes la lâchèrent et firent face à la furie qui tenait un couteau à la main. D'un geste apaisant, un des hommes essaya de la calmer mais devant cette fureur et cette haine qu'elle dégageait et connaissant surtout sa réputation, ils préférèrent déguerpir toute envie éteinte. Léna prit la jeune fille dans ses bras et essaya de calmer la crise de nerf qu'elle sentait arriver. D'une gifle magistrale due autant à la colère qu'à la peur, elle calma rapidement sa fille qui se mit à sangloter. A compter de ce moment, Mina resta longtemps terrorisée par les hommes et ne quitta plus guère les jupons de sa mère.

La première fois qu'elle revit Boris, elle sentit des petits papillons voleter dans son ventre et perdit tout usage de la parole. Une profonde attirance physique l'attirait vers lui, elle oublia sa peur. Elle connaissait Boris depuis tout enfant, ses parents faisaient parti du clan d'Ygor et Léna mais le jeune homme était parti très tôt pour le service obligatoire et c'était la première fois que Mina le revoyait. Cinq ans qu'elle avait quitté un petit garçon et maintenant, elle retrouvait un jeune homme d'une beauté époustouflante. Boris était arrivé la veille au soir et elle ne l'avait vu que ce matin quand il était venu rendre hommage à ses parents et quand il lui prit la main, elle oublia tout ce qui n'était pas lui. Ils se regardaient avec émerveillement, se détaillant l'un et l'autre sous le regard ravi de leurs parents. De ce jour, ils ne se quittèrent plus. La douceur de Boris lui fit oublier la terreur des hommes du village. Elle lui avait raconté cette journée lors de leur première nuit ensemble et il ne la toucha, se lovant contre elle, la serrant dans ses bras. Confiante, elle s'endormit alors il la serra encore plus fort et s'endormit à son tour. Le lendemain matin, les trouvèrent l'un contre l'autre, Boris sentait la chaleur de la jeune femme mais il ne bougea pas. Mina était réveillée et regardait l'homme qu'elle aimait. D'une main douce, elle lui caressa la joue, effleura ses lèvres et sa barbe naissante. Il tressaillit à son contact, alors elle l'embrassa. Ses lèvres touchèrent les siennes avec délicatesse puis le baiser se prolongea et devint plus intense alors ils s'abandonnèrent avec délices à la découverte de l'autre. Quand il la pénétra, elle était prête à le recevoir, frissonnante de désir et d'impatience. Son sexe était dur en elle et elle se sentait remplie de lui. Il sut se montrer patient, réveillant la sensualité de la jeune femme. Doucement il commença à se mouvoir et rapidement elle épousa son rythme. Le plaisir vint très vite et les laissèrent pantelants avec l'envie folle de recommencer.

Ce furent des années de bonheur pour le couple. Rapidement la petite Katia vint au monde faisant les délices de sa mère. Depuis quelque temps, Boris était inquiet, des rumeurs circulaient le long de la toundra, la guerre était là. Sans déclaration de guerre, Hitler avait envahi la Russie et détruit en très peu de temps l'aviation russe. Surprise, désorganisée et affaiblie par les purges, l'armée rouge fut incapable d'opposer une résistance sérieuse. Les principaux officiers expérimentés avaient été assassinés. Ecrasé, humilié, le chef du kremlin avait retrouvé sa volonté et sa force de persuasion. En quelques minutes il était parvenu à galvaniser son peuple qui démuni et presque sans arme s'accrocha à défendre leur terre ; les soldats résistèrent dans les forêts et les villages en ruine à l'avancée allemande. Pour éviter toute désertion, un décret fut rendu public.

" J'ordonne que tout homme ayant déserté et enlevé ses insignes soit traité comme un infâme déserteur. Sa famille doit être arrêtée, car c'est la famille d'un homme qui a trahi son serment et sa patrie. Les déserteurs seront exécutés sur le champ. Les troupes encerclées doivent combattre jusqu'au dernier homme. Ceux qui préfèrent se rendre seront supprimés et leurs familles privées de toute assistance."

Boris et Ygor durent rejoindre sur le champ, l'armée rouge. Mina était désespérée, un sombre pressentiment lui tordait le ventre. Elle regardait son homme faire son paquetage et la peur continuait à s'insinuer en elle l'empêchant de respirer et de profiter de ces derniers instants. Ce furent des années terribles, les hommes étaient partis laissant les femmes s'occuper des rennes. La vie continua. Les femmes firent face avec courage et bientôt purent remplacer leurs hommes à toutes les tâches. Ces derniers se battirent, le décret avait été mis en exécution et beaucoup de leurs compagnons avaient été fusillés. Etre prisonnier des allemands leur était impensable mais que pouvaient-ils faire ? Bientôt on manqua de soldats et certains prisonniers du goulag furent remis en liberté pour défendre le pays.

Enfin, la guerre prit fin, le gouvernement arrêta des milliers de personnes. Ceux qui étaient revenus des camps allemands ou contraints de travailler pour l'ennemi furent déportés. Les purges recommencèrent plus intenses qu'auparavant sous couvert de la présomption de culpabilité. Les goulags furent vite pleins de prisonniers russes, allemands et des régions du Caucase et de la Crimée dont la loyauté envers Staline avait été plus que douteuse. Ygor rentra seul dans la toundra, porteur de mauvaises nouvelles. Boris et tant d'autres étaient morts. Il s'approcha de Mina et quand elle le vit, elle eut la confirmation de ce qu'elle savait depuis quelques mois. Boris n'était plus. Une nuit, il lui était apparu dans un rêve, souriant, le regard triste, il avait posé ses lèvres sur les siennes et s'était éloigné malgré ses supplications alors elle avait pleuré son amour perdu. Elle avait espéré mais elle devait maintenant se rendre à l'évidence. Elle voulait savoir, connaître sa mort. Malgré son insistance, son père refusa. Elle apprit par d'autres la fin tragique de Boris. Blessé grièvement, il avait été laissé là dans la neige. On l'avait retrouvé plus tard, bien plus tard, dévoré par les loups.

Mina resta longtemps prostrée, assise dans le tchoum, elle pouvait rester des heures les yeux perdus dans le vague. Malgré les efforts de Léna, elle se nourrissait à peine et devenait de plus en plus maigre. Personne ne pouvait reconnaître Mina dans cette jeune femme éteinte. Bientôt, elle ne se leva plus. Léna prit peur, elle devait faire quelque chose, elle devait demander l'aide des esprits. Elle savait qu'il était dangereux dans ces temps troublés où elle pouvait être dénoncée pour la pratique interdite du chamanisme.

Une nuit de pleine lune quand tout le campement dormait, elle quitta le tchoum et se dirigea vers la rivière. Dans la journée, elle avait préparé son costume et son tambour. Elle avait besoin de ces deux éléments pour communiquer avec le monde des esprits. Son costume était fait de peau de loup où étaient suspendus différents objets : dents de loup, griffes d'ours, serres de rapaces, fourrures de rongeurs, plumes de chouette, petits miroirs reflétant la lumière et des multiples colifichets glanés au cours des années et de ses expériences. Son costume reflétait aussi la haute importance de sa fonction, plus il était riche plus le chaman était puissant et celui de Léna était très riche. Son tambour était fait d'une peau très fine où était dessiné un renne à chaque point cardinal, au centre, une chouette de couleur gris blanchâtre était peinte.

Au bord de l'eau, elle regarda autour d'elle. Elle était seule. Les rares empreintes visibles étaient celles des petits animaux. Elle posa son sac sur un rocher. L'air était doux pour la saison. Elle se déshabilla et se mit nue. Elle grelotta et vite elle sortit la peau de loup qui la recouvrit entièrement. Elle regarda ses pieds enfoncés dans la neige et enfila les bottes de peau fourrées que sa grand-mère lui avait donnée lors de son initiation. Elle sortit les quatre coupelles symbolisant les quatre éléments et les plaça aux quatre points cardinaux. Dans la première, elle versa un peu d'eau, dans la seconde elle alluma une petite motte de mousse sèche, le feu ; dans la troisième elle mit de l'encens, l'air et pour la quatrième, elle gratta un peu de terre dans le sol gelé. Elle traça un cercle et s'assit à l'intérieur puis ferma les yeux et plongea au plus profond d'elle-même, abandonnant peu à peu la réalité. Elle se sentait en sécurité. Après un bref moment, elle se leva et appela son totem et les pouvoirs transmis par ses ancêtres à l'aide de son tambour. Elle se mit à danser, à virevolter, ses mains battant la mesure sur la peau de son tambour. Ses cheveux volaient tels des flammes. Des mots anciens et oubliés jaillissaient de ses lèvres tandis qu'elle tournait de plus en plus vite. Sa voix n'était plus sa voix, son corps n'était plus son corps. Tout en elle était différent. Elle était devenue lumière et une énergie totale et étrange l'habitait. Epuisée, elle s'allongea sur le sol les bras en croix, la tête levée vers la lune, des larmes sillonnaient son visage mais ses lèvres souriaient. Les esprits avaient parlé.

De ce jour, Mina alla mieux. Petit à petit, elle se remit à manger et à sourire. La vie était revenue, encore fragile mais la petite étincelle qui sommeillait au-dedans d'elle se réveillait doucement. Ygor ne posa aucune question à Léna quand il la voyait partir de longues journées, c'était son secret de chaman, mais il avait peur. Tout était danger depuis leur arrivée au village et le commissaire était un homme obtus et méchant. Pour l'instant, il laissait faire car il avait des vues sur Mina et il voulait la mettre dans son lit. Un jour, la trouvant seule, il voulut la forcer. Mina hurla tant et si bien que des villageois arrivèrent attirés par ses cris et prirent sa défense contre cet homme tant haï qui suivait leur femme d'un regard pervers. L'humiliation fut à son comble et il décida de se venger. Le lendemain, Léna fut arrêtée et jetée dans la petite prison du village. Mina était désespérée et ne savait que faire, se donner à cet homme pour sauver sa mère, elle n'arrivait pas à s'y résoudre et sa mère aurait refusé, alors quoi faire ? Elle implora tous les esprits du tchoum et de la toundra pour avoir une solution. Le secours vint au cours de la semaine. La mort prit l'homme dans ses filets. En attendant un autre commissaire, toutes les procédures contre les prisonniers furent arrêtées.

Serguei arriva une semaine plus tard, il était grand et dépassait facilement tous les villageois, et dégageait une force tranquille. Il semblait si différent du mort que les villageois reprirent un peu confiance. Certains se méfiaient mais d'autres comme Igor avait perçu quelque chose de bon chez cet homme. L'avenir lui donna raison, il fit libérer tous les prisonniers après avoir rencontré leurs proches. Quand il vit Mina accompagnée de son père, il tomba tout de suite amoureux de cette jolie femme qui semblait si fragile. Discrètement, il lui fit la cour, ne la brusquant pas, comprenant son chagrin et sa tristesse. Bientôt Mina se mit à espérer ses visites. Elle allait souvent le voir construisant la petite maison de bois où il comptait s'installer avant l'hiver. Quand la maison fut achevée, il l'invita à partager son repas. Elle lui raconta la perte de son mari, le chagrin, son envie de le rejoindre. Elle pleura beaucoup, crevant l'abcès, se délivrant. Il la prit dans ses bras, lui caressant le dos. Bientôt les larmes se tarirent, elle se sentait bien, lovée dans les bras de ce géant et tout naturellement, leurs bouches se joignirent. Il la souleva et la porta sur le lit où tout doucement, guettant ses réactions, il la déshabilla, elle attendait, lèvres entrouvertes. Il la caressa, attentif, elle lui ouvrit ses jambes, s'arquant contre son sexe et il la pénétra. Elle se mit à se mouvoir, le sentant en elle et laissa le plaisir l'emporter. Ils ne se quittèrent plus. Elle vint s'installer chez lui emmenant ses fourrures et apportant la touche de féminité qui manquait à cette isba d'homme. Elle implora les esprits du foyer de les protéger en parsemant des petites offrandes un peu partout sous l'œil rieur de son homme. Serguei connaissait le danger pour Léna. Sa liberté était en sursis. Il aida le couple à quitter le village et à se réfugier dans la toundra. Léna accepta, elle avait confiance en cet homme et savait qu'il protègerait sa fille.

7

Katia se sentait bien auprès du couple, sa grossesse se déroulait parfaitement, elle s'arrondissait doucement, sa fille, Sarah toujours lovée contre elle. Elle aimait se rendre seule à la rivière où elle espérait revoir Loup mais malgré son attente il ne revint pas. La nuit, elle se levait et écoutait les appels des loups dans la toundra. Quelquefois elle crut le reconnaître, alors elle se mettait à hurler imitant parfaitement leur plainte. Les nuits étaient terribles. Elle pleurait son amour perdu et essayait de se souvenir, de comprendre. Elle avait demandé à Serguei de se renseigner mais malheureusement, il n'avait pu lui donner de nouvelles. Constantin avait disparu et aucune trace de lui ne subsistait.

Enfin, le jour de la naissance arriva et le petit Alexis vit le jour. C'était un enfant calme, ne pleurant jamais. Il regardait sa mère avec ses yeux d'un bleu profond comme son ceux de son père, où se reflétait toute la sagesse du monde.

Katia avait oublié Vladimir, sa vie à Moscou, se consacrant à ses enfants. Les villageois venaient souvent la solliciter pour un conseil ou un soin. Ils savaient qu'elle était devenue sage-femme mais aussi qu'elle avait les pouvoirs de sa grand-mère. Plusieurs fois, Serguei lui conseilla de se méfier mais elle ne l'écoutait pas, elle emmenait sa fille dans la forêt, lui racontant les légendes des petits esprits protecteurs de tout ce qui y vivait. Elle lui apprit à faire des offrandes, à réclamer leur aide et surtout à ne jamais les oublier. Katia lui apprenait le secret des plantes. Sarah l'écoutait, ravie de ce temps auprès de sa mère. Elle n'oublia jamais ces instants et la forêt devint pour elle source de refuge et de douceur maternelle. L'enfant ressemblait trait pour trait à Mina, les seules différences étaient la longue chevelure rousse et ses magnifiques yeux vairons.

Katia aimait se retrouver avec sa mère. Elle commença à lui apprendre à lire et à aimer les livres qui étaient difficiles à trouver dans la toundra. Serguei en faisait venir quelques-uns de Moscou mais beaucoup de livres avaient disparu car trop séditieux au regard du gouvernement. La complicité des deux femmes devint de plus en plus forte au fil des jours. Elles se comprenaient sans qu'aucune parole ne fût dite.

Katia sentait qu'elle était en sursis, elle connaissait suffisamment son mari et sa haine pour ne pas avoir la naïveté de croire qu'il l'avait oubliée. Un soir d'hiver, elle fit promettre au couple de prendre soin de ses enfants, de ne pas les remettre à Vladimir, de leur donner l'éducation et surtout de leur apprendre la liberté d'être. Mina et Serguei, les yeux pleins de larmes promirent.

La vie suivait son cours. Serguei fut remplacé par un homme plus virulent car sa hiérarchie le trouvait trop timoré. Grâce à l'influence de son père, dignitaire haut placé dans le gouvernement stalinien, il put rester au village et s'adonner à sa passion de la sculpture. Ils vivaient chichement mais étaient heureux.

A la fin de l'hiver, tout bascula, le destin avait rattrapé Katia : Elle était assise près du poêle, nourrissant son fils quand des hommes en uniforme gris firent éruption. Une voix tonitruante hurla, faisant pleurer sa fille.

- Es-tu Katia Botova ?

- Oui.

- Suis-nous, ordonna-t-il.

- Donnez-moi quelques minutes s'il vous plait.

Un des hommes acquiesça ; il était ami avec Serguei et n'aimait pas ce qu'il était en train de faire.

Katia vit le regard terrifié de sa fille. Elle posa son fils dans les bras de la fillette, la regarda tendrement, et les prit tout contre elle. Elle enleva le collier qu'elle portait autour de son cou et le passa à celui de Sarah. L'espace d'un instant, l'étoile du cristal se mit à scintiller puis s'éteignit. Malgré sa peine, Katia sourit.

- Rejoins vite ta grand-mère, ma chérie. N'oublie pas que je t'aime ma puce. Pleurant, les enfants se glissèrent hors de la maison et disparurent.

La peur au ventre, elle prit sa peau de loup, s'en couvrit et suivit les deux hommes. Les rumeurs avaient circulé dans la toundra, des nomades avaient vu et avaient parlé à mots couverts de ces camps où l'on enfermait les gens. Depuis plusieurs années, le « petit père du peuple » était au pouvoir. Il avait durci sa politique d'endoctrinement qui était basé sur la terreur et la délation. Il ne voulait plus de minorités dans son pays et obligeait les peuples nomades à se sédentariser, enlevant les enfants à leurs parents en les obligeant à se rendre dans des écoles où la propagande était faite par la violence et la peur. Les goulags qui existaient déjà au temps des tsars avaient été réhabilités et agrandis et là, dans une promiscuité abominable, étaient entassés les marginaux, les contestataires au régime, des hommes et des femmes de toutes conditions et origines, considérés comme des délinquants. Quotidiennement battus, violés, tués au mépris de toute dignité, vivant dans des conditions atroces, vêtus de haillons dans cet endroit où le froid pouvait atteindre des records et dont la seule porte de sortie était la mort.

On la poussa dans un camion où se trouvaient déjà quelques personnes qu'elle connaissait. Certains lui sourirent d'autres étaient abattus et résignés. Le hayon du véhicule se ferma avec fracas. Katia regarda au dehors espérant et redoutant de voir ses enfants mais la seule personne se trouvant-là était son mari Vladimir qui la regardait avec son sourire malveillant et elle sut à cet instant avec certitude que son arrestation venait de lui.

Une jeune femme enceinte se poussa pour lui faire un peu de place. Une autre lui serra la main. Elle reconnut la femme qu'elle avait aidée à mettre ses jumeaux au monde, il y avait si longtemps. Des hommes et des femmes l'entouraient, le visage pâle, certains pleuraient, d'autres priaient, chacun perdu dans le monde qu'il venait de quitter.

Cinq heures s'écoulèrent quand enfin le camion s'arrêta dans un grincement de frein. Brutalement on les fit descendre. Katia retint de justesse la jeune femme enceinte, elle sentit son ventre dur sous sa main, elle n'était pas loin du temps de la délivrance. Doucement, elle lui tint le coude et l'amena un peu plus loin sous l'œil des gardiens. Ils se trouvaient dans un dépôt ferroviaire, une zone déserte où des dizaines de camions déchargeaient leur contenu humain. Bientôt la petite gare se trouva rempli d'hommes, de femmes et d'enfants, certains habillés pour sortir d'autres vêtus avec ce qu'ils avaient eu le temps de prendre. Les visages étaient pâles, les femmes serraient leurs enfants contre elles. Katia pensa à ses petits, ses amours, et elle était heureuse de les savoir en sécurité. Le bruit allait en s'amplifiant, des cris surgissaient un peu partout, le chaos régnait, la femme enceinte s'agrippait à Katia de toutes ses forces. Deux gardes arrachèrent un homme des bras de sa femme et le poussèrent dans un des wagons. La femme essaya de le rejoindre mais un des gardes l'en empêcha, la traînant sur le sol poussiéreux à coups de pieds. Katia était horrifiée. Mais qui étaient ces hommes ayant perdu toute humanité ?

Des files de wagons s'alignaient sur le quai, des gens y montaient, de force ou tirés par des mains qui les hissaient à l'intérieur.

- Katia par ici, cria une voix qu'elle reconnut.

C'était Ulla, une sage-femme qu'elle avait rencontré à Moscou. Elle la vit dans le wagon lui adressant de grands signes, alors elle se précipita vers elle traînant et portant la parturiente qui ne l'avait pas lâchée. A l'intérieur du wagon, l'air était étouffant et saturé d'odeurs corporelles, Katia eut un haut le corps mais réprima sa nausée tout en cherchant une place près de la porte, l'air y était meilleur. Elle allongea la jeune femme et s'assit près d'elle tout en continuant à lui tenir la main. La chaleur devenait de plus en plus étouffante. Les gens pleuraient de faim, de fatigue. L'envie d'uriner pour certains devint de plus en plus pressante. On ne pouvait descendre du wagon où on était impitoyablement refoulés à coups de poing et de crosse. Une femme pratiqua un trou tant bien que mal au fond du wagon pour servir de toilettes. Un garde s'approcha portant un seau d'eau et un autre contenant une soupe grossière et peu ragoûtante. Les gens se précipitèrent mais Katia d'une voix autoritaire les arrêta.

- Attendez, nous ne devons en prendre qu'une petite quantité car tout le monde doit pouvoir en avoir.

Les gens la regardèrent, certains ouvrirent la bouche mais sous le regard de la jeune femme, ils se tinrent cois. La portière du wagon fut verrouillée et le train s'ébranla. La femme perdit les eaux. Ulla et Katia se regardèrent avec horreur, l'accouchement avait commencé et elles n'avaient rien. Après des heures d'effort, elle mit son bébé au monde. Katia le tint contre elle quelques secondes et l'enfant se mit à pleurer et à marteler de ses petits poings l'air ambiant.

- Donnez-moi mon bébé s'il vous plait, s'écria la jeune accouchée.

Aussitôt posé, l'enfant se mit à téter et s'endormit. Ulla et Katia sourirent. La vie était là dans ce monde de fous et d'horreur mais pour combien de temps ?

Le train roula des jours et des jours ne s'arrêtant qu'en rase campagne. Alors les portières s'ouvraient et les deux seaux arrivaient. Bientôt des enfants et des personnes âgées furent malades. Katia était impuissante, elle n'avait aucun remède à leur donner. Quand le premier décès survint, ce fut pour elle un déchirement et une colère sourde se lova au creux de son âme. Ulla commença à s'inquiéter, le bébé ne se nourrissait plus et devenait de plus en plus apathique. Quand le train s'arrêta, elle put ausculter la jeune femme et s'aperçut très vite qu'elle était complètement déshydratée et ne pouvait plus nourrir son enfant. Elle était rouge et une odeur nauséabonde se dégageait de son ventre.

- Katia, viens vite voir.

Katia s'approcha et tâta doucement le ventre distendu. Elle regarda Ulla qui comprit rapidement en voyant le visage défait de son amie. Il était trop tard et rien ne pourrait sauver l'enfant et sa mère. Son agonie fut longue et dura toute la nuit.

Au petit matin, elle n'était plus et l'enfant la suivit de très près. À l'arrêt suivant et comme d'habitude, la portière s'ouvrit brusquement et comme d'habitude le soldat hurla.

- Des cadavres la dedans ?

Katia et Ulla firent glisser les deux cadavres qui allèrent s'échouer sur le sol boueux. Sous le regard horrifié des deux femmes, les morts restèrent là, le visage levé vers le ciel, puis la porte se referma et le train s'ébranla. Le manque d'hygiène et la puanteur étaient terribles, le corps démangeait terriblement. La vermine s'était installée et les poux les dévoraient. Rapidement, les malades devinrent de plus en plus nombreux et beaucoup se laissèrent mourir. Quand le train s'arrêtait, toujours en pleine campagne pour éviter toute évasion, les cadavres étaient jetés et laissés là.

A mesure que le train cheminait, le paysage changeait, les montagnes laissaient la place à des plaines sans fin où l'herbe se faisait rare. C'était la fin du printemps, la plaine gelée une grande partie de l'année s'éveillait à la vie, des nuées de moustiques s'attaquaient à la moindre parcelle de peau visible et causaient des démangeaisons terribles. Katia avait soif, sa gorge était desséchée, elle se retourna vers sa compagne qui s'était assoupie. Des gémissements lui parvinrent du wagon où étaient entassées des familles entières, des odeurs nauséabondes lui assaillirent les narines. Elle refoula la nausée et essaya de penser à sa vie d'avant mais le chagrin la submergea et des larmes se mirent à couler sur son visage noir de crasse. Au début, elle avait compté les jours mais peu à peu tout devint confus et elle avait rapidement arrêté. Le train stoppa dans un grincement et les portes du wagon furent ouvertes. Katia regarda au dehors, le jour était là, elle abreuva son regard de sa clarté et respira à pleins poumons l'air vif du dehors. Des gardes les sortirent sans ménagement et firent deux rangées, les hommes d'un côté, les femmes et les enfants de l'autre. Katia regarda autour d'elle. La toundra s'étendait à perte de vue, l'atmosphère était glaciale, un frisson la parcourut. Des gardes l'emmenèrent au centre de la cour où se tenaient sans bouger des détenues souvent couvertes de haillons et au regard vierge de toute expression. A cet instant, elle prit conscience avec horreur de son statut de prisonnière et elle sut au plus profond d'elle-même qu'elle deviendrait, si elle ne luttait pas, une de ces femmes décharnées et sans âme.

Souvent le soir, malgré la faim et la fatigue qui la torturaient, Katia ne trouvait pas le sommeil. Elle se levait et marchait de long en large, s'efforçant de ne pas faire de bruit pour éviter de réveiller ses compagnes de chambre. Elle sentait le sol de terre battue sous ses pieds, l'air était froid et humide mais elle était toujours vivante et son désir d'évasion devenait plus fort de jour en jour. Elle devait partir avant l'hiver, après il serait trop tard. L'hiver dans la toundra ne pardonnait pas, les températures chutaient et elle n'aurait aucune chance de survivre sans nourriture. Elle avait réussi, malgré la convoitise à garder sur elle sa fourrure de loup et elle ne la quittait jamais. Elle échafaudait des plans d'évasion qui se délitaient au petit matin.

Dès le crépuscule, les détenues étaient enfermées à clé dans les baraques. Ce soir-là, Katia n'entendit pas la clé tourner dans la serrure. Elle écouta et doucement tourna la poignée. La porte s'ouvrit, laissant entrer une lueur dans la pièce. La jeune femme se tourna vers ses compagnes mais personne ne bougea d'un pouce, elles restèrent là, hagardes, les bras ballants, la regardant. Elle s'approcha d'Ulla essayant de l'entraîner mais la jeune femme refusa. Elle avait perdu espoir. Alors, Katia ne résista pas à l'appel et sortit dans la nuit. Elle se mit à courir. De la lumière brillait aux fenêtres des baraquements des surveillants. Elle entendit des rires mais ne vit personne à l'extérieur. La confiance des gardes dans la nature environnante était totale, nul ne s'échappait d'un goulag. Son cœur tambourinait fort dans sa poitrine, elle s'avança dans la lumière et s'élança à la vitesse d'un cerf vers la liberté. Ses pieds s'enfoncèrent dans le sol spongieux, elle avait le souffle court, ses poumons la brûlaient, ses jambes et ses cuisses étaient douloureuses, elle courait. Soudain, un bruit de moteur perça le silence, un cri de terreur franchit ses lèvres, la gorge en feu elle continua, manqua de tomber, se força à continuer. Les gardes approchaient, elle les entendait mais elle refusait, elle ne pouvait pas échouer. Soudain des mains violentes la plaquèrent au sol, elle hurla sans discontinuer pendant un long moment.

Ses hurlements se muèrent en sanglots. C'était fini.

Katia refusait de marcher alors on la traîna vers sa prison où on la jeta devant la gardienne de son baraquement. Les détenues étaient réunies dans la cour malgré l'heure tardive. La gardienne détacha le fouet de sa ceinture et le déroula devant les yeux de Katia qui se mit à gémir de terreur. Elle se débattit de toutes ses forces mais ne put rien faire. Le garde la plaqua contre le mur, jeta sa fourrure dans un coin et lui attacha les mains à un crochet suspendu puis déchira le frêle tissu de sa robe. Elle sentit la brise du vent caresser son dos, un frisson de terreur la parcourut, elle se raidit, le dos rond, pressa son front contre le bois et essaya de quitter son corps mais le fouet mordit dans sa chair. La douleur fut trop forte, elle hurla, oubliant tout. Son supplice lui sembla durer une éternité et quand les gardes la détachèrent, elle se révéla incapable de marcher, le dos ravagé par les coups, elle sombra dans l'inconscience.

Quand elle se réveilla, elle gémit. Son dos la faisant

souffrir horriblement et elle était incapable de bouger. Un chant venu de très loin chatouilla ses oreilles, elle écouta. Des mains d'une douceur infinie caressaient son dos, une odeur d'emplâtre arriva à ses narines, elle connaissait cette odeur mais ne savait plus qui l'avait utilisée la dernière fois. Une coupe s'approcha de ses lèvres, de l'eau froide et délicieuse coula dans sa gorge tuméfiée d'avoir tant hurlé. La douleur reflua, elle se rendormit.

Quand elle rouvrit les yeux, le jour était levé depuis longtemps, elle bougea doucement mais la douleur de son dos lui arracha un cri.

- Attend, je vais t'aider, entendit-elle.

Des bras forts la soulevèrent et Katia put s'asseoir. Elle leva la tête et plongea dans le regard d'un noir si profond qu'elle eut l'impression de s'y noyer. Toute l'empathie et la tendresse s'y reflétaient. Elle connaissait ce regard. Elle fouilla dans sa mémoire mais ne put mettre un nom sur la femme qui se trouvait devant elle et la soignait de ses mains. Elle se laissa faire et se rendormit.

Le lendemain, on vint les chercher. De nouveau, elles montèrent dans un train, et le cauchemar recommença. Katia ne savait plus qui elle était, ses plaies s'infectèrent, la fièvre prit possession de son corps, elle délirait et se sentait flotter entre deux mondes. Des femmes aux cheveux roux, lui parlaient, elle entendait leurs chants, la résonnance de leur tambour, la douceur de leurs mains. Elle vit sa grand-mère, son merveilleux sourire et elle voulait tant retrouver le confort de ses bras puis tout lui échappa, la douleur revint violente et elle ouvrit les yeux.

- Ouf, te revoilà parmi nous, j'ai bien cru t'avoir perdue.

Katia revit la jeune femme qui l'avait soignée.

- Qui es-tu ? je connais ton visage.

- Je suis Lia. Repose-toi, la fièvre est enfin tombée.

- Où sommes-nous ? demanda-t-elle en levant la tête.

- Je ne sais pas, le train s'est enfin arrêté et nous avons dû descendre, les femmes m'ont aidée à te traîner jusqu'ici. Nous leur avons fait croire que tu étais en forme et nous avons eu de la chance, le garde t'a regardé et nous a laissé. Je crois qu'il te connait mais bon c'est une autre histoire, tout d'abord repose-toi.

Lia lui donna de l'eau additionnée d'une mixture au goût fort et âpre, elle but et s'endormit rapidement lovée dans la fourrure. Elle dormit toute la journée. Le soir venu, elle se sentit mieux et put s'asseoir. Quand Lia s'approcha, la mémoire lui revint. Lia, l'amie de Constantin et un flot de souvenirs ressurgit.

- Où sommes-nous ?

- Dans une exploitation agricole collective.

Katia regarda autour d'elle. Elles se trouvaient dans une cabane de bois d'une taille ridicule. Un poêle entouré de bols crasseux et d'une paillasse où était jetée une couverture usée lui faisait face. Un pot servant de toilettes et d'une saleté repoussante était posé près de la porte sillonnée de fentes et de fissures. Un couple était endormi en face de leur paillasse. Ils étaient donc plusieurs dans cette pièce si petite. Une femme entra, enveloppée d'une multitude de vêtements qui lui donnaient un air pataud, ses cheveux pris dans un fichu multicolore. Elle les ignora et se mit à cuire des rutabagas qu'elle mangea avec un quignon de pain. Le ventre des deux femmes se mit à gargouiller mais elles ne dirent rien. Etendues à même les planches nues de la cabane, la fourrure que Lia avait réussi à récupérer leur tenant chaud, elles s'endormirent. Il faisait encore nuit quand les soldats se mirent à hurler, ordonnant aux prisonniers de sortir de leur cabane et de se mettre en rangs, puis ils divisèrent les gens en groupes. On les emmena dans un champ où elles durent creuser toute la journée. Elles ne purent voir où elles se trouvaient. Elles travaillèrent toute la journée sans boire, ni manger. Quand elles rejoignirent le camp si misérable, composé de petites cabanes toutes de travers au toit gondolé et souvent effondré, le découragement envahit Lia. Elles allèrent chercher les tickets de rationnement leur donnant droit à un quignon de pain et une soupe claire où baignaient quelques pommes de terre qui ne pourraient pas calmer leur faim. Elles se couchèrent rapidement, leur estomac criant famine, la bouche sèche. Rompues de fatigue, elles s'endormirent rapidement.

Le lendemain et les jours suivants, la routine s'installa. Une pluie fine se mit à tomber sans discontinuer trempant leurs vêtements et rendant le sol boueux. Heureusement, elles purent boire à satiété car Lia avait posé au dehors tous les récipients. Katia avait réussi à cacher des rutabagas dans ses sous-vêtements à la barbe des gardes. Elle risquait la mort pour avoir volé de la nourriture mais s'en moquait, elle voulait vivre et avait trop faim. Elle les partagea entre tous les habitants de sa cabane. La femme au fichu la regarda et Katia crut voir un éclair de compassion dans son regard mais rapidement, elle s'en alla au dehors. Elle était libre de circuler dans le camp. Un soir, elle se brûla au poêle et un mot qui n'était pas du russe lui échappa. Katia sursauta, elle connaissait et parlait cette langue que sa grand-mère lui avait enseignée. Elle s'approcha et lui parla dans le langage de ses ancêtres. La femme surprise lui répondit dans la même langue.

- Comment t'appelles-tu ? demanda Katia.

- Natacha.

Les deux femmes se regardèrent, elles se reconnurent. Natacha parla de longues heures, racontant que sa famille comme celle de Katia avait dû se sédentariser et perdre leur troupeau. Quand vint les années de famine, beaucoup des leurs périrent. Un jour, le NKVD était venu et avait emmené des femmes pour surveiller d'autres femmes. Si elles refusaient, on tuerait leur famille. Natacha n'avait pas eu le choix, elle laissa ses petits à sa mère au village qui ne se trouvait pas loin et arriva dans ce camp, contrainte et forcée. Elle obéissait car elle avait trop peur pour les siens. Elle pleura longtemps dans les bras de Katia.

De ce jour, leurs conditions dans la cabane changèrent. Natacha partagea avec eux ce qu'elle obtenait et la faim fut moins forte. Les conditions à l'intérieur furent plus douces mais à l'extérieur, l'horreur et la terreur étaient toujours là. Elles virent mourir des femmes sous les coups de bottes de leurs gardiens, virent la torture infligée pour un quignon de pain dérobé. Elles virent le meurtre d'une femme qui avait essayé de faire parvenir un courrier au dehors. Elles assistèrent droites, le regard fixe et le cœur plein de haine pour leurs bourreaux, à tous les sévices que l'imagination humaine pouvait inventer pour humilier, faire mal. Elles savaient que leur vie ne tenait qu'à un fil. Elles se soutenaient mutuellement puisant le courage dans l'une et l'autre. Elles devinrent inséparables et leur amitié alla au-delà des mots.

Katia et Natacha connaissaient les hivers dans la toundra et elles savaient que les températures allaient chuter pour descendre très bas. Elles firent l'inventaire du peu de vêtements qu'elles possédaient et durent se rendre à l'évidence. Ce ne serait pas suffisant pour affronter le froid polaire. Natacha ne savait que faire, elle ne pouvait rapporter des fourrures au camp sans se faire repérer et surtout sans avouer indirectement sa complicité. Le risque était trop grand. Malgré tout, elle leur rapporta des morceaux de peau et des bouts de tissu pour confectionner des bottes. Katia n'avait pas oublié les heures où sa grand-mère cousait ses morceaux de peau. Elle se souvint de son adresse, se rappelant ses conseils. Des larmes perlèrent qu'elle essuya d'un geste rageur. Ne pas penser à autrefois, survivre était sa priorité. Malgré leur fatigue, Katia et Lia cousirent leurs bottes et les fourrèrent de paille. Natacha leur apporta de vieux vêtements qu'elles enfilèrent les uns par-dessus les autres. Ainsi vêtues, elles pourraient affronter le froid. Elles laissèrent la fourrure de Katia à l'intérieur pour ne pas tenter les autres détenues.

Les températures chutèrent du jour au lendemain. La neige se mit à tomber, le travail au dehors devint de plus en plus dur, les gardes devinrent irritables et les coups se mirent à pleuvoir sans aucune raison. Eviter les gardes, regarder le sol, se faire oublier, se faire toute petite, devint le leitmotiv des deux femmes. Elles rentraient le soir, trempées et glacées jusqu'aux os, les articulations raidies et mettaient un temps infini à se réchauffer avec cette horrible sensation de brûlures et de piqûres aux mains, aux pieds et au visage.

Durant ce premier hiver, Katia et Lia élaborèrent un plan pour s'évader mais elles avaient besoin de l'aide de Natacha qui refusa. Trop dangereux, elle serait considérée comme complice et sa famille serait tuée. Les deux femmes comprirent et n'insistèrent pas.

Un soir, en rentrant, elles virent Natacha courbée en deux, le corps secoué de sanglots, le visage tuméfié. Katia s'approcha d'elle et la prit dans ses bras. Natacha hurla et des paroles incohérentes jaillirent de sa bouche aux lèvres blêmes. Les mots : « morts, représailles, enfants » venaient en boucle. Natacha avait tout perdu. En arrivant au village pour voir sa famille, elle avait été empêché d'y entrer par les gardes du camp. Représailles lui avait on dit, des terroristes s'y cachent, des coups de feu avaient éclaté, des cris, des hurlements, puis le silence. Son cœur était devenu glacé, elle savait au plus profond d'elle-même que c'était fini alors elle avait hurlé essayant de pénétrer dans le village mais on l'avait battue et obligée à faire demi-tour sous l'œil des gardes hilares lui racontant la mort des siens. Durant les jours suivants, Natacha resta prostrée, le regard fixe, refusant de s'alimenter.

Une rumeur se mit à courir dans le camp, un nouveau transfert était prévu et des noms circulaient. Le nom de Katia était sur la liste mais pas celui de Lia. Elles allaient être séparées. La colère et le désespoir les frappèrent de plein fouet. Toute la journée, elles ressassèrent cette nouvelle, cherchant une solution mais n'en trouvant pas. Quand arriva le soir, elles trouvèrent une Natacha, le visage fermé, qui les attendait.

- Je vais vous aider, leur dit-elle. Tout m'est égal, ils peuvent faire de moi ce qu'ils veulent, je m'en fiche.

Dans les jours qui suivirent, elles préparèrent leur évasion, cachant les fourrures emmenées par Natacha, les ballots de nourriture pour leur survie, bien cachés sous leur paillasse. Elles attendaient le bon moment.

8

Toute la journée, une brume blanchâtre flotta au-dessus de la toundra. Les deux femmes savaient que c'était le moment idéal pour fuir car ce soir le brouillard serait si dense que plus personne ne distinguerait quoique ce soit. Elles devraient voyager de nuit et trouver des endroits pour dormir le jour. Elles attendirent la tombée de la nuit qui vit la température chuter drastiquement. Tout était prêt, depuis des jours, elles cachaient tout ce qui pourrait leur servir dans la toundra.

Natacha tendit des pommes de terre, puis à chacune d'elle, une chapka de fourrure de loup. Katia la remercia et tenta de l'embrasser mais elle la repoussa et alla se coucher sur sa paillasse en leur tournant le dos. Elles sortirent sans bruit, sans se retourner.

Elles marchèrent toute la nuit ne s'arrêtant pas. La neige se mit à tomber à gros flocons dissimulant leurs traces. Enfin elles arrivèrent au bord d'un lac, des congères s'y étaient formées, quelquefois si hautes que la vue ne pouvait aller au-delà. Elles décidèrent de s'y arrêter et trouvèrent une sorte d'anfractuosité qui pouvait les cacher. Des loups hurlèrent dans le lointain. Elles s'emmitouflèrent tant bien que mal et se pelotonnèrent l'une contre l'autre pour avoir un peu plus chaud dans ce froid glacial. Rapidement elles s'endormirent, épuisées. Le soir suivant les trouva transies, le froid était moins vif mais le brouillard plus épais. Elles burent rapidement et mangèrent un quignon de pain puis repartirent. Elles marchèrent des nuits et des nuits en perdant le décompte. Elles avançaient toujours, forçant leur corps, rêvant d'un feu, d'une paillasse, d'un repas chaud. Elles se racontaient des histoires d'avant sans parler de leurs proches, surtout ne pas en parler, ne pas laisser le chagrin les envahir, alors elles parlaient de recettes, d'histoires racontées au coin du feu, de leurs ancêtres et elles progressaient. Les nuits étaient plus claires, le brouillard s'était enfin dissipé, Katia se repéra aux étoiles, son grand père lui avait expliqué l'aide qu'elles pouvaient leur apporter dans la toundra. Elles voyaient les montagnes au loin, essayant de distinguer une fumée qui pourrait les guider vers les hommes, mais rien que le blanc. Le découragement de Lia survint d'un seul coup, elle s'assit lourdement sur le sol, refusant d'avancer.

- Pars, laisse-moi ici, articula-t-elle difficilement.

Katia la releva, sachant que si elles ne bougeaient pas, le froid les saisirait d'un étau mortel et il en serait fini de leurs rêves. Elle la força à avancer, puisant en elle des ressources qu'elle pensait ne plus avoir. Une seule chose importait, elle sauverait cette femme ou elle mourrait avec elle.

Un hurlement mélodieux s'éleva dans la nuit : des loups. Katia les sentit plus proches, leurs cris étaient empreints de solitude et résonnaient en elle au plus profond de son âme. Elle pensa à son loup, le reverrait-elle un jour, avait-il rejoint ses congénères ? Elles ne savaient plus depuis combien de temps elles étaient là. Elles n'avaient plus rien à manger et leur faiblesse était extrême. Le mauvais temps perdurait, elles étaient gelées en permanence.

Katia ne supportait pas l'idée de perdre Lia, cette femme l'avait sauvée du désespoir, c'était son âme sœur et pourtant elle la sentait glisser dans un sommeil profond d'où elle émergeait de plus en plus difficilement, tremblante et frissonnante. Alors Katia se blottissait contre elle, la réchauffant de son corps, luttant contre le sommeil. Le matin les trouvait blotties l'une contre l'autre, claquant des dents, les lèvres bleuies par le froid. L'état de Lia se mit à empirer, son souffle devint difficile et elle poussait des petits cris plaintifs entre chaque respiration. Vers la fin de la matinée, Lia se mit à respirer de plus en plus difficilement, elle leva ses yeux vers Katia, ses lèvres remuèrent avec difficulté, la jeune femme se pencha.

- Vis pour nous tous, furent les dernières paroles de Lia.

Ses tremblements s'arrêtèrent, ses épaules se détendirent et sa tête s'affaissa contre la poitrine de Katia, son regard perdit tout éclat.

- Lia, Lia, cria Katia, ne pars pas, non, s'il te plait ne me laisse pas.

Tout en continuant à la bercer contre elle, des gémissements plaintifs jaillirent de son corps épuisé, de gros sanglots convulsifs lui secouèrent les épaules puis le corps tout entier. Elle hurla son chagrin, sa colère à pleins poumons ne pouvant s'arrêter, puis se coucha contre le corps de son amie et s'endormit.

Elle courait, son cœur battait à tout rompre, des larmes sillonnaient ses joues laissant des traînées noires, elle courait, la peur au ventre, les hurlements de sa mère la hantaient. Une colère sourde naissait en elle. Des images qu'elle tentait de refouler lui revenaient sans cesse. Elle ne devait pas s'arrêter, mais laisser le plus de distance entre elle et eux. Elle s'enfonça plus profondément dans la forêt, s'écorchant les mains aux ronces qui parsemaient son chemin. À bout de souffle, le cœur au bord des lèvres, elle s'arrêta. Les jambes tremblantes, elle s'assit. Elle ne savait pas où elle se trouvait, les arbres lui cachaient le ciel et il faisait sombre autour d'elle. Katia était fatiguée, aurait voulu s'étendre là et dormir mais elle devait continuer, alors elle se releva et reprit le chemin des arbres. La jeune femme n'avait pas peur de la forêt, elle était son amie, sa compagne de toujours, elle savait avec un instinct très sûr se repérer et trouver son chemin. Elle entendit le cri de la chouette qui devait être en train de chasser, puis le hurlement d'un loup. La forêt se mit à bruisser de mille petits bruits. Au bout de plusieurs heures, ivre de fatigue, elle vit un très vieil arbre dont le tronc laissait entrevoir une niche où elle pouvait s'y recroqueviller et s'endormit. Son sommeil fut peuplé de cauchemars. Elle se réveilla brusquement au contact d'une langue râpeuse lui léchant le visage. Elle cria et ouvrit les yeux.

Son rêve était revenu, elle ne savait plus où elle était, puis les évènements de la veille furent là, son chagrin, la mort de son amie, ses derniers mots. Alors elle se leva, ôta tous les vêtements de Lia et s'en habilla. Elle recouvrit de neige le corps de son amie et déposa des pierres. Elle s'agenouilla près de la tombe et se mit à chanter appelant les esprits, retrouvant les gestes d'autrefois. Elle sentit autour d'elle les énergies tournoyer et sans un regard en arrière continua son chemin. Les jours qui suivirent furent terribles, elle marchait sans arrêt, son corps était épuisé mais elle marchait soutenue par cette volonté qui faisait sa force et surtout par l'espoir de revoir ses enfants, Constantin et les gens qu'elle aimait. Elle marchait oubliant sa douleur, oubliant le froid qui la paralysait, oubliant la faim. Elle prenait la neige glacée et la portait à ses lèvres espérant étancher sa soif. Le blizzard se leva et elle marchait toujours le corps plié pour se protéger des bourrasques, puis, elle tomba, une première fois, elle se releva, retomba et se coucha, laissant la neige l'ensevelir.

9

Constantin ne comprenait pas la raison de son arrestation. Il avait toujours fait ce qui devait être fait et surtout, il avait la protection de son ami, un proche de Beria, le chef de la police. Il espérait un malentendu et qu'on le relâcherait rapidement. Aussi quelle ne fut pas sa surprise de voir la voiture s'arrêter à la gare. Encadré de deux gardes, on l'emmena vers un wagon de marchandises où des hommes, femmes et enfants de tous âges s'entassaient. Tout allait s'arranger, espérait-il. Il revoyait le visage de Katia, la terreur dans ses yeux et frissonna. La peur s'insinua lentement, faisant battre son cœur. Où l'emmenait-on ?

Les portes se fermèrent brusquement et la pénombre s'installa. Pendant une semaine, le train roula. Il s'arrêta enfin. Les portes s'ouvrirent laissant le soleil entrer à flots et éblouissant les visages blêmes et défaits. Pour la première fois, Constantin put voir les personnes qui étaient avec lui, des femmes tenant dans leurs bras leur nouveau-né, des hommes portant des petits, des vieux, des jeunes, un mélange hétéroclite de personnes. Tous descendirent, transportant le peu de possessions qu'ils avaient pu emporter. Constantin n'avait rien. Il avait juste pris son manteau et le froid était vif malgré le soleil. Les gens s'interpellaient, demandant des nouvelles de leurs proches se trouvant dans les autres wagons. On les sépara en deux groupes, certains partirent dans une direction et les autres dont Constantin remontèrent dans le train.

La locomotive roulait à grand fracas faisant entendre ses cliquetis sur les rails, les emportant loin de leurs familles, ne sachant pas quand ils les reverraient. Certains pleuraient, d'autres parlaient, noyant dans un flot de paroles leur angoisse et leur peur. Tant bien que mal ils s'organisèrent, partageant la nourriture, établissant un roulement pour ramener l'eau qui leur était distribuée lors des haltes. La personne désignée pouvait descendre, se dégourdir les jambes qui s'ankylosaient lors des haltes.

Au bout d'une semaine le train s'arrêta de nouveau. Ils sortirent tous, leur bagage à la main, titubant en retrouvant la position debout. Les gardes les conduisirent vers une énorme bâtisse où s'entassaient déjà des centaines de personnes. Constantin regardait autour de lui et l'horreur enflât dans sa poitrine. Le lendemain matin on les fit monter dans un camion qui les emmena au bord du fleuve où les attendaient des bateaux. Durant des semaines ils naviguèrent mangeant de la bouillie d'orge. Ils n'avaient plus faim et reprenaient petit à petit des forces mais dans quel but ? Enfin, les barges ralentirent, ils étaient arrivés.

- Non, pas la Kolyma, s'il vous plaît, pas la Kolyma, gémit un prisonnier. C'est l'enfer là-bas, la mort au bout du chemin.

Un garde s'approcha de lui le revolver au poing. Un coup de feu fut tiré, l'homme tomba sous les yeux horrifiés de ses compagnons. Tétanisés, ils montèrent à l'arrière des camions qui roulèrent une journée entière à travers d'immenses forêts. De-ci de-là, Constantin vit d'énormes arbres abattus trouant la forêt. Des hommes armés de pioche creusaient le sol gelé, d'autres sciaient le bois, des femmes transportaient des roches, des enfants d'énormes cailloux. Tous étaient occupés, des gardes armés de fusils ou de gourdins les surveillaient. Constantin trembla, il sut que là était sa destination, l'enfer sur terre.

Les goulags situés dans la Kolima étaient des camps où peu de personnes revenaient. Les hommes et les femmes partageaient le même travail et devaient subir les pires atrocités de la barbarie des gardiens. Aucune pitié dans ces camps dénués d'humanité. Seule la mort et la folie étaient au bout du chemin.

- La route doit être construite pour rejoindre la Yakoutie et vous allez nous faire ça très bien, sans vous plaindre, dit un des gardes en éclatant de rire.

Enfin, les camions s'arrêtèrent. Ils regardèrent autour d'eux. Quelques baraquements faisaient face à des maisons en briques où devaient loger le commandant et ses officiers, plus loin des cabanes plus rudimentaires, les habitations des gardiens, pensa Constantin. Un des gardes, goguenard leur hurla :

- Si vous voulez dormir au chaud, vous allez construire votre baraque, mais avant vous devez décharger le camion.

Durant toute la journée, ils déchargèrent des briques, des barils de pétrole et des sacs de farine, toutes choses destinées au NKVD. Les bras rompus de fatigue, tremblaient sous les efforts. La soif se fit sentir très vite, la sueur trempa rapidement leurs sous-vêtements, les faisant grelotter. Enfin le soir arriva. Tous espéraient s'arrêter quand ils virent les travailleurs regagner leur baraquement, mais le calvaire continua jusqu'au déchargement complet. Ils durent dormir sur le sol gelé, étroitement enveloppés de leur manteau, se lovant les uns contre les autres pour avoir un semblant de chaleur.

Dès l'aube, les gardes les obligèrent à reprendre le

travail. Une soupe claire et un quignon de pain fut leur nourriture de la journée. Constantin se mit à regretter la bouillie d'orge. Il fut réquisitionné avec une dizaine de prisonniers pour édifier la nouvelle maison du commandant. D'autres partirent, armés de pioches et de scies, pour construire la route. On ne manquait pas de main d'œuvre, chaque jour apportait son contingent de prisonniers. Beaucoup mourraient de faim et d'épuisement sur cette route.

Les femmes et les enfants se virent dans l'obligation de bâtir un baraquement pour leur groupe sans utiliser les briques et le bois entassés près des bâtisses des gardes. Les enfants partirent à la recherche de bouts de bois et d'éclats de briques. Des femmes ramassèrent de grosses pierres pendant que d'autres recueillirent de la mousse pour servir de mortier entre les pierres. Elles creusèrent le sol à l'aide de pierres car on ne leur fournit pas d'outil. Ce fut un travail harassant qui dura des jours et des jours. Leur espoir était de terminer avant l'hiver et il leur restait peu de temps.

Pendant ce temps, Constantin vécut l'une des pires périodes de sa vie. C'était un intellectuel et le travail manuel ne lui était en aucune façon, familier. Bientôt ses mains furent couvertes d'ampoules qui se mirent à saigner. Son corps devint si douloureux qu'il lui était de plus en plus difficile de se lever. Le découragement le prit mais une énergie plus forte que tout vint le stimuler. Il voulait vivre, retrouver les siens. Il se souvint de ces hommes rencontrés lors de ses voyages, de leur enseignement à se déconnecter du corps pour rendre son mental plus fort. Pendant des mois, il avait appris à oublier son corps et aujourd'hui, il pouvait utiliser ce précepte.

Un garde s'approcha de lui, le frappant violemment et se mit à l'insulter. Le regard de Constantin glissa au loin, essayant d'oublier la haine de l'homme. Soudain, ses yeux accrochèrent le regard terrifié d'une enfant qui ressemblait à sa petite Sarah, molestée par un homme au regard lubrique. La terreur et la rage l'envahirent.

- Non, mon Dieu, pas elle, s'il vous plaît, hurla-t-il en courant vers l'enfant.

Le garde le rattrapa et se mit à le rouer de coup. Constantin se mit en boule se protégeant au maximum. Les coups pleuvaient, il ne sentait plus la douleur et sombra dans une bienheureuse inconscience. Le lendemain matin, il fut muté pour construire la route. Abattre des arbres, creuser la terre gelée en permanence fut et devint son travail quotidien.

Novembre était là et l'hiver s'installa. La bâtisse était terminée et avait fière allure en comparaison des pauvres masures faites de boue et de bois, construites par les femmes. Comment pourraient-elles tenir dans le long hiver sibérien ? Un des hommes avait trouvé un fut qui servirait de poêle. Les femmes essayaient au maximum de protéger les enfants mais ils durent eux aussi se mettre au travail. Faire des rondins pour le chauffage des maisons des gardes fut le labeur quotidien des plus petits. Les plus âgés, eux, allèrent sur le grand chantier de la route. Beaucoup s'estimaient chanceux de ne pas aller dans les mines pour récolter l'or car la rumeur circulait. On ne sortait pas vivant des mines d'or.

Les enfants commencèrent à se gratter le cuir chevelu et bientôt les poux envahirent le camp. Des femmes furent réquisitionnées pour raser toutes les têtes, les aisselles et les poils pubiens ne furent pas épargnés mais rien n'y fit. Les puces, elles aussi remplirent les grabats et les démangeaisons reprirent de plus belle. Les plus âgées des femmes essayèrent d'enlaidir les plus jolies car les gardes venaient piocher dans ce cheptel humain toujours renouvelé pour assouvir leur désir. Certaines revenaient le regard vide, apathiques et se laissaient mourir. D'autres, le visage fermé, les poings serrés hurlaient la nuit, la rage au ventre. Quelques femmes avaient réussi à voler un peu de nourriture qu'elles avaient caché pour nourrir les enfants, mais elles étaient rares car étroitement surveillées. Bientôt certaines durent s'humilier encore plus, oubliant toute dignité pour manger, car la faim se faisait sentir si forte, si intense qu'elle faisait oublier toute humanité et compassion. La règle était de survivre, de gagner un jour, encore un autre......

Le long hiver sibérien où le jour n'existe plus s'installa. Les yeux de beaucoup de prisonniers avaient perdu leur éclat, les sourires devinrent rares. Constantin regardait ces visages défaits, ces enfants sans espoir alors il se mettait à raconter des histoires. Les tempêtes de neige devinrent plus fréquentes et il devint difficile d'aller chaparder du bois qui vint rapidement à manquer dans les cabanes. Le bureau d'approvisionnement fut de plus en plus inaccessible et des personnes furent retenues pour déblayer la neige et faire un chemin. Durant les tempêtes, les chantiers s'arrêtaient mais repartaient plus longtemps pour compenser le travail perdu. Les prisonniers revenaient, harassés et transis de froid ne parvenant pas à se réchauffer. Le froid pris possession de l'extérieur et surtout de l'intérieur du corps. Constantin avait l'impression que plus jamais il ne pourrait avoir chaud. Il lui était de plus en plus difficile d'oublier son corps qui grelottait au moindre courant d'air. La nuit, il se recroquevillait sur lui-même, s'enveloppait dans sa couverture en couvrant sa tête, la seule façon de se réchauffer un peu, mais Il n'arrivait pas à maîtriser ses tremblements, claquant des dents jusqu'au petit matin. Ses muscles mis à rude épreuve tant par le travail que par le froid le faisaient terriblement souffrir : Il ne parvenait plus à trouver le moindre moment de repos.

Durant ce long hiver, la dysenterie s'installa dans la hutte et il fallut vider le seau plusieurs fois par jour. Se laver devint impossible, les poux revinrent en force et la puanteur était intenable. Chacun leur tour, les détenus devaient creuser le chemin pour aller chercher les rations qui devinrent plus maigres quand ils ne travaillaient pas. Beaucoup souffraient de gelures et s'enveloppaient de tous les habits qu'ils pouvaient trouver. Les morts étaient dénudés et leurs vêtements récupérés. Les enfants et les personnes âgés moururent de faim en premier. Le typhus et la dysenterie avaient gagné et prélevé leur part. À la fin de l'hiver, des tâches apparurent sur le corps de certains prisonniers. Le scorbut pensa Constantin. Les mains et les doigts étaient parsemés de vilaines tâches rouges, et surtout les gencives étaient devenues violettes.

- Scorbut, annonça Constantin après avoir examiné certains patients. Nous souffrons tous de malnutrition et si nous ne trouvons pas rapidement un aliment riche en vitamines, notre organisme ne le supportera pas.

Des femmes se mirent à pleurer en regardant leur petit, brûlant de fièvre, la peau sèche et flétrie, leurs dents devenues bleues. Elles n'avaient rien, les légumes étaient impossibles à trouver dans le camp et les fruits étaient devenus un rêve lointain. Elles se tournèrent vers Constantin, connaissant ses dons de guérison mais lui aussi était impuissant. Malgré tout il chercha des solutions mais n'en trouva pas. Voler des fruits aux gardiens était inimaginable et de toute façon pas suffisant pour enrayer la maladie. Son cerveau fonctionnait à plein régime, quand soudain, sur la route il aperçut un arbuste pointer ses petites feuilles hors de la neige. Discrètement pour ne pas se faire repérer par les gardes, il s'approcha.

- Un églantier nain, se dit-il, nous sommes sauvés.

Il savait que les baies à chair mauve de ces arbustes qui réussissaient à pousser dans cette partie si froide de la Sibérie étaient très riches en vitamine C. Dans peu de jours les fruits apparaîtront et leur profusion sera telle qu'ils pourront soulager les maux des prisonniers. Les habitants de cette contrée connaissaient depuis la nuit des temps les propriétés de cette plante mais au tout début et pendant longtemps, le NKVD avait interdit aux prisonniers d'y toucher sous peine de mort. Pour prévenir le scorbut, ils devaient avaler sous l'œil goguenard des gardiens, une mixture d'extrait de pin nain avant d'accéder à la cantine pour manger l'infâme lavasse qui leur était servie deux fois par jour. Malheureusement l'infâme portion déclenchait un hoquet et des spasmes si violents qu'elle coupait l'appétit malgré la faim qui les tenaillait.

Dès l'apparition des baies, les enfants purent aller les cueillir. Les parents souriaient de les voir se goinfrer de baies malgré l'interdiction d'en manger. Beaucoup de gardes fermaient les yeux en voyant les petits visages barbouillés de mauve.

Constantin fut convoqué au bureau du commissaire qui lui assigna sa peine.

- Propagande, quinze ans, dit-il, en le regardant droit dans les yeux.

Constantin ne bougea pas, le regard fixé sur un point, loin de cet homme. Le motif était si peu important et ne correspondait jamais à rien de concret. Le désespoir et la haine l'envahirent, quinze ans, pensa-t-il, toute une vie, serais-je encore là ?

10

Vladimir était furieux, l'homme qui lui avait tout pris, lui avait échappé. Il savait que l'arrestation avait eu lieu et il se faisait une joie de rencontrer cet homme dans les pièces sombres du kremlin. Il avait anticipé le plaisir de l'avoir, de lui faire subir mille et une tortures et voilà, il avait disparu. Devant sa bouteille de vodka, il ruminait sa vengeance. Il avait joui de voir Katia emmenée dans ce camion et il avait cherché ces bâtards mais ils avaient disparu et personne n'avait parlé. Les yeux baissés, les villageois s'étaient tus. La rage au ventre, il s'était saoulé et on l'avait retrouvé ivre mort le long d'un chemin. Ses compagnons l'avaient hissé dans un camion et il était revenu dans cette bonne vieille ville de Moscou. Depuis, il ne décolérait pas. Il voulait détruire cette famille de femmes, ces sorcières qui rendaient impuissants les hommes forts comme lui, avec leur imprécations, leur monde de savoir. Il les haïssait ces femelles, toutes des garces. Dans son cerveau d'ivrogne, une idée surgit. Il devait les détruire, ensuite tout irait bien, il retrouverait son prestige, on lui donnerait un poste correspondant à ses qualités de chef et là, il aurait le pouvoir. Il connaissait des gens influents qui pourraient l'aider.

Mina fut arrêtée quelques semaines plus tard sur le motif fallacieux de « ne correspond pas à l'état russe». Sergueï ne put rien faire mais avant le départ de sa femme aimée, il lui jura de prendre soin des enfants jusqu'à son retour. Le cauchemar commença pour elle et ses nouveaux compagnons dans ce train où la promiscuité était telle que personne ne pouvait bouger sans déranger son voisin. On restait assis, ne se levant que pour les besoins naturels, vers un seau débordant d'urine et d'excréments. De nouveau, les cadavres furent jetés sur les voies où les carnassiers purent se servir de cette viande offerte. Durant des jours, Mina resta prostrée, rien ne l'avait préparée à cette horreur quotidienne et la peur s'installa, insidieuse. Enfin au bout de plusieurs semaines d'un voyage interminable, le wagon presque vide, le train s'arrêta. Quatre officiers se tenaient debout sur les marches et observaient les femmes se tenant devant eux. Un ordre fut lancé.

- Déshabillez-vous, vociféra un des officiers.

Elles se regardèrent apeurées et ôtèrent les vêtements qui les recouvraient.

- Complètement, hurla un officier.

Elles obéirent essayant de cacher leur nudité de leurs mains. Un des officiers se mit à marcher et s'arrêtait devant chaque femme en l'examinant sous toutes les coutures. Quand il arriva à la hauteur de Mina, il la dévisagea. Elle avait une silhouette harmonieuse et parfaitement proportionnée. Elle dégageait toujours ce quelque chose qui attirait le regard des autres. Mina avait une poitrine voluptueuse si épanouie qu'elle ne parvenait pas à la cacher de ses bras minces. Empoignant ses bras croisés, il les rabattit avec violence. Son regard changea et il humecta plusieurs fois ses lèvres avec sa langue. Mina ne leva pas la tête. Il tendit sa main et tripota longuement un des seins. Son désir était évident. Le contact de cette main sur son corps lui donna la nausée et elle croisa de nouveau ses bras. Il laissa faire en tournant autour d'elle, lui palpant les fesses, passant la main entre ses cuisses. Mina ne bougea pas. Alors d'une claque sur son cul, il la poussa vers les autres. Ils les firent entrer dans les douches. Elles prirent un petit morceau de savon et se mirent à se frotter vigoureusement, laissant la crasse accumulée dans le train s'échapper en longues rigoles noirâtres. L'eau était glacée. Frissonnante, Mina avait peur, elle avait vu le regard des hommes sur son corps et elle ne pouvait s'empêcher de penser à toutes les choses qu'elle aurait dû faire et qu'elle n'avait pas osé faire. La colère et son impuissance étaient là, logées au fond de son cœur. Elles sortirent de la douche et purent récupérer leurs vêtements puants.

Les femmes et les enfants remontèrent dans le camion. Une des femmes sauta du camion et attendit. Un des officiers s'approcha d'elle, la regarda et la gifla. La jeune femme ne baissa pas la tête et le fixa, droite et fière sous le soleil hivernal de la toundra. Alors il la jeta à terre le visage contracté et sortit un pistolet et lui tira une balle dans la tête. Mina poussa un cri étouffé. Des larmes roulèrent sur ses joues. Elle admirait le courage de cette femme mais pleurait aussi sur sa lâcheté. Son instinct de survie était le plus fort. Les femmes les plus jolies dont Mina furent mises à part. Toutes tremblaient, elles savaient ce qui allait se passer.

Le soir même, elles furent toutes violées par les hommes du NKVD. Certaines restèrent dans la grande maison quand d'autres furent livrées aux gardes du camp. Elles étaient impuissantes et à la merci de l'humeur de leur bourreau qui avait droit de vie et de mort sur elles. Que leur importait une femme, ils pouvaient en avoir autant qu'ils le désiraient. Mina était restée avec les officiers qui admiraient malgré tout sa grâce et sa beauté. Chaque jour, elle subissait de nouveaux sévices. L'imagination de ces hommes dépassait l'entendement. Alors qu'elle avait envie d'hurler sa haine, on l'obligea à faire semblant de jouir, de ramper à leurs pieds en léchant le sol, de servir nue à leurs tables, là où chacun pouvait la prendre comme un animal en rut. Elle était devenue rien, une esclave sexuelle juste bonne à satisfaire leurs besoins. Son regard devint de plus en plus éteint, son envie de lutter se perdit dans ce grand trou noir qu'était devenue son âme. Elle avait oublié sa vie d'avant. Tout lui était devenu égal. Un matin elle se leva et se dirigea, une corde à la main qu'elle avait réussi à voler il y avait plusieurs jours déjà, vers la pièce où était stockée la nourriture de ses bourreaux. On la retrouva beaucoup plus tard, son corps nu, se balançant doucement.

Léna se réveilla brusquement, un cri jaillit de ses lèvres, des larmes roulèrent sur ses joues parcheminées et elle sut. Mina était partie. Elle était allée rejoindre Igor qui lui aussi l'avait quitté. Elle se leva, s'habilla de sa peau de loup et munie de son tambour, sortit dans la nuit noire. Elle hurla sa peine, son chagrin et son désarroi. Ses mains battirent le tambour, faisant appel aux esprits de ses ancêtres, leur demandant d'accompagner sa fille chérie dans le monde d'en haut, sollicitant leur aide. Quand l'aube se leva, elle était allongée sur la Terre Mère qui n'avait à cette époque de l'année, rien de maternelle, elle était dure et glacée. Léna frissonna, apaisée. Son cri avait été entendu et elle savait ce qu'elle devait faire : aller rejoindre ses petits-enfants malgré le danger.

Quand elle arriva dans le village, Sergueï était prêt à partir avec les petits qui le suivaient partout, ne le quittant pas des yeux. Il leur était dangereux de rester là, n'importe qui pouvait les arrêter. Ils devaient essayer de se perdre dans la grande ville. Dans le regard de la petite fille, Léna vit tout le chagrin, la tristesse et la terreur de perdre encore quelqu'un d'aimé. Elle prit l'enfant dans ses bras, caressant ses cheveux couleur de soleil couchant, consolant son âme de mots doux.

L'enfant s'amollit contre elle et ne la quitta plus. Ils s'éloignèrent du village sans un regard en arrière et allèrent s'installer dans la maison des parents de Sergueï qui faisaient partis de l'élite de la société russe.

11

Katia flottait dans un chemin de lumière et d'ombre. Des silhouettes enveloppées de brume la frôlaient, des animaux aux formes étranges lui apparaissaient, puis disparaissaient. Elle n'avait pas peur et continuait à avancer. Au détour d'un chemin, elle vit sa mère qui lui tendait les bras. Elle s'avança vers elle, se rapprocha et l'étreignit. Mina lui prit la main, elle se laissa guider, confiante. Elles s'assirent, des ombres s'approchèrent puis prirent forme. Katia gémit, elle reconnut Lia, son amie, puis Erika, Ygor, ses deux petits partis si jeunes. Les formes s'allongeaient, la clarté devint plus forte.

Un courant de lumière la happa et balaya toute pensée, elle ne résista pas, toute volonté envolée. Le courant l'entraînait à une vitesse folle dans un tunnel obscur. Des vagues lueurs apparaissaient de temps à autre, lumières éphémères dans les ténèbres. Le bourdonnement qui l'accompagnait se changea peu à peu en un chant d'une douceur telle qu'elle se sentit fondre d'un amour si fort pour le tout, pour ce qui faisait son être, son moi profond. Des mains la frôlaient, les femmes de sa lignée l'entouraient, l'emmenant toujours plus loin dans ce voyage de lumière. Elle se sentait protégée, absoute de toute souffrance, de ce sentiment de tristesse qui lui pesait depuis sa naissance.

Soudain, une lumière plus éblouissante la percuta, elle tomba dans une spirale sans fin. Un cri jaillit de sa gorge, les lumières s'éteignirent, le silence devint oppressant et elle vit des femmes et des hommes ressemblant étrangement à sa famille ; des femmes jouant du tambour, d'autres dansant au clair de lune. Elle les vit enfanter, aimer. Elle entraperçut pour certaines des tranches de leur vie. Anouchka qui lui ressemblait tant et qui voulait comme elle connaître la grande ville. Elle la vit jeune fille lors de son initiation, le désespoir de sa mère lors de son départ vers la ville reniant toute appartenance à son peuple, elle la vit se débattre, prise dans les filets de la prostitution et mourir sous les coups. Son âme errait et pleurait. La spirale l'emporta dans l'espace-temps. Là, une vieille femme offrant une pierre de cristal qu'elle reconnut comme la sienne, à une jeune enfant. Katia porta la main à son cou et elle se souvint l'avoir donné à sa fille. Encore plus loin dans ce monde qu'elle ne reconnaissait pas, elle vit deux femmes s'étreignant, l'une grande accompagnée d'un homme magnifique et une autre plus petite aux cheveux roux dansant au son des tambours.

Katia flottait toujours dans la spirale de lumière. Au loin, elle perçut une louve aux yeux couleur d'ambre accompagnée d'une jeune fille aux longs cheveux couleur de feu. La jeune fille la caressa et blottit sa tête dans la fourrure grise, si soyeuse, et se mit à trembler, elle avait froid. Elle ne portait que sa robe et n'avait pas eu le temps dans sa fuite de se munir d'un vêtement chaud. Elle attendit le lever du soleil et se mit en marche. Elle devait revenir sur ses pas, revoir sa mère, peut-être était-elle toujours en vie. Doucement elle s'approcha, tous ses sens en éveil, elle ne perçut rien, tout était silencieux aux alentours de la maison. Elle s'avança vers la porte qui était restée grande ouverte et elle vit. La louve gémit. Son cœur battit plus vite. Sa mère était allongée sur le sol. Le corps torturé, le visage tuméfié, des longues traînées noires avaient coulé sur ses joues pâles. Son esprit était parti. La jeune fille s'approcha, le cœur déchiré de chagrin et de tristesse. Elle caressa le visage tant aimé puis elle la prit dans ses bras et se mit à la bercer en chantonnant. Elle ne sut pas combien de temps, elle resta là. Enfin, elle regarda autour d'elle. Elle devait partir mais ne voulait pas la laisser là. Elle alla chercher l'eau et se mit à laver le corps meurtri. Elle détacha le foulard de la tête, une longue chevelure couleur de feu illumina, l'espace d'un instant, la pièce sordide. Elle ôta le pendentif du cou fin et long, le seul bijou que sa mère portait et dont elle ne séparait jamais. Ce bijou se transmettait de mère en fille. Elle avait vu sa grand-mère le porter, et à la mort de la vieille femme, sa mère l'enlever et le mettre à son cou. Nulle ne savait d'où il venait, son histoire se perdait dans la nuit des temps. Elle enroula le corps dans le long manteau de peau que sa mère aimait, et le porta vers la forêt, elle ahanait sous l'effort et son corps devint vite en sueur. Enfin, elle arriva près du vieil arbre et le posa au sol. Elle le recouvrit de terre et de pierres pour protéger le corps des prédateurs, rendant à la Terre Mère ce qui lui appartenait, puis elle se mit à psalmodier des chants anciens que nul ne connaissait et partit sans un regard en arrière, le corps enveloppé d'une lourde houppelande en peau de loup, elle marcha vers la forêt, la lune éclairant ses pas d'une lumière blafarde. Elle s'arrêta près de la tombe, caressa la terre de ses longs doigts fins, se releva et s'en fut.

Un gémissement et un souffle chaud sur son visage fit sortir Katia de sa vision, le rêve s'effilocha lui laissant un goût amer dans la bouche. Ses ancêtres étaient venus, lui redonnant foi, lui amenant la louve. Elle les sentait autour d'elle, l'encourageant. Elle se leva, titubante, et s'agrippa à la fourrure de l'animal. Katia et la louve marchèrent tout le jour et une partie de la nuit, dormant quelques heures à même le sol au milieu des rochers qui leur offraient un abri sommaire contre le vent qui s'était levé. L'hiver était là et se faisait sentir. Malgré son lourd vêtement et la marche harassante, elle avait froid. L'intérieur de son corps lui donnait la sensation de ne pouvoir jamais se réchauffer. Elle ne savait pas où aller, sa mère ne lui avait rien dit. Elle se sentait si seule si perdue, elle suivait la louve qui se dirigeait vers la montagne toute proche, sans réfléchir, toute entière dans son chagrin. La louve s'arrêta soudainement, leva la tête en humant l'air. La jeune femme regarda le ciel, des nuages sombres le traversaient à vive allure poussés par un vent de plus en plus violent, une tempête s'annonçait ; la louve reprit sa marche au petit trot, elles devaient trouver un abri rapidement. La neige se mit à tomber et les flocons réduisaient de plus en plus le champ de vision de Katia et l'empêchaient de voir où elle se dirigeait. Elle prit peur et ne quittait pas la croupe de sa louve. Sans sa louve, Katia serait perdue. Elles se mirent à courir mais les flocons de plus en plus denses les frappaient sans interruption. Elles seraient vite ensevelies sous une couche de neige si elles ne trouvaient pas rapidement un abri. Soudain Katia s'arrêta, la louve avait disparu, elle regarda autour d'elle mais ne vit rien que le blanc de la neige qui recouvrait tout. Découragée, la jeune femme s'arrêta, elle avait juste envie de s'allonger et d'attendre, elle se laissa choir. La louve revint sur ses pas et la mordilla en gémissant. La jeune femme s'agrippa à sa fourrure et par un effort de volonté immense se releva et se remit à marcher, de nouveau la louve la laissa seule.

Une douleur violente réveilla Katia, des milliers d'aiguilles lui transperçaient la peau. Elle hurla puis s'évanouit. A son réveil elle ne reconnut pas le lieu où elle se trouvait. Son corps était recouvert d'une peau de renne et elle entendait des murmures étouffés autour d'elle. Si épuisée, si mal et en même temps soulagée, elle sentait que son voyage prenait fin. Elle allait retrouver ceux qu'elle aimait C'était fini, alors elle ferma les yeux et se rendormit.

Un son doux puis de plus en plus profond se fit entendre obligeant Katia à revenir dans le monde qui était encore le sien. Elle se réveilla, les joues baignées de larmes, le son résonnant encore en elle. Une femme était assise devant elle, tapotant doucement son tambour.

- Maman est partie rejoindre le monde d'en haut, dit-elle dans un murmure.

La femme la regarda mais ne dit rien.

- Qui es-tu ? Où suis-je demanda-t-elle d'une toute petite voix.

- Dors, je répondrai à tes questions plus tard. Pour l'instant, tu as besoin de repos.

Katia se rendormit puis se réveilla de nouveau, la femme toujours à ses côtés, lui donnant à boire, la nourrissant d'une soupe. Rassurée Katia se rendormit. Le temps ne comptait pas. Enfin, elle put rester éveillée plus longtemps. La femme avait disparu, une fillette se tenait auprès du feu, de la viande piquée dans un morceau de bois. L'odeur de la graisse grillée fit saliver Katia. Son ventre se mit à gargouiller. Elle n'était donc pas morte et avait une faim de loup. Elle essaya de s'asseoir mais ne put bouger ses jambes. Soulevant ses fourrures, elle les vit enveloppées dans plusieurs morceaux de tissus. La panique l'envahit, elle essaya de défaire les nœuds mais n'eut pas le temps de le faire car la femme rentra et se précipita vers Katia.

- Non, laisse, tes jambes et tes pieds ont souffert de profondes engelures. J'ai réussi à sauver tes mains et ton visage mais tes membres inférieurs étaient plus atteints.

Katia porta ses mains à son visage mais ne sentit que du gras. La femme lui apporta un miroir. Quelques rougeurs parsemaient encore sa peau, son nez était encore très rouge, ses lèvres craquelées et une épaisse couche de crème à l'odeur étrange recouvrait le tout, donnant à sa figure un aspect graisseux.

- Merci, qui es-tu? Où suis-je?

- Tu es chez les hommes cygnes. Mon nom est Sakem et je suis une femme chamane. J'ai le don de guérir et de parler aux esprits comme toi. Je t'ai reconnue car les ancêtres m'avaient annoncé ta venue. Je t'attendais.

- Mais, où sommes-nous ? demanda Katia

- Notre terre est au sud de la Sibérie, près de la Mongolie. Nous sommes encore quelques-uns, mais le régime soviétique tente de nous détruire et il nous est de plus en plus difficile de préserver notre culture. Notre religion est bafouée et nos enfants ne peuvent plus parler leur langue. Beaucoup d'entre nous partent et rejoignent la Mongolie.

- Et pourquoi vous appelle-t-on des hommes cygnes?

- Autrefois nous habitions près du lac sacré, là où l'eau ne gèle pas, même quand le froid est intense. Chaque hiver, des milliers de cygnes viennent s'y poser et dans nos légendes, ce sont les esprits de la nature qui se changeaient en cygnes pour venir ici sur le lac. De l'union d'un chasseur et d'un cygne est né notre peuple. Maintenant, reposes-toi. Ton corps a besoin de repos pour guérir.

Les jours passèrent, Katia dormait sans arrêt. Sakem la réveillait trois fois par jour pour la nourrir, la laver et soigner ses plaies. Enfin l'envie de dormir passa, elle put se lever et faire quelques pas. Elle regarda autour d'elle et quel ne fut pas son étonnement de se trouver dans une grotte. Aucun bruit du dehors ne filtrait. La fillette la regardait sans un mot. Sakem rentra, les bras chargés de bois. Elle se mit à sourire quand elle vit la jeune femme debout qui la regardait.

- Attention à toi, tu es encore faible et tes muscles se sont atrophiés après cette longue immobilité.

- Depuis combien de temps suis-je là, avec vous? Qui est cette enfant? Où est ton clan?

Les questions fusaient. Sakem continuait à alimenter le feu pendant que l'enfant préparait le thé dans une bouilloire toute cabossée. Quand tout fut prêt, elles s'assirent et Sakem raconta son histoire.

"Il y a déjà plusieurs mois, nous vivions en paix au bord du lac, isolés, quand un groupe de soldats est arrivé et a détruit notre village en assassinant beaucoup de monde, puis ils sont partis comme ils sont venus. Alors le clan a décidé de quitter l'endroit, la peur qu'ils reviennent était plus forte. L'enfant est restée avec moi. Depuis le massacre de ses parents et le viol perpétré par ces soudards, elle a perdu la parole et l'esprit, tout homme qui l'approche la terrorise. Nous sommes venues dans cette grotte pour t'attendre car les esprits avaient parlé. Bientôt, tu serais parmi nous et je devais être ici. Quand tu iras mieux, nous rejoindrons mon peuple."

Pendant quelques instants elle se tut, le regard au loin, des larmes coulaient sur ses joues. Katia s'approcha et la prit dans ses bras. La digue se rompit, des sanglots déchirants plièrent Sakem et Katia sut la fin de l'histoire. Les soldats avaient tué ses deux enfants, l'obligeant à regarder la scène atroce et ensuite devant le cadavre de ses enfants, ils l'avaient violée tour à tour, la laissant pour morte.

Katia ne sut que dire, elle tenait cette femme qui avait tant souffert de la barbarie des hommes, qui l'avait attendue et soignée. Elle sentit un flot de bile et de haine monter à sa gorge et un amour très fort pour cette femme qui lui avait sauvée la vie alors qu'elle avait cessé d'espérer. Sakem se redressa, but son thé à petites gorgées puis sortit. Quand elle revint, elle était redevenue elle-même et s'approcha de Katia. Elle lui enleva les bandages et sourit.

Les plaies de tes jambes et de tes pieds ont disparu, bientôt tu seras assez forte pour marcher et rejoindre mon peuple, dit-elle en lui pliant chaque articulation et en lui massant les jambes où ne restaient plus que quelques cicatrices. La neige a cessé de tomber depuis quelques jours, sortons pour que tu prennes un peu l'air.

Le soleil brillait, faisant scintiller la neige de milliers de cristaux, Katia porta la main à son front, éblouie, puis s'assit au bord d'un petit parapet surplombant la vallée. Elle regarda autour d'elle, s'abreuvant de la beauté du lac, des bourgeons des arbres qui commençaient à former des petites feuilles. Des pousses d'arbustes sortaient de la neige. Le printemps était là, s'annonçant de mille façons. Elle était vivante et avait réussi à sortir de l'enfer. Katia laissa ses pensées vagabonder, elle pouvait maintenant réfléchir à tout ce qui s'était passé, à tout ce qu'elle avait laissé, un soupir s'échappa de ses lèvres. Elle pensa à Lia, sa douce amie, une ombre la frôla et elle sut qu'elle avait trouvé le repos, mais son esprit était et resterait encore un peu auprès d'elle. Dans ses rêves, elle avait vu Mina, sa mère, et savait qu'elle était partie et qu'elle ne la reverrait pas dans ce monde-là. Qu'étaient devenus ses enfants et Constantin ? Elle sentait au plus profond de son cœur qu'ils étaient toujours en vie.

C'était la première fois qu'elle osait penser à eux depuis son arrestation, les larmes roulèrent sur ses joues pâles. L'image de Loup la traversa et un frisson la parcourut. Loup, sa louve, elle était sure que c'était elle qui l'avait traînée, guidée jusqu'à Sakem ; les reverraient-elle un jour ou devra-t-elle errer, se cachant de tous ? Elle eut froid tout à coup, rentra dans la grotte où Sakem, silencieuse, lui offrit une tasse de thé, comprenant son chagrin et son désarroi. Sa convalescence fut rapide et bientôt, elle put sortir sans aide.

- Katia, nous sommes seules, la route sera longue avant de rejoindre les quelques survivants de mon clan et nous n'avons personne pour nous défendre et nous nourrir, lui dit Sakem.

Katia se souvint de son grand père, il lui avait appris à chasser, à trouver la nourriture et elle n'avait rien oublié. Rapidement, les gestes ancestraux revinrent en force, elle fit un arc et des flèches avec les branches tendres des petits arbustes et s'entraîna des heures et des heures à viser la cible. Bientôt elle se sentit prête à chasser de nouveau.

Il fut temps de quitter la grotte. Sakem avait retrouvé dans le village un traîneau fait de branches entrelacés où elles posèrent une partie de leurs possessions. Chacune à leur tour, elles tiraient le traîneau. La fillette, le pouce dans la bouche, fut assise sur le dessus. La jeune femme admirait la force de Sakem et se sentait petite et fragile à côté d'elle, grande et bien charpentée, aux épaules larges, aux bras fermes et robustes et aux jambes puissantes qui n'avaient pas peur de parcourir la taïga en tirant le traîneau. Elle avait les yeux légèrement bridés d'une couleur changeante suivant l'humeur ou la lumière. Son regard était perçant, ses cheveux étaient noirs parsemés de mèches blanches. Son allure était calme, empreinte de sagesse. Elle avançait, ne paraissant jamais fatiguée. Katia et Sakem cheminaient, longeant la rivière, évitant les hommes et leur village, ne s'arrêtant que pour manger et dormir. Elles se régalaient quelquefois d'un lapin qu'elles avaient tué ou d'une truite pêchée. Katia retrouvait le plaisir de la nature, la vie au grand air, suivant Sakem qui jouissait de la connaissance instinctive de son peuple nomade, ayant parcouru ces chemins depuis des temps immémoriaux.

12

Plusieurs semaines passèrent, le printemps s'installait, les journées étaient plus longues et plus douces. Elles avaient traversé des gués, foulé des prairies aux herbes tendres, escaladé pierriers et rochers escarpés, tirant hâlant le traîneau. Katia sentait que le voyage tirait à sa fin. Soudain au détour d'un chemin, un bois de renne apparut sur la crête, puis deux. Trois rennes chargés de lourds morceaux de bois, précédés d'un homme à cheval, marchaient vers elles.

- Nous sommes arrivées, lui dit Sakem.

L'homme se dirigea vers elles, leur faisant de grands signes. Son cheval était petit mais il se tenait fier et droit, malgré son grand âge. Il salua Sakem dans une langue inconnue de Katia à qui il jetait de fréquents regards. Ses yeux étaient perçants et la jeune femme se sentait mise à nue devant lui. Enfin, il sourit et tout en regardant les deux femmes, parla dans sa langue.

- Vous devez pleurer, laisser partir le chagrin et la colère qui envahissent chaque partie de vous, alors vous retrouverez la sérénité. Je vous souhaite la bienvenue, femmes. Mon clan sera ravi de faire votre connaissance, traduisit Sakem.

Katia s'inclina devant cet homme, en signe de respect. Elle avait reconnu en lui, un sage doté d'un grand pouvoir et les paroles prononcées faisaient écho à son âme. Sakem lui raconta l'histoire de ce clan qui avait fui les persécutions du gouvernement soviétique. L'homme sage l'avait guidé loin dans la taïga dans un endroit inconnu des hommes russes. Il ne pouvait accepter que son peuple soit détruit, leurs rennes décimés par les maladies, enfermés dans des enclos. Ils vivaient là depuis plusieurs années, au rythme de leurs rennes qui leur donnait tout, viande, peau, os, etc... Une complicité très forte les liait. Les deux femmes et l'enfant suivirent le vieil homme et enfin arrivèrent au campement où des centaines de rennes se régalaient de pousses de lichen. L'activité était intense, tout le monde était mobilisé pour surveiller les animaux ayant une tendance très nette à se séparer du reste de leurs congénères pour aller batifoler et se régaler des fleurs poussant sur les versants ensoleillés de la montagne. Les faons suivaient leur mère et devenaient des proies faciles pour les loups. Personne ne fit attention aux nouveaux arrivants. Katia regarda autour d'elle, les tentes de peaux ressemblaient à celles de son enfance, éparpillées un peu partout, l'entrée toujours au sud. Le vieil homme les invita à entrer dans une des urtz. Elle huma l'odeur du poêle où l'eau chauffait doucement, celle de la viande, séchant sur une corde au-dessus du foyer. A gauche de l'entrée se trouvait la place des hommes reconnaissable aux harnais, selles, fusils, pièges ; à droite celle des femmes et des enfants avec le coin cuisine, les bols et les assiettes posés sur le sol. Au fond, l'endroit pur et sacré où des figurines représentant les esprits protecteurs du clan étaient sculptés dans des os ou des ramures de renne. De chaque côté, des peaux et des vêtements étaient posés. Tout était impeccablement bien rangé. Katia plongea brusquement dans son passé, elle vit Léna sa grand-mère, s'affairant près du poêle, sa mère cousant dans un coin, son grand-père aiguisant ses couteaux, tout la ramena à son enfance où tout était encore possible. Des larmes coulèrent sur ses joues. Son chagrin était si fort et lui faisait si mal, elle avait réussi tant bien que mal à laisser ses souvenirs enfouis et là tout revenait en force. Sakem lui offrit une tasse de thé pendant que Doreen, le vieil homme, lançait quelques gouttes de vodka pour les esprits du lieu. Ils sortirent, laissant la jeune femme à sa peine. Sakem alla retrouver les survivants des hommes cygnes qui avaient trouvé refuge auprès de ces hommes appelés tsaatanes.

Quand le soir arriva, tout le clan se réunit voulant entendre l'histoire de Katia et sous leur regard horrifié, elle raconta ses enfants, la séparation, l'horreur des trains, les tortures infligées, la déshumanisation des goulags mais aussi quelquefois, la tendresse et la compassion qui surgissaient telle une fleur sous la neige. L'espoir qui tenait ces gens debout. Katia était une excellente conteuse et tous étaient captivés par sa voix, mais bientôt la fatigue de la journée abrégea la veillée et chacun regagna son urtz. Des peaux de rennes furent étendues sur le soi et les corps fatigués s'endormirent. Katia fut longue à trouver le sommeil. Ses enfants, Constantin, tous ceux qu'elle aimait, qu'elle avait fait revivre le temps d'un récit étaient là, proches, elle pouvait sentir leur odeur d'enfants, voir le magnifique sourire de son amour. Des larmes roulèrent sur ses joues. Elle tourna son regard vers la croisée des perches, vers le ciel constellé d'étoiles et lança un message d'amour à ceux qu'elle chérissait, laissant les esprits l'apporter et enfin elle s'endormit.

Ils restèrent là plusieurs semaines, vaquant à leurs occupations, laissant la jeune femme avec Doreen et Sakem. Ils avaient reconnu en elle, une grande chamane et désiraient lui enseigner ce qu'ils connaissaient. Ils avaient appris de la bouche de Katia son initiation par sa grand-mère, son arrêt brutal, aussi lui enseignaient-t-ils la langue mongole, les chants et les rituels pour invoquer les esprits finissant ainsi son apprentissage.

Au début de l'été, avant de rejoindre les alpages, une grande fête pour l'investiture de Katia fut organisée. Sakem la vêtit d'un grand manteau fait de plusieurs peaux de loups, disparaissant sous une multitude d'objets, d'ornements symboliques, de pierres précieuses et de petites clochettes. Doreen lui posa une magnifique coiffe faite de bandeaux de cuir ornée de plumes d'aigle et de chouette et dessinée de figures aux traits primitifs. Des franges cousues sur le bord inférieur cachaient le visage. En voilant Katia de son apparence humaine, on laissait ainsi la place à celles des esprits. Ensemble, ils lui offrirent un magnifique tambour en peau de cheval pour lui permettre à elle et ses alliés de chevaucher le monde d'en haut, servant de médiatrice entre les deux mondes.

L'été, saison des pluies, était là avec les moustiques et les taons qui envahissent les plaines obligeant le clan à partir dans les alpages. Avant le grand départ de la tribu, les hommes partaient pour ériger les structures des futures tentes. Les femmes, elles préparaient le déménagement chargeant chaque renne de leurs possessions. En arrivant sur le nouveau camp, les hommes débattaient les animaux et montaient les urts pendant que les femmes raccordaient les longs tuyaux du poêle et ranimaient l'esprit du feu très respecté pour son effet purifiant et magique. Dans le peuple de Katia, on allumait le feu avant toute chose, et on lui vouait un culte très fort. On apprenait très tôt aux enfants à le vénérer et il leur était interdit de jeter des ordures ou d'effleurer le feu d'un objet pointu ou de retirer la viande avec un couteau. L'enfant était sévèrement puni s'il passait outre. L'eau était aussi un élément sacré et était vénérée par le peuple. Jamais on ne souillait l'eau d'un lac ou d'une rivière par crainte d'offenser les esprits invisibles. Ici, les traditions rituelles étaient sauvegardées. Tant de choses avaient été oubliées lors de la soviétisation et elle admirait ces gens réussissant malgré la pression et la peur à garder leur identité. Elle pensait à ses grands-parents qui eux aussi avaient préféré fuir plutôt que perdre ce qui leur tenait le plus à cœur. Elle savait que sa vie pouvait basculer du jour au lendemain, la frontière entre la Mongolie et la Russie était inexistante et le régime soviétique sévissait aussi dans ce pays. Elle devait rester cachée, se faire oublier mais désirait tellement des nouvelles de ses proches qu'il lui était de plus en plus difficile de ne pas retourner dans son pays. L'inaction lui pesait et de nouveau elle partait dans la montagne marcher, fatiguant son corps pour enfin trouver le sommeil la nuit venue. Elle passait des heures auprès des chevaux semi-sauvages à les étriller, à brosser leur crinière, leur parler. La compréhension entre les animaux et la femme était nette. Pendant ce temps passé avec les chevaux, elle oubliait son chagrin et sa peine. Doreen la regardait et sentait que la jeune femme s'enfonçait loin dans son âme. Il lui apprit à seller et à monter à cheval. Son don de communication était tel qu'elle pouvait monter à cru et se faire obéir de l'animal très facilement. Quand Doreen la sentit prête, il lui offrit une magnifique jument grise. L'animal et la jeune femme se regardèrent et se reconnurent. L'alchimie était là, visible sous les yeux rieurs de Doreen. De ce jour, elles ne se quittèrent plus et partirent des journées entières dans la montagne. Grise, nom que Katia lui donna avec son accord, avait la capacité exceptionnelle de sentir la présence des âmes errantes, des fantômes, esprits et autres « choses invisibles » censés peupler la taïga, « choses » qui échappaient complètement à sa cavalière. Un jour qu'elle galopait dans la toundra, Grise s'arrêta brusquement manquant de jeter Katia sur le sol. Impossible de la faire repartir, elle était là au milieu de nulle part. Katia se souvint des histoires racontées à la veillée, de ces chevaux comme immobilisés par des entraves invisibles, refusant obstinément d'avancer, rien ne pouvait les faire repartir, ni coup de cravache, ni cri, car c'était le signe sûr que le cavalier avait conduit sans le savoir sa monture tout droit dans un lieu hanté. Elle avait souri en entendant la fin de l'histoire car dans une telle situation, les cavaliers étaient unanimes, il n'y avait qu'une seule solution : il fallait descendre de selle et uriner entre les pattes de sa monture. Grise, étant toujours tétanisée, Katia descendit et s'accroupit entre les pattes de son cheval pour uriner, puis elle remonta en selle et elles purent repartir. Grise ne lui donna aucune explication.

Katia aimait ce petit peuple qui vivait encore de manière ancestrale, pétri de superstitions et de magie où tout était ritualisé, donnant une cohésion au clan. Elle ne passait pas près d'un Ovöo, petit cairn fait de pierres et de tissus multicolores, sans s'arrêter et faire trois fois le tour en faisant une offrande à l'esprit du lieu. Pour Katia, l'homme sans les esprits n'était rien. Il fallait sans arrêt les amadouer pour qu'ils ne nuisent pas à l'homme, mais lui accordent leur aide. Katia vénérait la Mère Nature et la respectait en suivant tous les préceptes donnés par les esprits. Tout acte malveillant envers elle pouvait entraîner leur colère. Elle était partagée entre ces deux cultures, l'une apprise à Moscou où l'on avait oublié le respect dû à toute chose et l'autre, donnée par ses grands-parents.

Lors d'une de ces promenades qui l'emmenait toujours plus loin, quelquefois accompagnée de Doreen ou Sakem ou seule, Katia eut la prescience de quelque chose d'inhabituel. Elle regarda autour d'elle et vit des centaines de dessins symboliques gravés sur la roche. Elle descendit de cheval et s'approcha. Des animaux, mammouths, chevaux, tigres aux dents de sabre, lions des cavernes, scènes de chasse lui faisaient face dans un réalisme surprenant. Ses mains effleurèrent la roche et là, elle bascula dans un autre univers. Quand Katia revint à elle, le jour déclinait, Grise était là et attendait. Elle regarda autour d'elle, perdue, ne sachant plus où elle se trouvait. La jument s'approcha et lui souffla une haleine chaude sur son visage. Elle s'accrocha à elle reprenant pied avec la réalité, elle était partie si loin dans le monde de ces représentations, partageant l'espace d'un instant leur vie, courant et chassant dans la steppe à la recherche de gibier. Les images la suivirent longtemps, elle était déjà venue ici, y avait vécu, elle essaya de se rappeler mais les images se délitaient ne lui laissant qu'un souvenir confus. La jument frémit, le ciel devenait de plus en plus sombre, le vent se leva suivit d'une pluie diluvienne, l'orage s'abattit sur elles. La jument effrayée hennit, Katia la rassura. Elles devaient trouver un abri, elles étaient trop exposées. Elle força Grise à avancer. Un loup hurla, terrorisant la jument qui roulait des yeux fous et se mit à trembler. Tant bien que mal, Katia la retint, tirant sur les rênes avant qu'elle ne s'emballe, lui chuchotant des mots doux au creux de l'oreille. Elles avançaient, le vent mugissant autour d'elles. Des éclairs zébraient le ciel de leur lumière, éclairant soudain une anfractuosité dans la roche. Rapidement Katia dirigea sa jument vers cet abri inespéré. Elles regardaient les éléments déchaînés. Le roulement du tonnerre se répercutait autour d'elles, le flash de ces dizaines d'éclairs illuminait la scène d'une vision apocalyptique, la pluie emportait tout sur son passage. Soudain, la foudre s'abattit non loin d'elles, faisant hennir Grise de terreur. Enfin tout s'arrêta. Katia remercia l'esprit de la montagne de les avoir épargnées. Des petits gémissements se firent entendre. Elle se retourna vers le fond de la grotte et un sourire illumina son visage. Loup la regardait de ses yeux ambre, elle semblait sourire en la regardant. Katia se précipita vers elle, oubliant tout, ne pensant qu'au bonheur de ces retrouvailles inespérées. Loup lui présenta ses petits. Katia resta là longtemps, retrouvant leur complicité perdue. Grâce à son don, elle sut que la louve l'avait toujours suivie, la protégeant des dangers. Katia lui demanda de ne pas approcher du campement. Elle caressa sa belle tête, se leva et partit.

Malgré sa joie d'avoir revu Loup, elle se sentait inquiète, un sombre pressentiment lui étreignait le cœur, elle devait retourner au campement. Elle mit Grise au galop et bientôt le camp fut en vue. Tout avait l'air calme, les femmes se préparaient pour la traite pendant que les enfants s'empressaient autour des rennes, tirant sur leur corde et s'amusant à les monter à cru en exécutant d'amusantes acrobaties. Elle rentra rapidement dans l'urtz qu'elle partageait avec Sakem, Doreen et sa femme et l'enfant muette. Sakem était allongée, le visage livide, sa robe tachée de sang. À son chevet se tenait Stue, la femme de Doreen, Katia se précipita vers les deux femmes.

- Que se passe-t-il Sakem, demanda-t-elle.

- C'est son bébé, lui répondit Stue.

- Son bébé, mais quel bébé ?

Katia tremblait. Elle n'avait pas vu la grossesse de son amie et s'en voulait de son égoïsme envers cette femme qui lui avait sauvé la vie. Rapidement, les doigts experts de Katia se mirent au travail, elle sentit la tête du bébé et elle s'inquiéta de sa grosseur. Le temps de la naissance n'était pas encore venu et les explications attendraient. Elles firent chauffer de l'eau et attendirent, écoutant les gémissements de Sakem. De temps en temps, Katia se levait pour vérifier le travail. Le soir venu, les hommes rentrèrent mais elles les chassèrent de la tente ; la place de l'homme n'était pas d'être au chevet d'une future accouchée. La jeune femme était heureuse de la présence de Stue, femme de l'ombre à la beauté surannée, au regard brûlant de tendresse quand elle regardait Sakem. Ses gestes si délicats, si pondérés la rassuraient. Tant de choses s'étaient passées depuis la dernière fois où elle avait exercé son métier et elle avait peur. Katia sentait que cette naissance serait difficile et qu'elle aurait besoin de tout son savoir-faire. Enfin à l'aube, le temps fut venu, les contractions étaient devenues de plus en plus violentes. Katia sentait la tête du bébé. Après un dernier effort Sakem expulsa l'enfant, la tête était noire et difforme. Il était mort étranglé par le cordon ombilical. C'était une fille. Katia ne savait que dire, muette d'horreur. C'était la première fois qu'elle perdait un bébé lors d'un accouchement. Stue prit le bébé, l'enveloppa d'un morceau de tissu et sortit. Katia ne bougeait pas, prostrée, puis se ressaisit, elle devait s'occuper de Sakem qui la regardait.

- C'est mieux ainsi, lui dit-elle, je n'en voulais pas, les esprits l'ont voulu. C'était un enfant du malheur.

- Pourquoi ne m'as-tu rien dit, j'aurais pu t'aider, être là pour toi, murmura Katia.

- Je sais, ne sois pas en colère contre toi, c'était mon choix.

Cette nuit fut un électrochoc pour Katia. Tout à son chagrin, elle n'avait pas su voir ce qui l'entourait. La grossesse de Sakem issue du viol subit par la jeune femme, la gentillesse de Doreen et de Stue à son égard, leur patience, la protégeant de leur mieux et aussi l'enfant de la grotte, cette petite fille innocente dont personne ne pouvait s'occuper. Sakem avait plusieurs fois essayé mais n'avait pu accéder à l'esprit de l'enfant. Tout le monde l'appelait Petite car personne ne connaissait son nom. Elle, Katia, la guérisseuse avait oublié de regarder, de sentir, de voir ce qui se passait autour d'elle. Elle s'approcha de l'enfant qui recula. Personne ne pouvait l'aborder et encore moins la toucher. L'enfant était petite et menue, on ne voyait que ses grands yeux noirs perdus dans un autre monde, le reste du visage était noir de crasse et ses cheveux d'une couleur indéfinissable étaient sales, emmêlés et grouillants de poux. Katia s'agenouilla près d'elle et lui parla doucement, lui murmurant des mots doux, essayant de capter l'attention de la petite. Au bout d'un long moment, la jeune femme crut apercevoir une étincelle, si brève qu'elle crut l'avoir rêvée. Depuis ce jour, Katia s'occupa de l'enfant, lui parlant sans arrêt. De plus en plus elle sentait l'enfant reprendre vie, la suivre des yeux, le pouce toujours dans sa bouche. Enfin, elle put la toucher sans que la petite ne recule.

- Je vais t'appeler Suyan, es-tu d'accord ? demanda Katia qui n'attendait pas de réponse.

Quelle ne fut pas sa surprise quand elle vit l'enfant hocher la tête. En donnant le nom, Katia reconnaissait la fillette comme sienne qui devenait un membre de la tribu à part entière. Depuis ce jour, la petite la suivit partout, surtout quand Katia se rendait auprès de Grise qui adorait l'enfant. Avant qu'elle puisse faire un geste, Katia la hissa sur le dos de la jument qui ne broncha pas, d'un claquement de langue, elle la fit s'avancer. Suyan avait lâché son pouce et se tenait à la crinière du cheval. À la surprise générale, l'enfant se mit à rire aux éclats, les yeux pétillants, elle hurlait de plaisir. Quand Katia la descendit du cheval, elle pleura des larmes de bonheur en sentant le petit corps de Suyan se blottir contre elle.

Elle fit chauffer de l'eau et proposa à l'enfant de la laver. Katia la brossa, l'épouilla, la coiffa et lui natta ses magnifiques cheveux couleur de miel. De ce jour sa guérison s'amorça rapidement. Malheureusement Suyan n'avait toujours pas retrouvé l'usage de la parole mais sut très vite se faire comprendre de tous les enfants et adultes. Doreen lui apprit très vite à monter à cheval et elle devint une très bonne cavalière, ne faisant qu'un avec son cheval, entamant de furieuses cavalcades et effectuant des pirouettes sur son dos au grand dam de Stue.

13

L'automne fut bientôt là, il était temps de redescendre dans la vallée et de se préparer pour l'hiver. Comme à son habitude, Doreen trottinait sur son renne. Il connaissait parfaitement son territoire qu'il arpentait depuis tant d'années. Son peuple le respectait et le craignait. De lui, émanait une autorité naturelle et une volonté d'acier. Katia s'amusait de le voir régir et ordonner, sachant ce qui est bon pour l'un ou pour l'autre. Elle savait que sous le despote se cachait un cœur généreux qui succombait au sourire et à la douceur de Stue. Katia avait hâte de retrouver le campement d'hiver blotti quelque part dans la taïga. Plusieurs jours avant le départ du convoi de rennes et du clan, des hommes et quelques femmes étaient partis préparer les urtz. Soudain, un jeune homme debout sur les étriers se tourna vers eux, le visage illuminé, leur montrant la dizaine de tentes déjà dressées dans la vallée ambrée. Le soleil couchant donnait une couleur dorée à toutes choses, éclairant le petit lac de ses rayons aux reflets chatoyants. La fumée s'échappait des urtz, Katia sentit les senteurs de l'automne, s'abreuva de la beauté de la vallée. Depuis très longtemps, enfin, elle se sentit bien. Des visages nouveaux étaient là, ils avaient fui la terreur, attendant Doreen pour lui demander asile. Katia aperçut des jeunes femmes enceintes. Un homme se détacha du lot, un chasseur silencieux, imprégné de l'odeur du loup qu'il portait sur son épaule et s'avança vers eux. Katia frémit, elle ne supportait pas de voir ces magnifiques animaux tués.

- Kenjeb, mon petit-fils, lui dit Doreen.

L'homme salua ses grands-parents, plongea ses yeux dans ceux de Katia qui constata deux choses : la couleur gris vert de ses yeux et la subite bouffée de chaleur montée du fond de son ventre jusqu'à ses joues. Il lui sourit et s'en fut. Katia talonna sa monture espérant que son émotion était passée inaperçue.

Le soir, une grande fête fut organisée. Des chasseurs avaient tué une saïga et deux rennes sauvages et les femmes étaient en train de les préparer. Une odeur de viande bouillie avec de l'ail et des oignons flottait dans l'air, mettant l'eau à la bouche. D'autres préparaient le Boodog, dont le petit peuple était très friand, qui consistait à retirer les os et entrailles de la marmotte, tout en gardant la peau et la viande intacte. On plaçait alors des pierres chaudes à l'intérieur du corps de l'animal, et la viande cuisait ainsi. Seules les cuisinières expérimentées pouvaient faire ce plat.

Les tsaatanes tuaient rarement leurs rennes, ils ne les considéraient pas comme du bétail mais comme faisant partie de leur famille. Ils préféraient chasser le renne sauvage à la saveur douce et savoureuse. Très tôt, l'enfant choisissait un faon qui devenait son compagnon et dont il était responsable. En grandissant, le renne restait toujours attaché à son petit compagnon. Suyan avait eu le droit de choisir son faon et en était très fière. Dans l'urtz de Doreen, Katia était très occupée à recevoir les jeunes femmes enceintes. Elles avaient entendu parler de ses dons et toutes voulaient venir voir la sage-femme venant de la grande ville et possédant les dons des esprits. Ce n'était que babillages et rires sous le regard amusé des ainées fumant leurs longues pipes. D'un regard discret, Katia jetait un œil vers Suyan et une autre petite fille qui manipulaient un long couteau de cuisine taillant un arc et des flèches pour apprendre à chasser comme les petits garçons.

Le soir arriva très vite et tous se réunirent pour le dîner. Des bols de thé au lait et de l'airag, du lait fermenté de jument, furent servis et chacun put piocher dans les grands plats où la viande de rennes et de la petite antilope avaient été découpés en petits morceaux. Un grand feu fut allumé, les hommes parlèrent de leurs exploits de chasse, de leur respect envers l'animal qu'ils tuaient, en lui demandant pardon pour l'inciter à renaître. Ensuite, Kenjeb se leva et prit sa dombra, un magnifique instrument à cordes tressées. Son chant s'éleva dans la nuit étoilée, il maîtrisait à la perfection son chant, utilisant toutes les ressources respiratoires de son corps, imitant les animaux de la taïga, le feulement de la panthère, le galop d'un cheval, le hululement de la chouette, le glapissement de l'aigle royal. Katia, comme tous les spectateurs, était sous le charme. L'homme avait disparu ne laissant que les notes pénétrées dans l'âme de chacun. À la fin de la soirée, Katia, Doreen et Sakem habillés de leurs habits de chamans vinrent faire chanter leur tambour, dansant et chantant autour du feu, appelant les esprits de la nature à protéger le clan.

À la demande de Doreen, Kenjeb promit de se renseigner sur la famille de Katia. Il était le messager transmettant les nouvelles de tout un chacun. Connaissant des sentiers inconnus des hommes, il pouvait aller à sa guise sans être inquiété. Les frontières n'avaient aucun secret pour lui et il pouvait se fondre et devenir invisible. Katia lui demanda de lui ramener du papier, des crayons et des livres s'il le pouvait. La lecture lui manquait tant.

Peu à peu l'hiver fut là et une fine poussière de neige recouvrit les tentes. La glace avait aussi pris sa place sur le lac et les enfants étaient impatients d'y aller glisser, mais le temps n'était pas encore venu, la surface gelée était trop fine. Il faisait très froid, un froid mordant et vif qui pénétrait et ne vous lâchait plus. La traite n'eut plus lieu que deux fois par jour. Katia eut beaucoup de mal pour soigner les mains crevassées des femmes qui, le genou dans la neige, la main droite sur le pis bien chaud, la gauche sur le pot métallique glacé, portaient des engelures. Couper du bois, entretenir le feu, casser la glace du lac pour l'eau de chaque jour, cuire longuement les aliments, traire les rennes, ranger les urtz, s'occuper des enfants les plus petits, éviter que les aliments ne gèlent malgré le poêle, étaient le travail des femmes. À ces occupations s'ajoutaient souvent le pire, la maladie des hommes, la mort qui prenait à l'aube d'un matin un aîné ou un bébé trop malingre pour survivre. Les rennes qui quelquefois ne revenaient pas, mangés par les grands carnassiers de la taïga. Souvent Katia se sentait impuissante, si démunie qu'elle avait hâte de revoir le printemps avec l'espoir d'avoir des nouvelles de sa famille. Les promenades à dos de cheval lui manquaient et elle avait envie de retourner à l'endroit caché des dessins sur la roche et peut-être aussi revoir Loup. Elle adorait écouter la petite Suyan jouer de la guimbarde que Sakem lui avait offerte et enseignée. Des vibrations étranges sortaient de cette bouche d'ordinaire si muette. Les yeux fermés, elle semblait parler à un autre monde. Le soir venu, la femme et la fillette s'enveloppaient dans la peau de loup et s'endormaient dans les bras l'une de l'autre.

Enfin le printemps arriva, le froid était moins vif; la neige fondait au soleil dans la journée, les jours rallongeaient et chacun avait des fourmis dans les pieds pour sortir le plus souvent possible. Katia accompagnée le plus souvent de Suyan put reprendre ses promenades à cheval. Elles s'amusaient à les lancer au galop, hurlant de plaisir. Enfin, la neige fit place à l'herbe tendre, aux milliers de fleurs et les plantes aromatiques embaumèrent de leur parfum la vallée. Katia cueillit de l'estragon pour stimuler l'appétit ou éviter les crampes d'estomac, de l'armoise pour soulager les règles douloureuses et toutes les plantes qu'elle put ramasser même celles qu'elle ne connaissait pas pour les faire sécher, faire des cataplasmes, des tisanes et tant d'autres choses. Elle apprenait à la fillette les chants pour se souvenir des plantes. Tous ces moments la ramenaient à sa vie d'avant, à Constantin qui était un spécialiste de toutes ces plantes, à Sarah, sa si jolie petite fille et à Alexis qu'elle n'avait pas eu le temps de connaître. À qui ressemblait-il ce petit bout d'homme. Toutes ces questions sans réponse, la torturaient. Suyan posait sa petite main sur son bras, lui souriant de sa bouche édentée, alors elles repartaient et rentraient, ivres de soleil et d'air.

Comme chaque année, les moustiques et les taons avaient de nouveau envahi la vallée. Il était temps de repartir vers la montagne, de retrouver les alpages. Katia reprit ses promenades mais elle ne revit jamais Loup. Ce matin-là, elle était sortie très tôt, le jour n'était pas encore levé. Son sommeil avait été très agité, des cauchemars peuplèrent sa nuit la laissant pantelante sur sa paillasse. Elle se leva, sella Grise et partie seule ne voulant pas réveiller la petite qui dormait à poings fermés.

Elle sentait quelque chose dans l'air, un frisson la parcourut, elle ne trouvait pas de plaisir à galoper et Grise le sentait, elle était nerveuse comme sa cavalière. Tout lui disait de rebrousser chemin, alors elle tourna bride et rentra au camp. Kenjeb était là qui l'attendait, entouré de Doreen et Sakem. Suyan s'avança vers elle mais s'arrêta en voyant le visage de Katia. En regardant le jeune homme, elle sut mais les mots devaient être dits. Katia ne descendit pas de cheval mais resta droite, les yeux fixés sur le messager.

- Je suis allé jusqu'à ton village et je n'ai trouvé aucune trace de ta famille. Ils ont tous disparus et personne n'a rien pu me dire sur eux, soit par peur soit parce qu'on ne savait pas. Je suis désolé Katia, dit Kenjeb d'une voix éteinte.

Il voyait l'étendue du chagrin de cette femme qui avait tout perdu. Il la voyait dressée sur son cheval, les lèvres tremblantes mais ne pouvait rien faire. Les mots arrivèrent vers Katia comme une gifle, elle était là ne réalisant pas, niant de tout son cœur. Elle tourna bride et partit au grand galop, les joues ruisselantes de larmes. Elle talonnait sa jument, hurlant son chagrin, sa colère. Elle galopa d'une traite, voulant oublier les paroles mais elles étaient là, tournant dans sa tête, torturant son cœur. Elle arriva près des rochers et posa pied à terre. Elle regarda autour d'elle, elle ne reconnaissait pas cet endroit, elle s'avança, son pied ripa dans un trou et elle poussa un cri de douleur, elle chuta et sans pouvoir se retenir glissa dans une ravine qu'elle n'avait pas vue. Elle s'évanouit. Quand elle revint à elle et essaya de se mettre debout, une douleur atroce lui vrilla la cheville. Elle la palpa et vit qu'elle avait doublé de volume, elle jura et regarda autour d'elle, des formes étranges l'entouraient. Elle rampa plus près et distingua à la faible lumière du jour, les animaux de la toundra et d'autres qu'elle ne connaissait pas ressemblant à ceux dessinés là-haut. Des centaines d'empreintes de mains entourées de cercles avaient laissé leurs traces. Au fond de la grotte, une statue avait été taillée sur la paroi, elle était sans tête mais ses seins et son ventre énorme ne laissaient place à aucun doute, à ses pieds un petit plan d'eau de couleur vert émeraude scintillait de petites lueurs argentées. La jeune femme connaissait cette représentation de la déesse mère, elle l'avait vue dans ses rêves et elle sut où elle se trouvait. Son cœur battit plus fort, des larmes perlèrent à ses yeux. Elle était là où elle devait être. Elle posa sa main sur une des empreintes, sentit une douce chaleur pénétrer sa tête et descendre dans tout son corps. Le temps cessa d'exister, elle fut submergée par une impression de paix et d'amour et perdit, l'espace d'un instant, la conscience de son existence. Toute douleur physique ou mentale avaient disparu, ne restait que cette sensation de bien-être. Elle sentait la présence de la Déesse et l'esprit de toutes ces femmes qui l'avaient vénérée en des temps lointains. Elle flottait dans un océan de lumière vert émeraude chargé de paillettes dorées. Des mains la caressaient, la choyaient nettoyant chaque partie de son cœur et de son âme, puis elles formèrent une bulle de lumière tout autour d'elle et l'enveloppèrent d'un cocon d'amour et d'acceptation du tout.

Suyan avait peur, elle avait vu Katia partir et avait essayé de l'appeler mais les mots n'étaient pas venus. Elle sentait le chagrin qui emmenait Katia loin d'elle. Sakem la prit dans ses bras, la petite se blottit contre elle et ne bougea plus. Des heures s'étaient écoulées, la nuit était tombée depuis longtemps, l'angoisse était là. Katia n'était pas revenue. Sakem et Doreen firent appel aux esprits mais rien ne leur parvint, le néant, le vide. Soudain, ils sursautèrent et se retournèrent vers Suyan qui, les yeux écarquillés de terreur hurlait :

- Maman, Maman, elle est tombée.

Kenjeb s'approcha de la fillette,

- Où est-elle ? Dis-moi Suyan, où est-elle ? Sais-tu où la trouver ?

L'enfant le regarda et opina de la tête.

- Nous partirons demain matin, c'est trop dangereux de partir maintenant, dit-il.

Bien avant l'aube la petite était déjà debout tirant la main de Kenjeb, le pressant de partir et l'emmena aux chevaux. Rapidement sous l'œil des membres de l'urtz, ils partirent au galop, l'homme suivant l'enfant qui, couchée sur l'encolure, parlait à l'oreille de son cheval. Ils galopèrent longtemps. Soudain, ils virent Grise se dirigeant vers eux. La fillette s'approcha de la jument, la monta lui chuchota quelques mots sous le regard médusé de Kenjeb et repartirent. Enfin, le cheval s'arrêta.

- Maman, maman....

- Je suis là, entendirent-ils.

- Es-tu blessée, lui demanda-t-il.

- Oui, je crois que ma cheville est foulée mais je ne souffre pas, répondit-elle.

Sortant le lasso accroché à la selle, et après maints efforts, il réussit à la remonter avec l'aide des chevaux. Suyan se précipita et se jeta sur Katia en criant : "maman, maman".

- Mais tu parles, dit-elle en embrassant la fillette. Comment m'avez-vous trouvée?

- C'est Suyan, lui répondit-il en l'installant sur son cheval, elle a eu une vision et t'a vue dans ce trou. C'est elle et Grise qui m'ont emmené jusqu'ici.

Il monta derrière elle et prit les rênes. Katia sentait contre elle, la chaleur de cet homme, son odeur, elle sentait le désir monter au creux de son ventre mais le refoula. Qui était-elle pour ressentir ces sensations ? Elle pensa à ce qu'elle avait vécu dans la grotte, son secret dont elle ne voulait pas parler, voulant le garder pour elle. La vie était là malgré tout. Ses proches étaient toujours dans son cœur, elle les savait en vie et elle les retrouverait un jour mais l'enfant qui était venue à son secours, était là et avait besoin d'elle. Elle sourit et se laissa aller.

Le temps passa, Kenjeb était reparti, Katia s'occupait de Suyan qui était devenue une enfant très vive et très bavarde, comme si elle avait voulu rattraper le temps perdu. Elle lui apprit à canaliser son don de double vue et à ne pas toujours dire ce qu'elle voyait. La fillette le comprit rapidement quand elle vit la terreur dans les yeux d'une femme dont elle avait prédit la mort de son enfant. Elle pouvait diagnostiquer le mal dont souffrait les personnes rien qu'en les touchant. Au fil des années suivantes, Katia et Sakem l'initièrent à la magie du bien et du mal en lui répétant de ne jamais utiliser le mal car tout revient encore plus fort à celui ou celle qui l'utilise. À chaque nouvelle lune, elles partaient toutes les trois vers la montagne aux dessins, s'isoler, se purifier, sentir les hommes et les femmes ayant vécu là, ayant gravé ces étranges motifs dans la pierre. Grâce à Kenjeb qui revenait à chaque printemps, chargé de livres et de crayons, elle lui apprit aussi à lire et à écrire. Enfin l'initiation de Suyan prit fin, elle était devenue une belle jeune fille et n'avait plus rien à apprendre des deux femmes. Il était temps pour elle de les quitter.

Katia était devenue l'amante de Kenjeb l'année suivant sa chute. Elle n'avait pas envie qu'il disparaisse de sa vie et s'arrangeait toujours pour être là quand il venait avec son magnifique sourire et sa beauté d'homme sauvage. Elle n'avait pas oublié le désir ressenti à son contact. Elle attendait qu'il prenne les devants mais il n'en fit rien. Un jour, ils partirent tous les deux à cheval et s'arrêtèrent près d'un petit torrent pour désaltérer les chevaux et se reposer. Allongés dans l'herbe tendre, Katia se pencha vers lui et posa ses lèvres sur les siennes. Elle fut surprise par les émotions qui affluèrent dans tout son corps et par sa propre avidité quand elle se pressa contre lui. Lentement, il la déshabilla, baisant chaque partie de son corps qu'il dévoilait jusqu'à ce qu'elle frissonne de désir. Puis il ôta ses vêtements et la pénétra doucement. Elle jouit plusieurs fois de suite tout en le regardant, puis il jouit à son tour et s'allongea sur elle, pantelant. Durant tous les séjours de Kenjeb, ils ne se quittaient pas, ils avaient toujours envie l'un de l'autre. C'était un amant magnifique et attentionné qui aimait prendre son temps et Katia adorait ses mains sur elle et aussi l'écouter chanter après l'amour. Elle se refusait à l'aimer, il le savait et en souffrait.

14

Constantin avait perdu le décompte des jours. Il vivait la peur au ventre, espérant ne pas être envoyé dans les mines d'or d'où sortait chaque jour une procession de fantômes. Pendant toute la saison d'été, ces hommes et ces femmes confondus assumaient un travail harassant. Le rythme des "crevards" ou des "zeks", comme on les appelait, était infernal. Douze heures de travail quotidien et des rations calculées en fonction de la production. Ils devaient creuser chaque jour des trous de deux mètres de profondeur pour obtenir leur soupe et 600 grammes de pain, mais souvent le gel les bloquait, alors les rations étaient diminués de moitié. Quand ces êtres humains, complètement détruits moralement et physiquement devenaient des squelettes et n'étaient plus rentables à la mine, on les mutait à l'entretien des routes où ils mourraient par centaines.

Comme tous les prisonniers, il avait faim, une faim obsédante. Constantin avait peur de perdre toute dignité et d'aller voler la ration d'un autre. C'était monnaie courante dans le camp. L'amitié n'existait pas ou si peu, le leitmotiv était de manger et de survivre. Se faire oublier, surtout ne pas donner prise aux chefs choisis parmi les truands aux torses tatoués qui faisaient régner la terreur au sein du camp. Ces hommes, des criminels de droit commun, avaient tout pouvoir. Les gardes les craignaient eux aussi pour leur violence et leur sadisme. Leurs fonctions étaient entre autre de sortir les hommes des baraques le matin, et d'utiliser tous les moyens pour maintenir le taux de productivité le plus élevé possible. L'utilisation de gourdins et les bastonnades à coups de pelles et de pioches étaient courantes et finissaient souvent par la mort. Parmi les mesures punitives applicables aux prisonniers, il y avait la réduction des rations ou les travaux supplémentaires après les douze heures de travail habituelles. Parfois, la punition était la mort. Un frisson de terreur pure saisissait Constantin en passant devant le soupirail qui menait aux sous-sols. Les zeks l'appelaient le congélateur. Là, celui que l'on avait décidé d'abattre était jeté sans espoir de revoir le jour.

Chaque matin, dans les baraquements où le froid sévissait et où il était impossible de se réchauffer, le seul poêle étant réservé aux torses tatoués, on retrouvait des gens morts, assis, les bras croisés qu'on détachait du mur où ils étaient restés collés. Constantin ne s'y habituait pas. Il avait à chaque fois envie de hurler quand il entendait le bruit de déchirement fait par les corps. La peau restait collée longtemps après. De plus en plus, l'envie d'en finir le prenait et à chaque fois il renonçait. Il avait tout oublié de sa vie d'avant. Katia était devenue un souvenir flou et il ne cherchait plus comme au début à faire revivre son visage.

Ce matin-là, il sentit le regard d'un homme sur lui mais il n'osa pas lever la tête pour regarder. Son corps s'était mis à trembler. Il essaya de refouler la peur qu'il sentait là dans son ventre, dans ses entrailles, prenant toute la place. Il ferma les yeux et ralentit sa respiration. Un grand calme l'avait envahi quand le garde s'approcha et lui fit signe de le suivre. Constantin pensa sa dernière heure venue sur cette terre glacée. Le gardien lui ordonna de dégager la neige devant le logement des gardiens. Il le regarda et refusa, ne voulant pas passer pour un espion car il savait ce que les prisonniers leur réservaient. Voyant son regard et sa détermination, le garde lui fit signe de s'éloigner et de regagner son baraquement. Constantin n'eut pas la naïveté de croire à la bonté d'âme de cet homme. Il savait que dès qu'il lui aurait tourné le dos, l'homme l'abattrait d'une balle pour tentative d'évasion. Alors il recula doucement les yeux dans les yeux de l'homme, regard contre regard. Le garde finit par renoncer et le laissa aller. Constantin respira, Il n'en retira aucune fierté. Il l'avait échappé belle cette fois-ci mais pour combien de temps ?

La faim, Constantin ne supportait plus cette faim qui le tiraillait. Il devenait jaloux de ses camarades qui étaient arrivés en même temps que lui et qui avaient trouvé une planque dans les bureaux ou l'hôpital, là où aucun travail harassant ne leur était demandé. Tout était vide en lui, tout lui était devenu égal, il perdait peu à peu son humanité, son essence d'homme. Demain était si loin. Il pouvait rester comme beaucoup d'autres devant le magasin où s'approvisionnaient les gardes et les truands, à regarder les miches de pain et autres denrées dont il avait oublié le goût, à renifler les odeurs sucrées des viennoiseries sous les regards goguenards de ces gardiens pour ensuite regagner la baraque et s'allonger sur son châlit en pleurant comme un enfant. L'espoir s'était définitivement éteint en lui. Il était devenu l'ombre de lui-même.

Un matin, durant l'appel, il entendit son nom. On le dirigea avec quelques autres vers la baraque de l'hôpital où on l'obligea à se déshabiller. Une femme prit sa vareuse et la secoua, une multitude d'insectes s'en échappa. On l'ausculta et on lui remit un formulaire, puis il remit sa vareuse pleine de poux. Le soldat d'escorte qui les attendait les emmena loin de leur prison vers un nouveau lieu. Constantin suivait, toute envie et curiosité l'ayant quitté depuis longtemps. Ils arrivèrent devant un entrepôt où des odeurs de corps sales, de sueur humaine et d'excréments l'assaillirent. Il eut un mouvement de recul. Le garde le bouscula sans ménagement et l'arrêta devant des châlits en lui désignant du doigt l'endroit où était sa place. Constantin essaya d'y monter mais ne put lever les jambes, alors le gardien d'une poussée vigoureuse le hissa et il tomba parmi des corps nus. On se poussa légèrement pour lui faire de la place. Constantin s'endormit épuisé.

Le lendemain, il apprit qu'un transfert aurait lieu mais nul ne savait pour quand. Constantin s'en fichait et dormait. Il ne se réveillait que pour manger. Il se léchait les doigts consciencieusement pour ne rien perdre, puis se rendormait d'un sommeil léger, seulement dérangé par les poux. Aucune question ne lui fut posée, il était un mort parmi les vivants, eux qui n'avaient pas encore connu les privations, eux qui venaient juste d'arriver. Constantin dormait. Le surlendemain avait lieu le bain. Il avait hâte de se laver et ne se souvenait plus à quand remontait sa dernière toilette. On lui remit un morceau de savon minuscule avec une cuvette d'eau. Constantin prit un plaisir intense à ce moment, se lavant soigneusement sous le regard horrifié des autres détenus à la vue de ce corps nu et décharné. Un des hommes s'avança vers lui et lui offrit un pantalon et une vareuse propres. Constantin le regarda : qu'allait-on lui demander en échange, mais l'homme se détourna et repartit. Constantin pleura.

Un beau jour, Constantin s'étonna d'être encore en vie, son corps reprenait des forces. Il lui était toujours difficile de grimper sur son châlit mais il y réussissait maintenant. La nourriture était toujours donnée avec parcimonie mais il ne travaillait plus. Il ne se posait pas encore la question de savoir « pourquoi était-il là ? » mais la vie était là, petite flamme qui pouvait si rapidement s'éteindre. Il avait tout perdu, seul son instinct animal lui avait permis de survivre et s'il était là encore vivant, c'était grâce à cet instinct qui ne l'avait jamais quitté. Allongé sur sa paillasse entouré de tous ces corps il réfléchissait, il n'avait trahi ni vendu personne. Il avait réussi à limoger sa peur devant la menace d'une arme ou les coups reçus. On avait détruit sa santé et essayé de détruire son âme et on avait bien failli y arriver mais il était encore là, vivant et pensant.

Les prisonniers restèrent ici plusieurs mois, tous pensaient qu'ils avaient été oubliés. Un matin, ils furent rassemblés sur la grande place où un gardien fit l'appel. Ils furent dirigés vers des camions qui dès le chargement complet s'ébranlèrent dans un bruit infernal. Constantin fut un des premiers à grimper. Son corps était presque guéri, il avait repris des forces et pouvait maintenant monter sans aide. Personne ne savait où le convoi se dirigeait. Constantin, après l'indifférence qui l'avait bercée et dirigée vers la mort pendant si longtemps, puis l'espoir qui l'avait ramené doucement à la vie, avait de nouveau peur. Peur de retourner dans les mines d'or, peur de se faire tabasser, d'avoir de nouveau faim. Il savait que cette fois, il n'en réchapperait pas. Il sentit la panique monter en lui, puis la colère et la rage furent là, puissantes, salvatrices, le forgeant, le rendant plus fort. Ce furent ses seules armes pour se battre encore et encore.

Ils arrivèrent au camp où les gardiens les poussèrent vers leur nouveau baraquement. Et tout recommença. Constantin ne retourna pas à la mine. Il devait couper des rondins de bois avec une scie passe partout qui ne sciait plus grand-chose. Un quota de bûches lui fut attribué et s'il n'était pas atteint, sa ration était diminuée de moitié. La fatigue, la malnutrition, le quota jamais obtenu, eurent raison de lui. Chaque matin, il se traînait vers le lieu de son travail, s'arrêtant plusieurs fois pour se reposer. Sous les coups, il se relevait, portant sa scie sur l'épaule mais le plus souvent la traînant par la poignée. Il restait dans un état de semi-conscience qui n'était plus la vie. Il s'allongeait le soir ivre de fatigue, cherchant la chaleur près d'un inconnu. Il ne connaissait pas les gens qui partageaient son baraquement et ça lui était égal. Il se levait pour l'appel, s'habillait, prenait sa scie et exécutait docilement les ordres.

Ce jour-là, dans les camps, les haut-parleurs hurlèrent : "Ne partez pas au travail ! Une annonce va suivre !" Tous étaient là apathiques, sans espoir, profitant de ces quelques minutes de répit quand soudain un grand cri de joie s'éleva de ces centaines d'hommes et de femmes dans ce petit matin blême.

- Staline est mort, le tyran est mort !

Les yeux écarquillés, n'osant pas y croire, Constantin se joignit à la liesse des prisonniers et pleura. Beaucoup riaient, d'autres avaient peur que leurs conditions ne soient pires et se demandaient qui allait le remplacer. Mais pour l'instant tous profitaient de ce moment. Ce jour-là, personne ne reprit le travail. Les gardes ne bougeaient pas attendant des ordres qui ne venaient pas. Les paysans encore nombreux, s'agenouillaient, se prosternaient et embrassaient la terre comme leurs ancêtres. Geste spirituel avec lequel ils rendaient grâce depuis des siècles de les avoir délivrés du malheur, des fléaux de la peste ou de la famine.

Six mois plus tard, Constantin fut convoqué.

- Tu es libre, lui dit-on en lui donnant son papier de libération.

Constantin resta muet quelques secondes, n'osant pas y croire.

- Qu'est-ce que tu attends, dégage lui hurla le gardien.

Constantin recula n'osant pas lui tourner le dos. Arrivé à la porte, il sortit en trombe et monta dans un camion qui était sur le point de quitter le camp. Il avait cure de savoir sa destination, il voulait mettre le plus de kilomètres entre eux et lui. Le moteur était en route mais le camion ne partait pas. La panique l'envahit de nouveau. On ne voulait pas qu'il parte, on lui avait fait une blague. Son corps fut pris de tremblements, la peur et la rage se mêlèrent formant un nœud d'angoisse au creux de son ventre. Il regarda ses compagnons qui attendaient eux aussi le départ. Soudain il entendit son nom, un gémissement lui échappa et il se recroquevilla sur lui-même. C'était fini, il devait retourner dans le camp. Résigné, il leva la tête et vit un homme de son passé si lointain devant lui, un homme sur qui il avait placé tous ses espoirs lors de son arrestation, Pavel. Longtemps, ils se regardèrent, Pavel ne reconnaissait pas cet homme si maigre, si effrayé. Il sentait sa souffrance, sa terreur. Il lui tendit la main

- Viens, lui dit-il.

Constantin lui prit la main et descendit du camion.

- Je t'expliquerai, mais avant, viens.

A ces mots, il prit Constantin dans ses bras qui ne chercha pas à lui résister ou à le repousser.

- Pardon de t'avoir laissé. Laisse-moi te consoler s'il te plaît, laisse-moi prendre soin de toi, dit-il en le serrant très fort contre lui.

Constantin s'abandonna et pleura n'ayant cure des regards. Il pleurait, vidant, nettoyant son corps et son âme dans les bras de son frère. Après un temps interminable, Constantin recula, regarda autour de lui, fuyant le regard de Pavel. Il vit les prisonniers hors du camp, démunis sans argent, ne sachant où aller. Des soldats tiraient en l'air en leur criant : trouvez quelqu'un pour vous héberger, débrouillez-vous. Sans un mot, Pavel lui prit le bras et l'emmena vers sa voiture où un chauffeur attendait.

Dès leur sortie du camp, le chauffeur les avaient emmenés le plus loin possible du goulag dans une petite ville de province. Là, Constantin était resté un temps infini dans la baignoire, se lavant, s'étrillant, s'épouillant et recommençait encore et encore, se débarrassant de la crasse, de la peur, les laissant ruisseler et s'écouler dans la bonde de la baignoire. Enveloppé dans un grand peignoir, il faisait maintenant face à Pavel, son demi-frère par leur mère, et attendait. Pavel se racla la gorge et parla.

- Je n'ai appris ton arrestation que beaucoup plus tard et surtout par hasard. J'étais allé te voir à la boutique et tout était fermé, j'ai rencontré ta voisine Lia, une charmante jeune femme qui m'a tout raconté. Je n'ai pas pu savoir où l'on t'avait emmené et j'ai eu peur car on commençait à me regarder bizarrement avec toutes mes questions alors je me suis tu. J'ai été lâche, je le sais mais je risquais de perdre tout ce que j'avais et puis le NKVD n'avait fait aucune relation entre nous. Nous ne portons pas le même nom. Oh, Constantin, je me sens tellement coupable, mais je ne savais pas ce qui se passait là-bas. Staline nous présentait des films où tout allait bien, où vous travailliez pour la Russie avec tellement de plaisir que personne ne pouvait deviner, personne.

- Propagande, répondit Constantin et ensuite....

- Quand Staline est mort, tout était devenu flou. Notre pays avait trois hommes qui désiraient le pouvoir. Khrouchtchev l'a remporté et a obtenu la direction du parti. Dès lors, il me fut plus facile de faire des recherches et de te retrouver. J'avais promis à maman de te ramener parmi nous. Il regarda son frère et s'aperçut que ses dernières paroles l'avaient frappé de plein fouet. Je suis désolé, Constantin, elle nous a quittés il y a un an.

Constantin serra les poings. On lui avait volé ça aussi. La bile remonta à sa gorge mais il se tut.

- Laisse-moi, s'il te plait, Pavel, j'ai besoin d'être seul.

- Je comprends, appelle-moi si tu as besoin, je suis à côté.

Constantin s'allongea sur le lit mais le sommeil ne venait pas. Tout tournait en boucles dans sa tête. Il tremblait d'effroi, il avait peur de retrouver ce monde qu'il avait perdu. Pour survivre, il avait vidé son cerveau de toute pensée et les souvenirs revenaient par bribes du fond de sa mémoire. Katia, son sourire, son amour revinrent à la surface de ses souvenirs tel un boomerang. Il se leva et alla dans la salle de bain se regarder dans le miroir en pied. Et là tout nu, face à son reflet, il pleura, il ne reconnaissait pas l'homme qu'il avait en face de lui, cet être décharné, n'ayant plus que la peau sur les os. Des yeux immenses où se reflétait encore toute la terreur vécue lui mangeaient le visage. Il n'avait plus rien d'humain. En se regardant, il comprenait la détresse et la honte de son frère. Comment d'autres hommes pouvaient-ils infliger ça à leurs semblables. Il retourna se coucher dans cet immense lit où il se sentait perdu, se lova en chien de fusil et attendit le petit matin. Quand Pavel vint chercher son frère, il le vit debout dans ses vêtements trop grands. Il le sentait perdu mais quand Constantin tourna son regard vers lui, il vit une petite étincelle qui n'était pas là la veille. Il lui sourit, Constantin lui répondit mais son sourire n'atteignit pas ses yeux. Pavel frissonna, il ne reconnaissait plus son frère dans cet homme rigide et froid. Qu'avait on fait de lui se demanda-t-il?

Le retour vers Moscou fut un calvaire pour Constantin. Il vomissait sans arrêt. Il avait mangé tout ce qu'il pouvait ingurgiter, se goinfrant, ne pouvant pas s'arrêter malgré les mises en garde de Pavel. Se nourrir, lui qui avait tant eu faim, qui aurait pu tuer pour un quignon de pain, lui était devenu à cet instant une nécessité et rien n'aurait pu l'empêcher de se jeter sur la nourriture. Il ne garda aucun autre souvenir de ce retour.

Pavel habitait toujours dans la maison de ses parents où il avait eu la chance, grâce à son statut dans le gouvernement, de pouvoir la garder pour lui seul. Ses études de paléontologie et son ambition l'avaient propulsé à la tête du département de l'archéologie russe. Il ne désirait pas que les membres du gouvernement rencontrent Constantin avant qu'il n'ait retrouvé toutes ses forces. Constantin avait retrouvé le goût de vivre, de se battre et son corps reprit des forces rapidement. Il voulait surtout revoir Katia et leur fille. Il n'avait pas su la grossesse de Katia avant d'être arrêté.

Constantin marchait dans les rues de Moscou, il avait décidé de retrouver sa petite boutique que Pavel avait réussi à lui conserver tant bien que mal et peut-être de retourner y vivre. Un an était passé depuis son retour. C'était sa première sortie dans la ville sans être accompagné. Il lui avait fallu réapprendre à vivre, à sortir sans avoir peur, à ne pas sursauter devant l'aboiement d'un berger allemand, race qu'il exécrait depuis les camps. Pavel lui avait dit que Khrouchtchev avait libéré les camps dès son arrivée au pouvoir et avait démantelé tous les goulags en libérant les prisonniers dits politiques mais Constantin doutait toujours.

Quand il arriva près de chez lui, après ces cinq années d'absence, un flot de souvenirs surgit de sa mémoire. Il regarda autour de lui, s'imprégnant de l'atmosphère toute particulière d'une des rues les plus anciennes de Moscou, là où se trouvaient encore des vieilles échoppes et où la modernité n'avait pas encore mis son empreinte. Il ouvrit la porte et fut assailli par un bouquet de flagrances, tout un mélange si particulier aux herboristeries ; certaines senteurs agréables, d'autres moins. Il resta là debout, n'osant avancer, assailli par tellement de sensations oubliées. Tout lui rappelait sa vie, ses voyages à la recherche de nouvelles plantes, ses décoctions, tout ce qu'il aimait faire et qu'il avait perdu dans ces camps. Il ouvrit un pot retrouvant l'odeur de la menthe, un autre le houblon et la passiflore. Sur la table, près des plateaux de balance, de mortiers et de sachets d'herbes, une casserole d'un liquide brun sombre, une préparation qu'il avait dû faire la veille. Tout était resté, rien n'avait bougé dans l'échoppe. Il monta le petit escalier menant à son appartement. Les restes de son petit déjeuner se trouvaient encore sur la table recouverts d'une couche de moisissure. Il entendit des trottinements, les souris avaient pris possession de la maison, pensa-t-il. Il s'approcha de la chambre où son lit était encore défait, une terrible angoisse le prit à la gorge. Il avait besoin de respirer, de prendre l'air, il avait l'impression d'étouffer. Il ouvrit la fenêtre, laissant le froid vif du petit matin prendre possession de la pièce, chassant les miasmes de la peur qui flottaient dans l'air.

La petite cloche de la boutique se mit à tintinnabuler rompant le lourd silence. L'angoisse et la peur revinrent violentes, le faisant suffoquer. Dans un son lointain, il entendit son nom. Il reprit doucement sa respiration, expira, inspira jusqu'à retrouver son calme puis il descendit. Une vieille femme se tenait sur le pas de la porte, il la connaissait car elle lui apportait des plantes qu'elle cueillait pour lui. Le sourire et la joie qu'il lut sur son visage lui fit un tel plaisir qu'il sentit des larmes brouiller sa vue. Il se morigéna, il devait arrêter de pleurer pour un oui ou pour un non. Depuis son retour, il avait gardé une sensibilité à fleur de peau ; le chant d'un oiseau, le sourire d'un enfant, des mots gentils, tout le faisait pleurer. Le psychiatre que son frère l'obligeait à voir lui avait dit que ça passerait avec le temps. Il prit la vieille femme dans ses bras, elle était si vieille, sans âge, si fragile qu'il avait peur de la casser. Heureux de la revoir, il la fit s'asseoir et se mit à préparer le samovar, retrouvant des gestes qu'il avait cru oublié. Elle parlait avec un mélange de russe et de yiddish, les sons arrivaient à ses oreilles mais ne parvenaient pas à sa conscience. Enfin, son cerveau se remit à fonctionner et il put l'écouter raconter la vie de leur rue, l'arrestation de Lia survenue peu de jours après la sienne, sa terreur de voir les gens de la rue disparaissant petit à petit, laissant la place à d'autres qui ne connaissaient pas cette atmosphère si chère aux habitants de la rue. Tout avait changé. Elle bavardait tout en le regardant, attendant qu'il raconte mais il se taisait. Elle le retrouvait semblable à son souvenir et en même temps diffèrent. Ses yeux ne riaient plus, l'homme qui avait été si expansif, si solaire, souriant à la vie était devenu introverti, pesant chacun de ses mots, ne laissant rien voir de ses émotions. Elle connaissait cette peur qui obligeait à taire ce qui était en vous. Son peuple en avait tant souffert pendant des générations. Elle se tut et posa sa main sur son bras. Il regarda la main, si douce, si chaude, si pleine de compassion qu'il sentit la digue qui le retenait prisonnier se rompre et il parla, raconta ce qu'il avait tu à son frère et à son psychiatre, il parla avec cette vieille femme de l'horreur subit. Elle ne disait rien, ne posant aucune question, laissant le pus s'écouler de cette plaie à vif. Enfin, il s'arrêta, ivre de fatigue, vidé de toute énergie. Doucement, sans un mot, elle lui prépara une décoction faite de plantes qui apporte le repos et le sommeil et lui donna. Constantin tremblait mais se sentait plus fort, plus serein. Son regard avait perdu ce vide dans lequel il se réfugiait.

- Merci.

Elle ne dit rien, lui caressa les cheveux d'un geste tendre, et sortit. Depuis ce jour, il retrouva petit à petit confiance en lui et aux autres. Quelquefois la peur s'approchait sournoise mais rapidement il sut la museler. Son expérience le rendit plus fort, lui qui avait côtoyé de si près la mort n'en avait plus peur, seule, la violence physique ou mentale pouvait le mettre encore dans une grande rage et il décida de se battre pour aider les gens qui la subissait. Il fut assez fort pour partir à la recherche de Katia et décida de se rendre dans son village.

À son arrivée, il fut surpris. Où était le campement pimpant et plein de vie raconté par Katia ? Il ne voyait rien de tout ça. Des baraquements tous délabrés lui faisaient face. Quelques rennes maigres paissaient dans une pâture où le lichen était rare. Deux tchoums étaient posés à la lisière de la forêt. Aucune fumée ne s'en échappait. Tout était désolation. Il soupira et se dirigea vers la baraque d'où oscillait une pancarte "administration", écrite à la main. Il fit face à un fonctionnaire dont le visage aviné par l'alcool révélait des yeux cupides et froids.

- Bonjour, je suis à la recherche de Katia Botova, savez-vous où je peux la trouver ?

L'homme regarda Constantin, vit son pardessus de laine noire de très bonne qualité, son aisance et se redressa, soudain fier de son pouvoir. Il aimait que ces hommes riches et cultivés rampent devant lui. Constantin connaissait suffisamment l'âme humaine pour voir cela dans la posture du fonctionnaire. Intérieurement il sourit mais il n'avait pas de temps à perdre alors il montra sa demande signée du KGB. L'homme pâlit et se dégonfla comme une baudruche.

- Elle n'est plus ici, dit-il. Elle a été arrêtée il y a déjà plusieurs années.

Constantin ne laissa rien paraître de ce qu'il éprouvait mais une douleur atroce lui serra le cœur.

- Et la fillette?

- Les enfants vous voulez dire, disparus eux aussi.

Constantin accusa le choc, les enfants, il ne comprenait pas.

- Merci, et il sortit.

Il se dirigea sous le regard du garde vers le tchoum le plus proche où il trouva assise près d'un poêle froid, une pauvre femme qui lui offrit un verre d'une vodka frelaté dont le goût ne laissait aucun doute sur la quantité de méthanol. Il la laissa lui raconter sa vie, la disparition dans les camps des petits éleveurs de rennes, de son mari et de ses enfants disparus lors des grandes purges. Elle avait tout perdu et noyait sa peine dans cet alcool qui la tuait à petit feu. Elle lui raconta Léna, la grand-mère, Mina, sa fille si belle, déportée, sa petite fille Katia arrêtée puis le départ des enfants et de Léna vers une destination inconnue. Elle lui raconta le retour de Katia, sa grossesse et la naissance de son fils. Constantin était anéanti. Comment pourrait-il retrouver les siens. La Russie était si grande et encore si dangereuse.

15

Dix années s'étaient écoulées, Katia était assise au bord du lac, laissant le soleil du printemps la réchauffer. Le temps était passé si vite, posant une brume sur les souvenirs, certains vivaces d'autres oubliés. Quelquefois, ils ressurgissaient faisant éclater son cœur. Aujourd'hui elle allait quitter le clan pour la première fois pour un long moment. Elle appréhendait ce départ mais elle devait accompagner Suyan. Son adorable petite fille allait partir pour Moscou afin de poursuivre ses études.

Quel chemin parcouru depuis la grotte, la fin des goulags. Les gens étaient rentrés chez eux, essayant d'oublier ce qu'ils avaient vécu. Beaucoup n'étaient jamais revenus. Doreen les avait quittés depuis deux ans, et il lui manquait souvent. Sakem avait épousé un homme du clan des cygnes et était repartie vers ce lac qui l'avait vu naître. Katia s'était installée dans le village où un hôpital avait été construit. Elle travaillait à la maternité et habitait maintenant dans une maison près de son lieu de travail. Elle partait galoper dans la taïga dès qu'elle le pouvait avec Kenjeb toujours aussi attentionné, lui demandant de l'épouser à chacune de ses visites mais elle ne pouvait s'y résoudre. Elle avait appris à aimer Kenjeb mais le souvenir de Constantin était toujours vivace et elle se sentait partager entre les deux hommes.

Le divorce avec Vladimir avait été enfin prononcé, elle avait dû se rendre à Oulan-Bator et faire la queue auprès des administrations russes. Elle avait retrouvé son identité et était maintenant en possession de ses nouveaux papiers, lui permettant de voyager à sa guise. L'état russe omniprésent apportait une aide financière, logistique et une industrialisation diversifiée. Un traité d'entraide mutuelle avait été signé entre les deux pays. Grâce à la Russie, la Mongolie était sortie de sa pauvreté et de son arriération. Des industries avaient fleuri un peu partout dans le paysage mongol et une lutte ouverte s'était engagée contre l'alphabétisation. L'école était devenue obligatoire et nul enfant ne pouvait y échapper. À l'âge de sept ans, Suyan et d'autres enfants avaient quitté le camp pour n'y revenir que pendant les vacances. Grâce à son intelligence et son travail, Suyan avait obtenu une bourse pour se rendre à Moscou faire ses études de médecine. Katia regarda la jeune fille s'avancer vers elle, son assurance et son maintien donnaient déjà un aperçu de la femme qu'elle deviendrait. Suyan voulait devenir obstétricienne. Katia lui avait enseigné tout ce qu'elle savait et Suyan était devenue experte dans son domaine. Elle pouvait savoir grâce à son don de perception la position et même le sexe de l'enfant à venir. Elle avait caché ce don à tous sauf à sa mère, car il était encore dangereux et mal vu d'être différent. Elle se lova contre Katia, profitant de ces moments de tendresse et d'amour qui n'appartenaient qu'à elles. Une complicité et une osmose parfaite liaient les deux femmes et elles profitaient de chaque moment passé ensemble.

Kenjeb avait acheté un UAZ, petit véhicule tout terrain russe dont le confort laissait à désirer mais qu'il aimait utiliser pour aller à la ville. Ses femmes allaient prendre le transsibérien pour se rendre à Moscou. Kenjeb aurait bien aimé les accompagner mais il avait très vite compris que Katia devait s'y rendre seule. Ce voyage qui dura une semaine, fut un enchantement pour les deux femmes. Katia raconta les légendes des peuples du renne en traversant la taïga et la steppe infinie où serpentent les grands fleuves de son pays, puis l'arrêt d'une journée au lac Baïkal, lieu légendaire où les esprits de son peuple ont pris naissance et enfin les champs et les immenses forêts avant leur arrivée à Moscou. En arrivant à la gare, elles se dirigèrent directement vers la pension de jeunes filles qui leur avait été réservée. Elles marchèrent longtemps, n'osant pas prendre le métro. Tout était diffèrent pour Katia, elle ne reconnaissait plus la ville. Elles se trompèrent plusieurs fois et durent demander leur chemin à plusieurs reprises. Leurs sacs devenant de plus en plus lourd, elles arrivèrent enfin à la petite pension où une jeune femme rondelette leur fit signe d'entrer.

- Je vous attendais, leur dit-elle avec un grand sourire, la chambre se trouve en haut. Venez, je vous accompagne. Tu es Suyan, je suis ravie de faire ta connaissance et vous madame, sa maman. Mon nom est Nadia, je crois que nous allons passer de très bons moments ensemble. Tu peux utiliser la cuisine, la salle de bain, recevoir des amies mais pas d'homme. Voici ta chambre, elle est petite mais très agréable et très lumineuse.

Suyan regarda autour d'elle et vit un grand coffre pour ranger ses vêtements, un petit bureau sous une des fenêtres et un lit avec un joli couvre lit de toutes les couleurs.

- Merci madame, cela me convient.

- Je peux vous louer une chambre à un prix modique, pour la durée de votre séjour, dit-elle en regardant Katia.

- Avec plaisir.

- Redescendons, j'ai préparé du thé et nous pourrons bavarder.

Leur logeuse étant, elle aussi sage-femme, ce fut un moment d'échanges et de complicité. Soudain, un enfant fit irruption dans la pièce interrompant les conversations.

- Vite, Nadia, le bébé arrive et maman va mal.

- Venez avec moi, je sais que le bébé ne se présente pas bien et votre aide me sera précieuse.

Elles suivirent Nadia qui s'approcha de la future mère en lui présentant les deux femmes. Katia vit tout de suite que l'accouchement serait difficile. Elles se lavèrent les mains et s'approchèrent. Suyan toucha le ventre et fit une grimace.

- L'enfant n'est pas en position normale mais placé transversalement, dit-elle.

Katia laissa faire Suyan qui, après une douce manipulation, parvint à retourner le bébé dans la bonne position, mais dès qu'elle retira ses mains, elle vit le ventre changer de nouveau de forme. Alors elle le retourna encore et encore faisant descendre doucement l'enfant. Enfin après de longues heures de travail, Nadia put recevoir l'enfant et le poser sur le ventre de la mère.

- Merci Suyan, sans toi, je n'aurais rien pu faire. La mère et l'enfant te doivent leur vie.

Ce soir-là elles rencontrèrent beaucoup de monde car la rumeur de la rue s'était propagée rapidement. Les deux femmes qui vivaient chez Nadia avaient sauvé la mère et l'enfant alors que le médecin venu plus tôt était reparti aussi vite en disant qu'il ne pouvait rien faire. Suyan était outrée. Sa colère était toujours présente vis-à-vis de cet homme qui se faisait appeler médecin. Enfin, elles purent monter se coucher et étaient si épuisées qu'elles dormirent jusqu'au lendemain midi. Pendant que Suyan faisait le tour du quartier pour se familiariser avec son nouvel environnement, Katia partit sur la trace de son passé. Ses pas retrouvèrent rapidement les chemins tracés et elle arriva devant la maison où ses jumeaux étaient nés. Elle regarda les boîtes aux lettres et vit le nom de son amie. Elle sonna, une femme lui ouvrit.

- Katia, Katia Botova, murmura-t-elle. Erika sera si heureuse de vous voir, elle parlait sans cesse de vous. Puis elle ajouta dans un chuchotement, elle est très malade et n'en a plus pour très longtemps.

Les larmes montèrent aux yeux de Katia quand elle vit le corps émacié d'Erika qui tourna la tête vers elle.

- Katia, tu es venue, j'espérais tant te revoir avant de partir, dit-elle dans un filet de voix. Raconte-moi ta vie Katia, où sont la petite Sarah et ton autre bébé...

Katia passa la journée et la nuit au chevet de son amie, lui tenant la main. Au petit matin, elle vit le regard d'Erika puis un soupçon de sourire sur les lèvres exsangues.

- Je t'aime comme mon enfant, furent ses dernières paroles puis ses traits se détendirent et Katia sut que l'âme de cette femme qui lui avait tant appris était partie.

Hébétée, elle retourna à la pension où Suyan l'attendait morte d'inquiétude. Quand elle vit sa mère, elle ne dit rien, l'aida à monter dans la chambre et la coucha. Katia s'endormit aussitôt. Le lendemain elle raconta son histoire, faisant revivre Erika l'espace d'un instant. Suyan l'écoutait la tête penchée. Katia était toujours surprise de l'empathie de la jeune femme. Sa faculté d'écoute était prodigieuse et donnait toujours l'impression d'être unique. Katia avait peur, elle désirait aller à l'échoppe de Constantin mais reculait depuis des jours sa visite.

Ce matin-là, elle décida d'y aller, revoir peut-être Constantin, connaître ce qui s'était passé. Elle se regarda dans la glace d'un œil critique, elle était encore jeune, son corps était souple et ses longs cheveux étaient encore brun sans fil d'argent. Elle s'habilla et se maquilla puis se parfuma. Elle était nerveuse en descendant prendre son petit déjeuner, mais quand elle vit les regards admiratifs, elle reprit confiance en elle.

Elle décida d'aller en taxi, elle ne voulait pas arriver décoiffée et poussiéreuse. Le taxi la laissa au haut de la rue. Lentement elle la descendit, son cœur battait à tout rompre, son souffle était court. Tant d'années s'étaient écoulées. Etait-il revenu des camps ? Etait-il vivant ? Les questions tournaient dans sa tête. Elle arriva devant l'échoppe, resta de longues minutes à regarder sans oser avancer, puis elle fit un pas quand soudain la porte s'ouvrit sur Constantin. Rapidement elle recula à l'ombre d'un porche et sourit, s'abreuvant de cet homme qu'elle avait aimé et qu'elle aimait peut être encore. Il avait changé, son regard était diffèrent, ses cheveux étaient devenus gris mais c'était lui. Une jeune fille portant une valise s'avança près de lui, suivie d'une belle et grande femme. Des clientes, pensa Katia. La jeune fille embrassa le couple et partit, Constantin passa le bras autour des épaules de la femme et la serra contre lui puis ils rentrèrent dans la boutique. Le cœur de Katia manqua un battement, des larmes ruisselèrent sur ses joues. Constantin était marié, il l'avait oubliée. Elle partit en courant, le visage inondé de larmes. C'était fini, plus rien ne la retenait ici. Elle n'avait maintenant qu'une hâte, quitter cette ville maudite, retourner vers son village, oublier, ne plus penser à ce qui aurait pu être. Elle demanda l'aide des esprits, fit appel à celui de sa mère et de ses ancêtres mais personne ne répondit. Ils n'étaient pas dans cette ville sans âme, ils étaient dans la taïga avec les esprits de la nature. Le lendemain, elle quitta Moscou.

16

Suyan traversa la cour en courant, son sac posé sur sa tête pour se protéger des gouttes de pluie. Refoulant la panique qui la gagnait, elle regarda sa montre. Elle arriverait en retard à son rendez-vous avec le directeur de l'hôpital et elle ne supportait pas d'être en retard. Un ciel gris pesait sur la ville et ce temps maussade n'arrangeait pas l'humeur de la jeune femme. Le ciel toujours bleu de son pays lui manquait cruellement. Quatre longues années passées dans ce pays qui n'était pas le sien avec des coutumes différentes avaient changé la jeune étudiante. Ses illusions s'étaient envolées dès la première année où les étudiants lui avaient rapidement fait comprendre qu'elle n'était pas des leurs. Elle s'était alors lancé dans ses études, travaillant le soir dans un petit restaurant pour payer sa chambre et sa nourriture, ne s'offrant aucun moment de liberté. Elle était le plus souvent affamée, sautant des repas pour s'acheter un livre. Elle avait obtenu son diplôme avec les félicitations et était maintenant médecin. Pour l'heure, elle courait à son rendez-vous, se précipitant sans regarder où elle posait les pieds et entra en collision avec un jeune homme.

- Oh, pardon, fit-elle en l'aidant à ramasser les livres et papiers qu'il avait lâché. Je ne vous avais pas vu !

- Pas de mal, dit le garçon en lui tendant son sac, tu dois être Suyan Botova n'est-ce pas ?

Repoussant ses longs cheveux noirs de son visage, elle

leva la tête et se retrouva plongée dans des yeux d'un bleu intense comme elle n'en avait encore jamais vu. Son cœur se mit à battre un peu plus vite. Elle balbutia quelques mots et se remit à ramasser les feuilles éparses. Elle n'osait plus le regarder même si elle en mourrait d'envie. Ils étaient faits l'un pour l'autre, elle le sentait mais comment allait-elle l'en convaincre. Elle connaissait la réputation de cet homme.

Alexis s'était toujours considéré comme maître de lui en toutes circonstances. Pourtant, à cause de cette petite femme au regard aussi profond et insondable qu'une nuit sans lune, il perdait ses moyens. Il mourrait d'envie de la connaître, de la serrer dans ses bras, de tout savoir d'elle, d'apprendre ce qui se cachait derrière ce regard serein et pénétrant.

- Comment connaissez-vous mon nom ? lui demanda-t-elle.

- Je suis le docteur Alexis Petrovich. Vous êtes notre plus brillante étudiante et chacun d'entre nous a entendu parler de vous.

Suyan rougit.

- Merci mais je dois y aller, dit-elle en regardant sa montre, je suis horriblement en retard.

Elle se mit à courir laissant le jeune homme en plan. Suyan arriva dans le bureau de la secrétaire du doyen et s'assit essoufflée en attendant d'être reçue. Quand elle entra, elle avait retrouvé toute sa maîtrise, ne laissant rien paraître de ses sentiments. Pour se protéger des quolibets elle s'était forgé une carapace de froideur et d'insensibilité.

Le directeur la fit rentrer:

- Quelques instants, mademoiselle, nous attendons quelqu'un. Ah, d'ailleurs le voici, dit-il.

Suyan se retourna et quelle ne fut pas sa surprise de voir Alexis. De nouveau son cœur se mit à battre la chamade et elle devint rouge comme une pivoine. Alexis souriait, ravi.

- Je vous reçois tous les deux en même temps car vous travaillerez en binôme, si vous y voyez un inconvénient, merci de me le signaler.

Suyan écouta l'offre du directeur et rosit de plaisir. Le grand hôpital désirait l'avoir dans son service de gynécologie et si elle pouvait commencer le plus rapidement possible ce serait parfait. Un logement de fonction serait mis à sa disposition. Suyan pensa à sa mère et se promit d'aller la voir dès son prochain congé mais elle ne pouvait pas rater cette occasion qui lui était offerte. Alexis avait déjà son cabinet mais il avait besoin de parfaire ses connaissances dans le domaine obstétrique pour devenir chirurgien. Aussi furent-ils ravis d'accepter la proposition.

L'entretien était terminé pour Suyan. Elle se leva, remercia et s'en fut sous le regard des deux hommes. Alexis laissa partir la jeune femme à regret, il aurait aimé la raccompagner. Sentant le regard amusé du directeur, il se retourna vers lui et continua son entretien.

Alexis était doué, il avait hérité des qualités des femmes de son clan, il aimait soigner et connaissait parfaitement les plantes que Léna lui avait enseignées en chansons. Sa mémoire était prodigieuse et il retenait facilement tout ce qu'il apprenait. Léna avait su très vite déceler les dons de cet enfant et aurait aimé l'initier au monde des esprits mais il s'y était refusé. C'était un être pragmatique et profondément cartésien. Il n'aimait pas ce qu'il ne comprenait pas. Quand il était encore petit, Sarah sa sœur, lui avait glissé son collier autour du cou et il avait hurlé de terreur en sentant la chaleur et la lumière irradier de la pierre. De ce jour, il n'avait plus voulu y toucher. Il était devenu un brillant médecin et excellait dans son travail mais il lui manquait la compassion et une certaine modestie. Sa beauté et son charme lui attiraient les femmes et sa réputation de bourreau des cœurs n'était plus à faire.

Sarah courait dans les rues de Moscou, riant toute seule, elle avait réussi. Elle se rua dans l'entrée et monta directement dans la chambre de sa grand-mère.

- J'ai été sélectionnée Baboulia, je commence lundi, cria-t-elle en prenant sa grand-mère et la faisant valser.

Léna souriait en regardant sa pétulante arrière-petite-fille, toujours en mouvement. Sarah était devenue une belle jeune femme. Elle avait une opulente chevelure rousse et des yeux verts d'eau, mais ce que l'on remarquait chez elle était l'énergie qu'elle dégageait. Enfant, il avait fallu l'occuper sans arrêt à l'instar de son frère, enfant calme et réservé. Léna avait eu beaucoup de mal à s'habituer à la ville, vivre dans une maison avec tout le confort était si différent de sa vie d'avant. Elle avait eu envie tant de fois de retourner dans la taïga, là où vivaient les esprits qu'elle vénérait là où étaient ses ancêtres, mais elle était restée aider Sergueï à élever les enfants.

Ensemble, ils avaient cherché à savoir ce qu'était devenue Katia mais rien, elle avait disparu ; Léna savait qu'elle était toujours en vie, les esprits qu'elle consultait le lui avaient confirmé. Elle avait laissé beaucoup de choses de sa vie d'avant mais elle avait pris avec elle son costume de chamane et son tambour qui la reliait au monde d'en haut. La maison de Sergueï était grande et chance incroyable dans ce Moscou surpeuplé, possédait un grand jardin où elle pouvait être en contact avec la nature. Avant la révolution la maison avait appartenu à un proche du tsar et avait été réquisitionné par le père de Sergueï qui se l'était approprié. Malade, Le père avait vu d'un très mauvais œil l'arrivée de ces paysans mais n'avait osé rien dire tout à la joie de revoir son fils. Il était mort peu après lui laissant la maison. Grâce à ses relations, Sergei avait trouvé un travail proche du gouvernement et avait aussitôt adopté les enfants, les protégeant ainsi de toute délation.

Les enfants adoraient cet homme qu'ils considéraient comme leur père. Alexis et Sarah ne gardaient aucun souvenir de leur mère. On leur avait dit qu'elle était partie mais qu'elle veillait sur eux. Cela leur suffisait, ils étaient entourés de tant d'amour qu'ils n'eurent pas besoin de chercher autre chose. Ils adoraient Léna et aimaient se pelotonner contre elle, l'écoutant raconter des histoires, des légendes du petit peuple des rennes, de Katia leur mère. Léna leur avait aussi narré l'histoire du cristal étoilé que Sarah portait à son cou. Chaque soir, la fillette aimait caresser la pierre, sentir sa chaleur, seul souvenir de sa mère. À l'adolescence, elle se mit à rêver. Ses nuits furent peuplées de danses, de feu, de femmes qu'elles ne connaissaient pas mais qui l'appelaient, alors elle se réfugiait auprès de Baboulia qui la rassurait. Ce fut à cette époque que Sarah sut ce qu'elle voulait faire : devenir archéologue, connaître le passé, fouiller dans les mémoires, faire parler les pierres. Elle avait obtenu son diplôme avec la mention “très bien” et pouvait choisir son affectation. Le directeur des affaires archéologiques russe, Pavel Joukov l'avait recruté pour seconder Nicolaï Kotov, un éminent archéologue.

Sergueï était fier de ses enfants adoptifs. Jamais il ne regretta son choix. Aucune femme n'était restée dans sa vie. Mina avait été son seul amour et le resterai. Grâce à ses fonctions, il avait procédé à des recherches sur l'arrestation de Katia et de Mina et était rapidement remonté à la piste de Vladimir. Pendant plusieurs semaines, il avait suivi l'homme et connaissait maintenant ses habitudes. Il avait lié connaissance et était devenu son ami. Vladimir était fier de l'intérêt de Sergueï et aimait se vanter de tous ses exploits accomplis, du nombre d'arrestations et de tortures où il était passé maître, effectués avec plaisir pour le parti. Bientôt il en vint à parler des femmes Botova, de la fuite de Katia qu'il continuait à chercher pour finir le travail, de la mort de Mina cette putain, des enfants qui avaient disparu, mais il se faisait un point d'honneur de les retrouver et de tuer cette engeance. Malgré la nausée qui lui montait à la gorge, Sergueï l'écoutait. Un soir, il décida de passer à l'action et alla au bar où Vladimir se rendait tous les soirs. Comme d'habitude, l'homme était accoudé, buvant vodka sur vodka. Sergueï ne voulait pas qu'il soit ivre, il voulait qu'il sache pourquoi il allait mourir ce soir. Confiant, Vladimir le suivit. Ils marchèrent longtemps dans des ruelles que Vladimir ne connaissait pas mais Sergueï lui avait promis des filles et une soirée d'enfer....

Ils arrivèrent devant une maison faiblement éclairée. Sergueï toqua. Le judas s'ouvrit. Après quelques secondes, on les laissa rentrer. Vladimir fut surpris, il ne voyait pas de lumière ni n'entendait de musique. Il regarda le portier et soudain, il eut peur et tenta de rebrousser chemin mais une poigne brutale le stoppa net dans son élan. Il regarda Sergueï incrédule mais ne le reconnut. Toute jovialité avait disparu de son visage, il se tenait devant un être froid et dépourvu de toute compassion. La panique l'envahit et il tenta de se débattre mais il ne faisait pas le poids. On le ligota et on l'emmena dans une salle où une dizaine de personnes se tenaient. Il en reconnut certains dans la pièce. Il avait entendu parler d'un groupe d'hommes qui tenait justice et condamnait les exactions faites par des gens comme lui. Il avait cru à des rumeurs et là, il se retrouvait face à eux.

Après lui avoir lu les accusations portées contre lui et sa condamnation, une terreur abjecte lui enlaidit son visage.

- Je te croyais mon ami, hurla-t-il à Sergueï.

- Tu as tué la femme que j'aimais, souviens toi des Botova.

Il se mit à geindre et à pleurer appelant à la compassion et il vendit ses compagnons. Le dégoût et le mépris face à la bassesse morale de l'homme se peignirent sur les visages de l'assistance. D'un signe, on l'emmena, hurlant, gesticulant, demandant pardon, ne voulant pas mourir, puis les cris s'éteignirent. Justice était faite. Chacun quitta la maison et ils retournèrent chez eux.

Vladimir était seul, il pleurait et était terrorisé. Il appela, tapa mais aucun son ne lui parvint. Il regarda autour de lui, il se trouvait dans une petite cellule où il pouvait à peine s'allonger. Il s'assit tenant le petit couteau et la corde qu'on lui avait remis. Il se souvint des dernières paroles du garde qui l'avait enfermé là. « Nous ne donnons pas la mort mais nous te laissons le choix de choisir ton heure et ta mort ». Il ne comprenait pas ces paroles et il commença à imaginer un plan pour s'évader et se venger. Il se leva et fit le tour de la pièce en tâtant les murs mais rien, aucune ouverture, des anfractuosités mais rien d'autre. Il sentit la panique le gagner quand il entendit des petits couinements, des rats, mon dieu des rats. Ils m'ont laissé avec des rats, les salauds, pensa-t-il. Soudain il comprit les paroles de l'homme, il pouvait se tuer ou se laisser dévorer vivant. Il hurla, les rats disparurent en un instant. Il savait que c'était une question de temps, ils reviendraient encore et encore.

17

Sarah marchait vite, la pluie s'était mise à tomber et elle avait oublié son parapluie. Elle se mit à courir et quand elle arriva au ministère, ses cheveux étaient trempés et glissaient en longues mèches humides sur son dos. Après s'être perdue plusieurs fois dans les interminables couloirs, elle arriva enfin dans le bureau de Nikolaï. La pièce était minuscule et avait peine à contenir un bureau, une chaise, le tout recouvert de fiches, de cartes, d'objets hétéroclites et au milieu de tout ce capharnaüm, un homme était au téléphone, écoutant d'un air navré, son correspondant. Quand il aperçut la jeune femme, il lui fit signe d'entrer et de s'asseoir. Sarah regarda autour d'elle et sourit. S'asseoir ici était vraiment mission impossible alors elle resta debout et observa l'homme pour qui elle allait dorénavant travailler et le trouva vraiment très séduisant. La conversation téléphonique s'éternisant, elle fit le tour du bureau, détailla les certificats accrochés et les mots punaisés au hasard le long du mur. Elle jeta un coup d'œil vers Nicolaï, toujours au téléphone. Il semblait plus vieux que son âge réel, peut-être à cause de la coupe classique de ses cheveux ou alors de son costume un peu désuet. Elle ne savait pas, mais il était si différent de ses camarades de promotion et du style de son père, qu'elle ne pouvait lui donner d'âge. Elle le regardait et était fascinée par l'énergie qui se dégageait de lui, de ses gestes simples et de son élocution, de son charisme et aussi de son sourire. Quand il se retourna vers elle la surprenant à l'observer, elle sentit son cœur battre la chamade.

- Bienvenue dans mon antre Sarah Pétrova. Si vous êtes d'accord, j'aimerais avec votre aide, finir le livre et ajouter les photos prises lors des dernières fouilles. Ce livre doit être terminé rapidement car il nous permettra d'avoir de nouveaux subsides de l'administration.

Suyan courait elle aussi sous la pluie pour sa première journée de travail à l'hôpital. Elle avait écrit une longue lettre à Katia lui expliquant son nouveau travail et son regret de ne pouvoir venir la voir. Elle se sentait coupable mais elle avait fait son choix et était certaine de la totale compréhension de sa mère. Elle avait emménagé dans le studio que l'administration lui avait octroyé et était heureuse de se sentir enfin chez elle. Il ne comportait pour l'instant que le strict minimum mais elle comptait bien en faire son nid. Aujourd'hui était le premier jour de sa vie de femme, son rêve se réalisait enfin. L'image d'Alexis lui traversa l'esprit, et elle essaya de la chasser. Elle avait réfléchi et ne devait absolument pas s'enticher de lui. Sa réputation d'homme à femmes n'était plus à faire et il rompait très vite dès qu'elles se donnaient à lui. Sarah ne voulait pas faire partie de son «harem». Elle avait décidé de ne laisser place à aucun sentiment dans le cadre du travail. Forte de ses résolutions, elle arriva dans le service où Alexis l'attendait. Elle faillit craquer en voyant son sourire mais se ressaisit rapidement. Accompagnés du chef de service, ils firent rapidement le tour des futures accouchées. Pendant plusieurs mois, le travail les occupa tant et si bien que Suyan put éviter facilement Alexis durant la journée et quand la fin de leur service arrivait Suyan se dépêchait de partir.

Un soir où ils étaient de service tous les deux, Suyan fut appelée pour aider Alexis auprès d'une patiente. Alexis fut heureux de se trouver enfin avec Suyan, il avait bien vu qu'elle l'évitait et ne savait que faire pour lui parler. Il était tombé amoureux dès leur première rencontre, et il ne comprenait pas sa froideur envers lui, elle si joviale avec tout le monde. Elle était si belle avec ses hautes pommettes et ses longs cheveux noirs et lustrés, elle était très typée et il se demandait d'où elle venait. Il se mit à parler, prêt à dire n'importe quoi pour qu'elle le regarde. Elle rougit puis se mit à poser des questions au sujet de la patiente. Le bébé était complètement retourné. Alexis lui expliqua ce qu'il avait essayé mais rien n'y faisait. Si Suyan ne pouvait rien faire, ils allaient perdre l'enfant ou la mère.

- Je sais que vous connaissez des méthodes différentes alors je vous laisse ma place, faites votre possible.

Alexis la regarda retrousser ses manches, elle semblait sûre d'elle, rassurante. Sa voix douce et chantonnante calma la jeune femme dont les yeux se fermèrent.

- C'est bien, fit Suyan, maintenant dormez, vous êtes trop fatiguée, votre corps a besoin de repos. On reprendra plus tard.

Alexis était stupéfait et n'en croyait pas ses yeux, la jeune femme dormait confiante. Suyan se retourna vers lui et s'étira.

- Le travail s'est interrompu, le corps sait quand il doit se reposer, et nous ne savons pas l'écouter, lui dit-elle en souriant.

Alexis se sentit fondre devant ce sourire. Ils se mirent à parler de choses et d'autres, des patients qu'ils avaient en commun. Il lui demanda d'où elle venait.

- De Mongolie, lui dit-elle.

Il fut surpris car son nom de famille était d'origine russe.

- Ma mère est russe mais après sa fuite du goulag, elle s'est réfugiée en Mongolie chez les peuples du renne.

- Nous avons un autre point commun lui répondit-il, mes ancêtres maternels sont eux aussi du peuple du renne mais de Sibérie. Ma mère et ma grand-mère ont disparu dans les goulags. Ma sœur et moi avons été élevés par mon arrière-grand-mère et le mari de ma grand-mère.

La future accouchée gémit, aussitôt Suyan reprit les choses en main et l'encouragea à se lever. Elle parlait sans arrêt.

- Le docteur va vous aider et vous tenir, n'ayez aucune crainte et tout se passera bien.

Elle s'accroupit et posa ses mains en coupe sur le ventre gonflé, manipulant le bébé, lui parlant doucement, l'encourageant à se retourner.

- Ça y est, cria-t-elle, il est prêt.

L'accouchement commença sous les yeux médusés d'Alexis. Elle était parvenue à remettre le bébé en position pour la naissance. La femme poussa un cri quand le petit crane apparut, puis le reste suivit d'un seul coup dans les mains de Suyan.

- C'est un beau garçon, dit-elle en riant et en posant le bébé sur le ventre de sa mère. Et vigoureux en plus, écoutez le brailler.

Ils s'occupèrent de la mère et de l'enfant puis sortirent de la chambre. Alexis n'avait pas dit un mot. Un profond silence s'installa qu'il rompit le premier.

- Suyan je n'avais jamais vu cette technique que vous avez utilisée, et ces chants d'où viennent-ils ?

- De ma mère, répondit-elle.

- J'aimerais beaucoup apprendre. Il y a encore tant de bébés qui meurent en naissant.

- Je vous l'enseignerai. Je l'ai apprise de ma mère qui le tenait de sa grand-mère et ainsi de suite. Ma mère est chamane et guérisseuse. Elle a fait dans sa jeunesse des études de sage-femme à Moscou.

Il la fixa. Une chamane comme Baboulia ! Voilà pourquoi elle connaissait des techniques d'accouchement beaucoup plus avancées que ce qu'on leur enseignait à la faculté. Elle avait dû s'ennuyer terriblement en écoutant ses cours désuets.

Suyan regardait le jeune homme, son attirance pour lui était si intense, si profonde. Elle n'avait plus envie de feindre la froideur et l'indifférence. Elle avait juste envie de se laisser aller, de faire confiance, de vivre, comme lui aurait dit Katia.

- Si nous sortions faire une promenade et boire un verre, proposa Alexis.

- Avec plaisir, j'étouffe ici, dit-elle.

Ils sortirent dans la chaleur lourde de ce soir d'été. Alexis était nerveux et avait terriblement peur de commettre un impair et d'effaroucher de nouveau la jeune femme. Il mourrait d'envie de sauter les étapes mais il savait que Suyan avait besoin de temps alors il se contint. Ils allèrent prendre un verre et parlèrent jusqu'à tard dans la nuit. Ensuite il la raccompagna chez elle, lui faisant promettre de venir dîner, retardant le moment de la laisser. Ils se tenaient sur le palier, face à face, essayant de se regarder mais ne pouvant se voir, alors il tendit les mains vers elle et l'attira contre lui, lui posant un baiser sur la joue. Suyan tourna la tête, ses lèvres cherchant les siennes, puis elle glissa les mains autour de son cou et lui rendit son baiser. Ils s'embrassèrent encore et encore, ne pouvant s'arrêter, pressant leur corps l'un contre l'autre, oubliant tout. Elle ouvrit la porte de son studio et l'attira à l'intérieur. Il l'embrassait tout en la déshabillant et ils firent l'amour trop vite car ils avaient trop attendu. Elle l'emmena dans son lit où ils recommencèrent plus doucement, savourant chaque instant. Il n'avait jamais rencontré une femme comme elle et savait qu'il n'en voulait et n'en connaîtrait plus aucune autre.

18

Un an s'était écoulé, le travail avec Nicolaï s'achèverait bientôt. Il devait partir vers l'Altaï faire des recherches sur des pétroglyphes trouvés par un éleveur. On leur avait apporté plusieurs silex taillés et une petite figurine féminine de toute évidence aux seins gonflés et aux hanches très larges.

- La représentation de la Terre Mère, dit Sarah.

- Tout à fait, répondit Nicolaï en se penchant vers elle, prenant la statuette dans ses mains et la caressant du pouce.

Elle respira son odeur, un mélange de crème à raser et d'une autre senteur qu'elle ne parvenait pas à reconnaître. Une chaleur agréable l'envahit, elle eut envie de le toucher, de sentir sa main sur elle la caressant. Nicolaï retourna à son bureau, Sarah se secoua, il était marié, sa vie à lui était tracée et elle n'y avait aucune place. Il n'avait jamais eu de gestes ni de paroles déplacés. Elle n'avait pas la moindre idée de ses sentiments à son égard. Il lui parlait souvent de sa femme, de leurs projets communs et souvent elle avait envié la femme de Nicolaï tout en s'en défendant.

La nuit était tombée depuis longtemps quand elle quitta son bureau. Elle aimait marcher le soir dans les rues de Moscou, imaginant les gens dans leur appartement, créant des histoires de vie quand soudain elle fut percutée violemment par un homme qui s'excusa.

- S'il vous plaît aidez-moi, dit-il, je vous expliquerai.

Puis tout en la prenant dans ses bras il l'embrassa. Sarah fut tellement surprise qu'elle se laissa faire, ce qui le sauva quand plusieurs hommes débouchèrent dans la rue des bâtons à la main. Ils s'approchèrent du couple. Sarah sentit son cœur battre à vive allure, et avait compris ce que cherchaient ces hommes. Depuis plusieurs mois, des homosexuels étaient poursuivis, bastonnés et souvent tués par un groupe d'extrémistes homophobes. La police ne faisait pas beaucoup d'efforts pour les retrouver et ils pouvaient ainsi continuer leurs méfaits en toute impunité. Sarah se coula plus près de l'homme qui la tenait enlacée, puis leva la tête vers le groupe qui les regardait.

- Que voulez-vous, leur demanda-t-elle avec aplomb. Vous n'avez jamais vu un couple d'amoureux s'embrasser ?

Un des hommes s'approcha d'eux et la fixa dans les yeux. Sarah ne baissa pas la tête, sa colère était prête à exploser mais elle la contint en sentant l'homme trembler dans ses bras. Pendant un temps qui lui parut interminable le meneur recula et s'en fut, suivi par son groupe de malfrats. Un soupir de soulagement s'échappa de leurs lèvres.

- Comment pourrais-je vous remercier, lui dit-il en se reculant. Je suis désolé de vous avoir mis dans cette situation mais je ne savais que faire.

Sarah le regarda, il avait à peu près son âge, son crâne commençait à se dégarnir. Il portait des petites lunettes sur un visage un peu efféminé. Il était grand et maigre. Il n'aurait pas fait le poids devant ses assaillants.

- Oui, je suis homosexuel, lui dit-il en toute franchise et c'est bien la première fois que j'embrasse une femme.

Sarah éclata de rire, sa peur s'éloigna.

- Je m'appelle Ivan, pour vous remercier, puis-je vous inviter à prendre un verre ?

Elle le suivit. Il lui raconta son histoire. Ses parents avaient disparu quand il était enfant et on l'avait placé dans un orphelinat où il avait été élevé dans le culte de Staline. Très vite, il avait su qu'il était différent. Il était tombé amoureux du surveillant du dortoir et ils se retrouvaient souvent sur le toit plat du bâtiment, au début pour regarder les étoiles. Il voulait devenir astronome. Peu à peu, les gestes étaient venus. Personne ne savait, ils faisaient très attention. Quand l'hiver arriva, il ne fut plus possible de se rendre sur le toit, alors il allait rejoindre son amant dans la cellule où il dormait. Un élève avait prévenu le directeur qui, accompagné de la police, fit irruption dans la chambre les trouvant dans les bras l'un de l'autre. Son amant fut tabassé devant lui et mourut sous les coups. Lui, on l'emmena et on l'enferma dans une pièce noire, sans manger, ni boire pendant plusieurs jours, lui ordonnant de se repentir sinon..... Il pleurait sans arrêt et il avait peur, il n'était encore qu'un enfant. Enfin, on le délivra et on le questionna pendant de longues heures. Il fut puni et pardonné du fait de son âge et de son influence. Il devint fonctionnaire mais était toujours attiré par les hommes. Maintenant on le regardait d'un air étrange car il n'était toujours pas marié et la suspicion était de nouveau apparue dans le regard de ses collègues. Ce soir pour la première fois depuis longtemps, il avait un rendez-vous dans un parc, mais en arrivant là-bas, il avait compris que c'était une ruse alors il avait rapidement rebroussé chemin. Il parla longtemps, se confiant, racontant l'horreur des persécutions, des emprisonnements dans des asiles psychiatriques. Il lui raconta les supplices infligés, les corps enfermés dans des draps humides et froids presque jusqu'à l'étouffement, puis placés près d'un radiateur chaud. En séchant, les draps se resserrent et accroissent encore l'impression d'étouffer. On les forçait à avaler des neuroleptiques que l'on augmentait en cas d'infraction réelle ou supposée. Les familles aussi étaient accusées de ne pas avoir empêché les sodomites de continuer leurs sales agissements. Sarah était horrifiée, jamais elle n'avait supposé ces horreurs. Elle vivait dans un milieu protégé et n'avait eu aucune conscience de ces brutalités faites à des hommes. Jamais son père et Baboulia n'avaient évoqué ces sujets devant eux. Elle pensa à leur tristesse et leur chagrin quand ils parlaient de Katia et de Mina. Pour la première fois Sarah se posa la question : que s'était-il passé ? Elle regarda Yvan et comprit sa terreur, sa peur d'être rejeté, puni pour être diffèrent. La révolte gronda en elle et elle chercha comment faire pour l'aider. Elle porta la main à son bijou et elle le sentait palpiter et se réchauffer. Elle posa sa main sur celle du jeune homme et soudain elle sut.

- Yvan, lui dit-elle, je sais qu'on ne se connaît pas mais je veux te faire une proposition. J'aime un homme que je ne pourrai pas épouser car il est marié et je ne veux pas d'enfant. Alors pour te protéger, veux-tu m'épouser ?

Yvan la regarda complètement stupéfait, Sarah continua :

- Nous serons légalement mari et femme et ne serons de fait que deux camarades. Mon travail m'amène à voyager, alors que penses-tu de ma proposition ? Les formalités seront rapides et tu seras libre de faire ce que tu veux.

- Mais tu ne me connais pas, lui répondit-il.

- Je sais. Je veux être libre et je sens au fond de mon cœur que tu es un homme bien. Ce que je te propose me convient parfaitement, alors réfléchis quelques jours et donne-moi ta réponse.

Le lendemain matin, autour de la table du petit déjeuner, Sarah annonça sa décision à sa famille. Tous la regardèrent, stupéfaits. Sergueï et Alexis tentèrent de la faire changer d'avis. Léna regardait la jeune femme et savait que rien ne pourrait la faire revenir sur sa décision. À bout d'argument, Sergueï demanda à rencontrer Yvan. Sarah accepta.

Sarah vint lui ouvrir la porte et le fit entrer dans la demeure où tout respirait l'opulence. Yvan se sentit mal à l'aise en arrivant dans cette maison, il ne pensait pas que Sarah était d'un milieu si aisé. Comme promis, elle le laissa seul dans le bureau de Sergueï. Face à cet homme droit et fier qui le regardait, Yvan n'avait qu'une seule envie, rebrousser chemin. Serguei observait le jeune homme, il avait le don de lire dans l'âme des personnes qu'il rencontrait et savait au premier coup d'œil si elle était honnête ou malhonnête. Rapidement, il comprit la réaction de sa fille en voyant cet homme perdu et d'une sensibilité à fleur de peau. Serguei ne supportait pas l'oppression et la violence sous toutes ses formes. Il connaissait l'homophobie de la Russie et la chasse à l'homme qui en découlait alors il lui tendit la main et lui sourit. Ils restèrent longtemps dans le bureau ou rien ne filtrait. Enfin ils sortirent souriants. Yvan était plus droit, quelque chose était arrivé dans ce bureau, la jeune femme le sentait mais elle ne savait pas quoi. Serguei avait été surpris de l'intelligence et de la culture du jeune homme qui adorait la poésie et connaissait nombre de poètes russes et étrangers. Il avoua dans un murmure écrire des poèmes mais il ne se sentait pas digne de les montrer et n'avait encore jamais osé les faire lire à quiconque. Serguei demanda à les voir car lui aussi adorait la poésie. Dans ce bureau, une amitié et un respect mutuel s'était établi entre les deux hommes et ne se démentit jamais.

Quelques mois plus tard, le mariage fut célébré en toute intimité et Yvan vint habiter avec la famille. Alexis voulut inviter Suyan qui refusa, n'étant toujours pas prête à rencontrer sa famille. Alexis ne comprenait pas sa réticence. Il l'aimait profondément et la sentait quelquefois insaisissable. Suyan avait peur, elle aimait Alexis mais elle avait du mal à croire en son amour. Leur relation actuelle lui convenait parfaitement. Ils se voyaient à l'hôpital et chez elle. Alexis la quittait tôt le matin pour ne pas donner prise aux commérages.

Aujourd'hui il allait faire sa proposition à Suyan et en était tout excité. C'était leur jour de repos et il comptait bien profiter de cette journée, il avait tout planifié. Quand il arriva chez elle, elle l'attendait, une bouffée d'amour et de désir lui fit monter les larmes aux yeux. Elle avait dénoué ses cheveux qui lui tombaient au bas du dos, il adorait toucher ses boucles soyeuses, humer leur parfum si particulier. Elle était habillée différemment. Elle portait une robe de velours rouge avec aux pieds de jolies ballerines blanches. La mode était au court et Suyan ne dérogeait pas à ces nouveaux courants qui habillaient la femme de couleurs vives où des motifs russes se dessinaient à l'infini, sur des tissus en soie ou vaporeux. Il l'emmena à son cabinet qu'elle n'avait encore jamais vu et elle fut stupéfaite de voir l'agencement et la modernité du lieu. Il lui montra son bureau et la petite pièce adjacente où se trouvaient une table d'examen et les instruments obstétriciens. Tout était d'une propreté impeccable. Il la laissa regarder, toucher délicatement chaque objet puis n'y tenant plus, il l'emmena vers les pièces voisines où tout était à l'identique. Suyan ne comprenait pas.

- Je croyais que tu travaillais seul, lui dit-elle.

- Oui, jusqu'à maintenant. J'ai de plus en plus de travail, les femmes sont de plus en plus pauvres et ne peuvent pas se soigner, elles ont des grossesses non désirées et vont voir des faiseuses d'anges qui les charcutent et quand elles viennent à l'hôpital, il est souvent trop tard pour les sauver. Quand je me suis installé ici, je voulais faire carrière, être un gynécologue réputé près des gens de mon milieu. Après avoir travaillé à l'hôpital et côtoyé cette misère, cette souffrance faite aux femmes, j'ai pensé à toi, à ton besoin d'aider alors voilà, j'aimerais que tu viennes travailler avec moi. Tu seras libre d'exercer ta médecine comme tu veux et comme ça j'apprendrai moi aussi.

Suyan était stupéfaite, son cœur battait à grand coup. Une joie immense et bouleversante l'envahit, la faisant pleurer d'émotion et éclater de rire, de bonheur. Elle se jeta dans les bras d'Alexis.

- Merci, lui dit-elle, merci, merci. J'accepte avec joie ta proposition.

- On ne gagnera pas beaucoup d'argent, mais on sera tous les deux. Allez viens, sortons fêter notre accord.

Rapidement Suyan se fit à sa nouvelle vie. Elle était heureuse, elle faisait enfin ce qu'elle désirait mélangeant la médecine telle que la faculté lui avait enseigné et les méthodes de sa mère. Elle ne gagnait pas beaucoup d'argent, se faisant très peu payer et parfois pas du tout. Beaucoup d'hommes buvaient sec et quand ils rentraient chez eux fin saouls, frappaient leur femme et leurs enfants. Suyan ne soignait pas que les femmes enceintes mais tous les patients qui réclamaient son aide. Beaucoup de ces femmes avaient plusieurs enfants et ne connaissaient pas les moyens de contraception. Quand elles étaient de nouveau enceintes, elles avaient recours aux avortements clandestins qui se faisaient en cachette, dans des pièces où l'hygiène n'existait pas. L'hôpital où l'avortement était légalisé était trop cher pour elles. Elles arrivaient chez Suyan brûlantes de fièvre, l'utérus en charpie. Alexis, alors prenait le relais et payait sur ses deniers pour les faire admettre à l'hôpital. Suyan savait qu'une femme pouvait limiter le nombre de ses grossesses mais lorsqu'elle suggérait à ses patientes épuisées d'avoir moins de bébés, elles refusaient le plus souvent, effrayées de la réaction de leur mari. Avec beaucoup de patience et de tact, Suyan arrivait à les faire changer d'avis et à garder la chose secrète. Elle connaissait les plantes qui permettaient de limiter les grossesses et cherchait depuis quelques semaines un herboriste qui pourrait les lui fournir sans les mettre en danger.

Les patientes d'Alexis étaient différentes, elles venaient toutes d'un milieu aisé et étaient fières d'être soigné par ce bel homme célibataire. Ses patientes ne tarissaient pas d'éloges à son égard car il connaissait des pratiques de soin très efficaces et très originales, dont elles n'avaient jamais entendu parler. Elles parlèrent de lui à d'autres femmes et bientôt le cabinet ne désemplit pas. Pour éviter des rencontres qui ne seraient pas au goût de ces dames parfumées à l'excès, Alexis avait fait ouvrir une autre porte sur le devant de la rue. L'entrée des patientes de Suyan se faisait par l'arrière. Aucun contact n'était possible.

Un matin, en arrivant au cabinet où ils aimaient se retrouver devant leur thé avant l'arrivée de leurs patientes, Alexis lui donna un papier où était inscrite une adresse.

- Mon père a trouvé un herboriste de toute confiance. Si tu veux, on peut y aller après la fin de notre journée.

La soirée était bien avancée quand ils arrivèrent dans une petite rue où de vieilles boutiques aux vitrines surannées étaient encore éclairées. Ils arrivèrent devant l'échoppe de l'herboriste et entrèrent en déclenchant le son mélodieux d'un carillon. L'odeur de la boutique les fit frémir de plaisir. Un mélange d'herbes et de fleurs séchées imprégnait l'atmosphère de leurs senteurs. L'éclairage était faible et ne parvenait pas au fond de la pièce. Des bocaux d'herbes séchées côtoyant des balances aux plateaux dorés étaient posés sur un comptoir en bois. Tout respirait la sérénité. Le couple adora tout de suite cet endroit. Un homme s'approcha d'eux, il était grand et maigre, il portait des lunettes cerclées de doré et ses cheveux étaient tous blancs. Suyan resta stupéfaite devant lui, son regard allait entre les deux hommes et elle trouvait la ressemblance frappante. Elle resta coite un long moment puis se ressaisit et lui fit part de l'objet de leur visite. La nuit était tombée depuis longtemps quand ils sortirent du magasin, les bras chargés de petits sachets. Silencieuse, elle pensait à cette rencontre, quelque chose au fond d'elle cherchait une explication.

- Tu es bien silencieuse, ma chérie. C'est cet homme qui t'a troublé ?

- Un peu, oui, j'ai trouvé qu'il te ressemblait beaucoup à part la couleur des yeux, c'était ton sosie, même sa voix était semblable à la tienne.

- Ah oui, je n'ai pas remarqué mais tu sais que dans notre vaste monde nous avons un sosie et bien le mien est en Russie, dit-il en riant.

19

Dans un mois, le travail de Sarah avec Nicolaï sera terminé. Elle appréhendait ce départ, elle avait appris tellement de choses à son contact mais elle devait se rendre dans un chantier de fouilles et elle avait hâte d'aller sur le terrain. Son métier d'archéologue était sa passion, sa nature même. Elle aimait écouter le langage des pierres, sentir au bout de ses doigts l'histoire d'un fragment de poterie. La beauté d'une figurine lui racontait des histoires magiques qu'elle ressuscitait par-delà la terre qui les recouvrait d'oubli. Soudain, alors qu'elle nettoyait une statuette avec un pinceau très fin, elle sentit le regard de Nicolaï sur sa poitrine. Il s'approcha d'elle et toucha le collier qu'elle portait autour du cou. Elle le gardait toujours caché mais les boutons de son chemisier s'étaient défaits laissant apparaître le bijou.

- D'où te vient ce collier ? lui demanda-t-il en le caressant de ses doigts.

- De ma mère, elle me l'a offert avant de partir au goulag, il appartient à ma famille depuis des générations.

Elle fut surprise de ne pas en savoir plus. Elle qui était si passionnée par tout ce qui était ancien s'aperçut qu'elle ne connaissait pas l'histoire de ce bijou. Il faisait tellement parti d'elle qu'elle l'avait oublié. Elle défit le fermoir et le regarda. Le cristal se mit à chatoyer de mille couleurs et l'étoile en son centre se mit à briller d'un éclat bleuté. Sarah était hypnotisée. Elle sentit un tremblement parcourir son corps, un appel de la pierre fit frissonner son âme. L'évidence était là, sous ses yeux, elle devait retrouver l'origine du bijou.

- Il est magnifique, puis-je l'emprunter pour l'expertiser.

- Si tu veux, dit-elle à contre cœur.

Elle n'avait pas envie de s'en séparer mais ne trouvait pas d'excuse à son refus. Nicolaï sentit sa réticence.

- Je te le rends le plus vite possible, promis.

Elle lui remit le bijou mais se sentit aussitôt dépossédée et nue.

Ce soir-là Sarah marcha longtemps, elle n'avait pas envie de rentrer. Elle pensa à son frère et s'aperçut qu'elle ne l'avait pas vu depuis longtemps. Il ne vivait plus beaucoup à la maison et elle décida de lui faire une surprise et d'aller le retrouver à son cabinet. Elle regarda l'heure et avec un peu de chance, il serait encore au travail. Elle se réjouit à cette idée. Elle fut très contente de voir de la lumière et entra dans le cabinet où elle trouva son frère discutant avec une jeune femme de toute beauté.

- Excuse-moi, je ne voulais pas te déranger, tu me présentes ? dit-elle à son frère avec un grand sourire et en se retournant vers Suyan qui la regardait bouche bée.

Alexis était heureux de cette visite impromptue. Enfin Suyan allait faire connaissance avec sa famille.

- Suyan Botova, mon amour, mon amie, ma collègue, dit-il.

Suyan ne disait rien et regardait avec des yeux ronds Sarah qui commençait à se sentir mal à l'aise de ce silence. Enfin Suyan réagit.

- Désolée, vous ressemblez à quelqu'un qui m'est très proche, dit-elle en lui tendant une main douce et ferme, tout en la fixant de son regard franc et amène. Sarah fut immédiatement attirée par la jeune femme et comprit l'attirance d'Alexis. Dès cet instant, elles devinrent des amies et se mirent à parler de choses et d'autres en oubliant Alexis qui souriait en regardant cette belle complicité des deux femmes qu'il aimait.

Sarah fut impressionnée du travail effectué par le couple, de cette osmose qui se dégageait d'eux, de l'amour qu'ils éprouvaient l'un pour l'autre.

- Pourquoi ne nous as-tu pas présenté Suyan. Baboulia et papa seraient si heureux de la rencontrer.

- Ne lui en veux pas, c'est moi, mais si ta famille est comme toi alors j'accepte avec plaisir, dit Suyan.

- Enfin ! Merci Sarah d'être passée nous voir, cela fait des mois que je lui demande et toi en cinq minutes tu réussis là où j'ai échoué.

Suyan était fébrile, elle avait peur. Alexis tenta de la rassurer et ne comprenait pas son attitude. Suyan lui avait caché une partie de son enfance. Le viol qu'elle avait subi, la mort violente de ses parents, la terreur qui la prenait au ventre quand elle se trouvait devant plusieurs personnes et le mutisme qui avait duré si longtemps. Elle pensa à sa mère et une bouffée de tendresse vint caresser son cœur. Elle ne devait pas avoir peur, Alexis et Sarah seront avec elle. Aucun danger ne pouvait survenir se raisonna-t-elle. Elle avança d'un pas décidé vers la superbe maison, un monde si différent du sien. Elle serra la main d'Alexis. Une femme droite et fière se tenait sur le perron, regardant le couple avancer. Elle les trouva beaux tous les deux et un large sourire illumina son visage tandis qu'elle prenait les mains de Suyan dans les siennes. Leurs regards se croisèrent et à la surprise de la famille, Léna prit dans ses bras la jeune femme qui se laissa faire. Des images dansèrent dans la tête de Suyan. Elle vit Léna jeune tenant dans ses bras une fillette, elle la vit caressant le visage d'une jeune femme qu'elle reconnut comme sa mère. Léna pleurait, elle avait eu les mêmes images dans sa tête.

- Comment t'appelles-tu, jeune femme ?

- Suyan Botova.

- Comment s'appelle ta mère, chevrota Léna.

- Katia Botova, elle vit en Mongolie.

Le désespoir et la joie se peignirent sur le visage de Léna et de Sergueï, Suyan trembla, elle ne comprenait pas.

- Katia est ma petite fille, lui dit Léna laissant les paroles pénétrer dans le cerveau des jeunes gens et leur faisant comprendre toute l'horreur de la situation. Alexis devint blême. Suyan était sa demi-sœur et il avait commis l'inceste. Suyan les regardait et enfin, compris tout ce qui pouvait en découler. Elle devait parler ne pas laisser la situation s'envenimer.

- Katia m'a adopté quand j'avais cinq ans. Je n'ai aucun lien de parenté avec toi, dit-elle en regardant Alexis. Un soupir de soulagement s'échappa de toutes les lèvres.

- Mon dieu, ma petite fille est vivante, rentrons vite, viens me raconter. J'ai tellement de questions, merci Suyan.

Alexis et Sarah suivirent les deux femmes. Eux aussi avaient plein de questions, eux aussi ne comprenaient pas.

Pendant toutes ces années on leur avait caché leur histoire, l'enfouissant, la cachant aux yeux de tous. Qui étaient-ils ? Qui était leur père biologique? Sarah s'approcha de Sergueï qui était resté tétanisé depuis l'arrivée de Suyan, elle sentait son désarroi. Suyan avait ouvert la boîte de Pandore et il avait peur des réactions des enfants qu'il avait élevés. Plusieurs fois, il avait voulu dire la vérité mais à chaque fois il avait reculé. Aujourd'hui il devait faire face. Il sentit la main de Sarah dans la sienne et le bras d'Alexis autour de ses épaules, il reprit un peu confiance et d'un pas mal assuré rentra dans la maison.

Ivan ne savait que faire. Il regardait cette famille qui l'avait adopté et n'osait pas les suivre, il se sentait de trop, étranger et en souffrait. Un an déjà qu'il était là, travaillant dans la journée, n'ayant qu'une hâte, rentrer le soir, retrouver Sergueï et Léna, se sentir protégé, aimé. Sergueï était le père qu'il n'avait jamais eu. Il adorait la force et le caractère juste et honnête de cet homme qui ne portait aucun jugement sur rien, laissant la liberté à chacun d'être et de s'exprimer. Ivan enviait sa femme et Alexis d'avoir eu un homme comme lui pour les guider, mais aujourd'hui il le sentait ébranlé et fragile. Sergueï se retourna vers lui et lui fit signe de les suivre. Un soupir de bonheur et de soulagement s'échappa d'Ivan, il retrouvait Sergueï.

Suyan racontait, elle racontait Katia. Les yeux perdus dans son monde, elle dévidait son écheveau de laine, tirant sur les fils, tissant son histoire et celle de Katia sous les yeux de son auditoire muet. Enfin elle s'arrêta, ne sachant plus l'espace d'un instant où elle se trouvait, regarda autour d'elle, et vit les larmes rouler sur le visage de Léna. Elle s'approcha de la vieille femme et la prit dans ses bras, elle la sentait si fragile. Léna sanglotait de joie et de tristesse dans les bras de cette jeune femme qui lui avait redonné goût à la vie, elle, qui se laissait aller petit à petit. Elle qui avait perdu tout espoir se sentait redevenir la jeune femme qu'elle avait été. Revoir sa petite fille, sa Katia. Elle remercia les esprits. Alexis et Sarah se tenaient la main, ils avaient écouté Suyan faire revivre leur mère et ils avaient peine à y croire. Cette mère qu'ils avaient idéalisée était maintenant devenue une femme de chair et de sang, éprouvant des émotions, des peurs, des colères et de l'amour.

- Sais-tu qui est notre père ? Si tu ne le sais pas ce n'est pas important, c'est toi que nous aimons, dit Alexis tout en regardant Sergueï.

- Non, elle ne l'a jamais dit mais ce n'était pas l'homme qu'elle avait épousé.

Sarah vint près de Sergueï, qui, assis sur la chaise ne disait rien.

- Raconte-nous, papa.

Alors Sergueï raconta son amour pour Mina qui était si belle mais si fragile. Il s'était promis de la protéger et il avait failli. Quand on était venu l'arrêter il n'avait rien pu faire car elle lui avait glissé les deux petits dans les bras en lui faisant promettre de s'en occuper. Il avait essayé ensuite de la faire libérer mais n'avait pas pu car elle était partie rapidement vers les camps. Pendant plusieurs mois il l'avait cherché et avait enfin appris sa mort. Son désespoir et son chagrin avaient été immenses, il avait plusieurs fois pensé la rejoindre mais il lui avait promis d'élever et de protéger les enfants. Quand il avait quitté la Sibérie, il était revenu ici à Moscou, son père était un haut fonctionnaire de l'état et pouvait l'aider. Il avait caché Léna et les enfants pendant plusieurs mois, puis à la mort de Mina et avec l'accord de Léna, il les avait adopté et donné son nom. Personne ne devait savoir et remonter jusqu'à eux. Par son père, il avait su qu'on les recherchait et il les savait en danger. Il lui avait été si facile de les aimer. Ils étaient si petits, si confiants. Ils avaient été les enfants qu'il n'avait pas pu avoir. Il avait fini son récit et restait là, la tête penchée quand il sentit des bras l'entourer, l'étreindre et une multitude de baisers pleuvoir sur lui l'inondant d'un bonheur tel qu'il crut que son cœur allait éclater. Il n'avait rien perdu. Suyan pensa à l'herboriste, à sa ressemblance avec Alexis mais ne dit rien. Elle devait revoir sa mère. Elle s'en voulait de ne pas l'avoir vue depuis si longtemps. Elle avait laissé le temps s'écouler, ses occupations prendre une place de plus en plus importante au détriment de celle qu'elle aimait. Léna était heureuse, elle voulait revoir sa petite-fille mais elle ne savait comment faire, elle était devenue une vieille femme, fragile et n'était pas sortie de cette maison depuis son arrivée. Elle ne connaissait rien de la modernité de son pays, des trains de plus en plus rapides, des voitures, de la vie extérieure qu'elle avait vue sur le petit écran et qui l'effrayait. Elle ne savait même pas où se trouvait la Mongolie, ce pays qui avait abrité Katia et puis elle n'avait pas d'argent.

- Nous pouvons faire le voyage ensemble si vous le voulez, dit Suyan à Léna. Il est temps pour moi de prendre quelques semaines.

- Suyan a raison, nous serons rassurés de te savoir avec elle, Baboulia. Nous t'offrons ce voyage, accepte s'il te plaît, dit Alexis qui connaissait la fierté de Léna, et ramène nous notre mère.

Les yeux pétillants de bonheur, Léna accepta. Sarah aurait aimé faire le voyage avec les deux femmes mais son contrat commençait dans une semaine et elle ne pouvait pas s'y soustraire. Alexis lui, devait rester au cabinet et prendre soin des patientes de Suyan et des siens.

- Je m'occupe de tout, dit Sergueï.

20

Deux années étaient passées depuis le retour de Katia. Elle avait épousé Kenjeb au grand bonheur de celui-ci, mais se sentait seule, Suyan lui manquait terriblement. Elle ne retrouvait pas sa sérénité et le rire avait déserté son cœur. Elle attendait avec impatience le courrier mais il était rare et souvent perdu.

Katia espérait voir sa fille aux prochaines vacances. Elle travaillait d'arrache pieds à l'hôpital et avait ouvert un petit dispensaire où elle prodiguait des soins en dehors de l'hôpital. Les gens venaient là pour rencontrer la Chamane et non la sage-femme, cherchant une réponse, un conseil ou un réconfort auprès des esprits. Durant le peu de moments de liberté, elle partait accompagnée de Kenjeb pour de longues chevauchées à cheval

Katia ne tenait plus en place, elle avait reçu un télégramme lui annonçant la visite de Suyan mais pas la date d'arrivée. Elle sourit, un oubli de sa fille certainement. Elle regarda le calendrier, peut-être était-elle arrivée à Oulan-Bator. Kenjeb avait reçu lui aussi un télégramme lui demandant de venir chercher Suyan demain mais de ne rien dire à Katia, aussi souriait-il en regardant sa femme, son excitation. Katia avait nettoyé la maison de fond en comble essayant de se calmer en faisant mille activités mais rien n'y faisait.

Le lendemain, Kenjeb partit tôt sans prévenir sa femme. Katia avait l'habitude de ses départs. Il partait des jours, quelquefois des semaines et revenait près d'elle sans rien dire. Elle avait essayé d'en savoir plus mais devant le mutisme de son mari, elle avait arrêté ses questions et respecté son monde secret. Souvent, elle le regardait dormir essayant de percer la carapace de cet homme qu'elle aimait et qui lui était si secret. Elle avait appris à l'aimer d'un amour profond et sincère. Il était son havre, sa force, elle était en complète harmonie tant spirituelle que physique. Son désir de lui était intact et le besoin de le toucher était aussi fort qu'au premier jour. Elle aimait le voir revenir de ses périples et laisser la passion les emporter loin du monde. Ils sellaient les chevaux et partaient pour de longues chevauchées à travers la steppe. Ils aimaient ces moments d'intimité et pouvaient cheminer en silence ou en bavardant sans arrêt. Ils n'étaient jamais rassasiés l'un de l'autre et pouvaient faire l'amour à toute heure du jour et de la nuit. Il suffisait d'un regard pour descendre de cheval et de se jeter dans les bras l'un de l'autre. Ils rentraient au village, repus, fatigués. L'amour rayonnant autour d'eux emplissait tout l'espace.

Ce matin-là, Katia fut surprise d'entendre le UAZ revenir si vite qu'elle sortit aussitôt au dehors. Une boule d'amour et d'énergie se jeta sur elle et la couvrit de baiser manquant la faire chuter. Katia sentit une vague de joie et d'amour l'envahir et sans relâcher son étreinte, regarda sa fille. De longues années s'étaient écoulées, elle eut du mal à reconnaître la jeune fille qu'elle avait laissé dans cette femme aux vêtements modernes et pleine de confiance en elle. Elle sourit, Suyan lui répondit. Alors Katia retrouva la petite fille et la serra de nouveau dans ses bras, humant son odeur, caressant sa peau, la retrouvant dans tous ces gestes simples.

Kenjeb se racla la gorge mettant fin provisoirement aux effusions. Katia se tourna vers lui et plissa les yeux. Son cœur se mit à battre la chamade, des larmes qu'elle ne pouvait retenir se mirent à couler. Derrière son homme se cachait une petite dame qui ne la quittait pas des yeux

- Non, ce n'est pas possible, murmura Katia en s'approchant, je rêve !

Bouleversée, Katia ne pensait à rien, elle ne voyait que ce visage surgi de son enfance.

- Baboulia, ma Baboulia, dit-elle en tendant les bras.

Léna vint s'y blottir et resta là sans bouger. Riant et pleurant, les deux femmes s'étreignirent, mettant fin aux années d'absence, retrouvant la complicité qui les avait naguère réunies.

Kenjeb laissa les trois femmes entre-elles. Elles discutèrent longtemps jusqu'à tard dans la nuit, unies dans ce moment si particulier, faisant revivre Lia, Mina, l'espace d'un instant, autour de la magie du feu. Allongée dans l'herbe rase, Suyan regardait le ciel constellé d'étoiles, écoutant les deux femmes, heureuses d'être réunies. Elles avaient tant de choses à se dire, tant d'années à rattraper. Elle sourit en revoyant le visage de Katia, si incrédule, n'osant croire à tant de bonheur en sachant ses enfants vivants, l'attendant à Moscou. Elle pensa à Alexis, à sa demande en mariage et là sous le ciel si beau, elle sut la réponse qu'elle lui donnerait à son retour. Elle caressa son ventre, rêvant au bébé qu'elle attendait. Elle pouffa en imaginant la réaction d'Alexis. Quand une étoile filante traversa la voie lactée, Suyan la suivit longtemps des yeux. Elle était si minuscule, une poussière emportée, ballotée par le vent dans l'univers mais tout était possible quand l'amour et l'espoir étaient là. Elle se leva, embrassa les deux femmes et alla se coucher.

Sarah se dépêchait d'arriver au bureau, c'était sa dernière journée de travail avec Nicolaï. Quand elle arriva essoufflée, il était déjà là. Un grand sourire illumina son visage quand il la vit toute ébouriffée par sa course. Même décoiffée, il la trouvait belle, il n'avait pas la moindre idée de ses sentiments à son égard, mais à quoi bon. Il savait qu'elle était mariée bien qu'elle ne parlait jamais de son mari, par contre elle ne tarissait pas d'éloges pour son frère.

- J'ai récupéré ton bijou. La taille du cristal est très ancienne, je dirais même qu'elle date de la préhistoire. Il n'existe pas d'équivalence à ce bijou, il est unique. Vois auprès de ta famille, elle pourra peut-être t'en dire plus. Si tu apprends quelque chose, j'aimerais beaucoup le savoir, dit-il en souriant. Je t'ai changé le fermoir, il était un peu usé.

Sarah souleva ses cheveux pour laisser Nicolaï lui remettre son collier. Elle ne vit pas son visage affamé de désir quand ses mains frôlèrent son cou, mais sentit un léger changement, elle n'osait bouger, ne voulant pas rompre le charme. Nicolaï la prit dans ses bras et la retourna vers lui. Il se mit à l'embrasser, Sarah lui rendit ses baisers, il enfouit son visage dans la chevelure de feu. Ils firent l'amour par terre, là où ils se trouvaient, vite comme deux affamés sachant que le temps était compté. Allongés sur le sol, ils ne bougeaient plus, savourant chaque instant.

- Je suis désolé, Sarah, je ne savais pas que tu étais vierge.

- Je t'ai aimé dès notre première rencontre, j'ai tout aimé en toi mais je savais mon amour impossible. Yvan est homosexuel et tu sais les brimades qu'ils subissent, alors en l'épousant je le protégeai et je me protégeai moi aussi du même coup. Je pouvais ainsi garder ma liberté.

La jeune femme se serra contre lui, et cette fois leur étreinte fut plus lente, chaque caresse fut savourée pleinement. Ils s'aimèrent une dernière fois.

Depuis plusieurs jours, la pluie n'avait pas cessé, tous les sous-sols de la vieille ville étaient inondés. Sergueï était inquiet. Vladimir avait disparu de la cave où il se trouvait. Plus aucune trace de son passage malgré les différentes recherches. Il fallait le récupérer car il pouvait reconnaître les personnes qui l'avaient jugé. Cette organisation avait été créée sous le règne de Khrouchtchev qui désirait faire oublier le temps où il dirigeait le Kremlin. Elle avait pour mission d'éliminer les personnes qui, de près ou de loin, connaissaient son passé et elle devait rester secrète. Sergueï s'était servi d'eux pour retrouver Vladimir. La maison où se tenait leur réunion avait été débarrassée de toutes traces de leur passage. Pour l'instant, rien ne pouvait remonter à eux. Sergueï se méfiait malgré tout de cet homme retors et sournois. Il devait à tout prix le retrouver et l'éliminer.

Suyan était revenue à Moscou, elle ne pouvait pas laisser son cabinet très longtemps fermé et puis elle avait hâte de retrouver Alexis. Il devait la rejoindre dans son petit studio après la fermeture du cabinet et elle avait passé l'après-midi à se préparer. Elle avait même acheté une bouteille de champagne qui lui avait coûté très cher mais elle voulait que tout soit parfait. La table était mise, les bougies prêtes à être allumées. Le soir était tombé depuis longtemps et Alexis n'était toujours pas là, il avait dû être retardé mais l'anxiété la gagnait de plus en plus. Au fil des heures qui s'écoulaient, de plus en plus oppressée, la panique la gagna. Elle s'assit et essaya de se calmer comme le lui avait appris sa mère, elle respira doucement, laissant son souffle se répandre. Un frisson la parcourut tout entière, elle ferma les yeux et vit : Alexis était étendu sur le sol et ne bougeait plus. Elle ouvrit les yeux, son cœur battait à tout rompre quand la sonnette de la porte retentit. Un soupir de soulagement lui échappa. Enfin se dit-elle, le voilà, en ouvrant la porte. Sergueï était devant elle, le visage blême et défait.

- Alexis est à l'hôpital, il a été agressé pas très loin de chez toi et il est dans le coma.

Suyan, les yeux horrifiés entendait ces paroles mais rien ne venait, le vide était là, devant elle et elle s'y engouffra. Sergueï n'eut que le temps de la rattraper avant qu'elle ne tombe. Il l'allongea sur le lit, ne sachant que faire. Enfin, elle revint à elle.

- Emmène-moi près de lui s'il te plaît Sergueï, je dois le voir.

Quand ils arrivèrent à l'hôpital, Alexis était toujours en salle d'opération et elle dut attendre là avec Sergueï de longues heures qui lui parurent interminables. Enfin, un chirurgien s'avança vers eux.

- Tout va bien, il est en salle de réveil, Les fractures de ses jambes ont été réduites et nous avons réussi à juguler l'hémorragie mais il a perdu beaucoup de sang et malheureusement il a un sang très rare. Monsieur, êtes-vous son père demande-t-il à Sergueï.

- Non, répondit celui-ci.

- Dommage, nous devons trouver un donneur compatible, sa mère peut être ?

L'image de l'herboriste s'imprima dans la tête de Suyan. Elle devait aller le voir, devait tout tenter. C'était sa seule chance.

Quand elle arriva à la petite boutique, elle se morigéna, se trouvant stupide mais poussée par une force plus forte qu'elle, elle poussa la porte pour entrer. Il était là, mélangeant différentes plantes. Comme la première fois la ressemblance de cet homme avec Alexis lui sauta aux yeux. Il se retourna vers elle et lui sourit.

- Que puis-je faire pour vous ?

- Ma demande va vous paraître stupide mais avez-vous des enfants ?

- Oui, j'ai des enfants.

Soudain, il se rappelait de cette jeune femme et du jeune homme qui l'accompagnait, il s'était senti attiré vers ce couple.

- J'ai besoin de connaître votre groupe sanguin.

Il sourit surpris par cette demande étrange mais lui répondit. La joie à cette nouvelle éclaira le visage de Suyan, elle ne s'était pas trompée, cet homme et Alexis étaient liés.

- Connaissez-vous une femme s'appelant Katia ?

Constantin ne répondit pas. Un flot de souvenirs l'assaillit de toute part, son amour qu'il avait tenté d'oublier, revenait en force. Il regardait Suyan, ne comprenant pas. Alors Suyan parla de sa mère adoptive, des deux enfants qu'elle avait eu, de Sarah sa fille et d'Alexis cloué sur un lit d'hôpital. Elle parlait sans voir le regard désespéré de Constantin, ses larmes qui roulaient sur son visage. Il sanglotait. Une femme arriva de l'étage et vit le visage torturé de son mari.

- Mais qui êtes-vous, qu'avez-vous fait à mon mari, cria-t-elle vers Suyan qui enfin releva la tête et vit l'effet de ses paroles sur le visage bouleversé de Constantin.

Elle avait parlé sans aucun ménagement, sans faire cas

de la sensibilité de cet homme devant elle. En cinq minutes, elle avait explosé les barrières qui retenaient les souvenirs, qui l'avaient retenu au bord du gouffre et l'avaient empêché de sombrer. Il se mit à rire sous le regard éberlué des deux femmes. Il riait et ne pouvait plus s'arrêter. Son rire le nettoyait de tous les miasmes de sa vie, de toutes les horreurs vécues. Son rire lui redonnait espoir en la vie, nettoyant l'ombre pour faire entrer la joie. Il prit sa femme dans ses bras et il la fit tourner, sans se retenir de rire.

- Tu es fou, lui dit-elle en pouffant. Il s'arrêta, essoufflé.

- Je dois partir, dit-il à Natalia sa femme, tout en enfilant sa veste. A mon retour, je t'expliquerai.

Le désespoir avait envahi Constantin à son retour de Sibérie. Il était resté de longs mois prostré, n'ayant plus goût à la vie. Il avait rencontré Natalia lors d'un repas organisé par son frère. Il s'était senti attiré devant cette jeune femme, pleine de vie, qui aimait rire de tout. Elle lui avait redonné le goût de vivre et il avait appris à l'aimer. Il lui avait raconté Katia, sa quête dès son retour du goulag. Il ne lui avait rien caché de son passé. Elle n'avait rien dit mais il avait lu dans ses yeux tout son amour et sa compassion, pour cela aussi, il l'avait aimé. Elle lui avait donné une fille qui maintenant avait quitté la maison et ils vivaient dans un doux cocon que Suyan venait d'éclater.

Ils prirent un taxi pour l'hôpital, chacun perdus dans ses pensées. Suyan se mordillait l'ongle du pouce, impatiente de revoir Alexis, priant la Déesse de ses ancêtres pour que tout aille bien. Constantin était perdu, le moment de joie était passé et beaucoup de questions se bousculaient dans sa tête. Il n'avait pas voulu interroger la jeune femme car il voulait avoir le temps, le temps d'ingérer tout ce qu'elle lui dirait.

Les tests furent rapides et sa compatibilité totale, confirmant ses liens familiaux avec Alexis. Constantin s'approcha d'Alexis. Il était là étendu, les yeux clos, le visage tuméfié par les coups reçus. Un bandage lui encerclait le crâne, des tuyaux le reliaient aux machines. Ses mains étaient posées sur son torse qui se soulevait doucement. Il le regardait s'abreuvant de ce visage, n'osant le toucher. Allongé près de lui, ne le quittant pas du regard, son sang s'écoulant dans le corps de son fils lui redonnait vie. Malgré les circonstances, Constantin était heureux. La vie lui donnait une chance de le retrouver et de l'aimer. Il n'avait pas connu son enfance, peut-être connaîtrait-il sa vie d'homme. Soudain, une boule d'énergie, surgit dans la chambre et resta coîte devant les deux hommes, son regard allait de l'un à l'autre.

- Mais, qui êtes-vous ? demanda-t-elle à Constantin.

Avant que celui-ci ne puisse répondre, Suyan entra dans la chambre et fit asseoir Sarah toujours sous le choc.

- Je vais t'expliquer.

Pendant que Suyan parlait, Constantin dévorait le visage de Sarah, ce visage surgi de son passé. Tout en elle lui rappelait Katia, certes la couleur des cheveux et des yeux était différente mais la forme du visage, le regard pétillant, tout était là. Constantin avait envie de hurler son bonheur, dans la même journée, il retrouvait ses enfants.

Suyan se retrouva seule avec Alexis. Constantin était parti accompagné de Sarah. Ils avaient certainement beaucoup de choses à se raconter ces deux-là, pensa-t-elle.

Chacun la connaissait dans cet hôpital, aussi la laissa-t-on rester auprès d'Alexis. Elle posa sa main sur son front, lui baisa les lèvres et pleura. Elle resta là toute la soirée, ne pouvant quitter son chevet. Elle lui parlait, lui racontait son enfance, son désir de l'épouser, son bébé qui poussait dans son ventre. Elle lui massait les jambes, cherchant un signe, essayant de faire revenir son esprit égaré dans le monde d'en haut. Elle avait appris de la police ce qui s'était passé. Plusieurs hommes étaient en train de dépouiller un couple. Il était venu à leur secours. Malheureusement, ils étaient plus nombreux et eurent vite fait de fondre sur lui et de le rouer de coups. Il avait reçu un coup de couteau qui était passé très près de son cœur. Son corps allait guérir et rien maintenant n'empêchait qu'il se réveille.

Sergueï vint la chercher et l'emmena chez lui où elle resta prostrée. Yvan et lui essayèrent de la distraire mais rien n'y fit. L'esprit de la jeune femme était avec Alexis. Plusieurs jours passèrent ainsi. L'état d'Alexis restait stationnaire. Suyan avait ré-ouvert le cabinet, se noyant dans le travail. A chaque moment de libre, elle retournait à son chevet, rencontrant Sarah qui devait partir bientôt pour un chantier de fouilles et passait tout son temps libre près de son frère ou Constantin qui pouvait rester là des heures à regarder son fils. Sergueï et Yvan venaient eux aussi chaque jour. Sergueï avait oublié Vladimir et on lui avait fortement rappelé qu'il devait reprendre ses recherches.

Alexis ouvrit les yeux, il avait mal, très mal et sa tête était lourde, il essaya de se soulever mais ne put bouger. La panique l'envahit puis soudain il sentit une main fraîche et douce, des paroles qui apaisaient, une voix qu'il reconnut.

- Suyan, réussit-il à articuler.

La mémoire lui revint, brutale, un gémissement lui échappa.

- Chut, l'interrompit-elle, ne dis rien, tout va bien tu es en sécurité. Elle lui souleva la tête et lui fit boire une potion au goût amer. Il tenta de sourire, il reconnaissait bien là Suyan et ses plantes.

- Je veux voir, dit-il.

- Plus tard, dit-elle, dors mon amour, tu es hors de danger.

Il la regarda et la trouva si belle, doucement il ferma les yeux et se rendormit. Longtemps, elle resta là, heureuse, ferma les yeux et remercia les esprits et la Déesse mère de l'avoir sauvé. De ce jour, la convalescence d'Alexis se fit rapidement. Son bonheur fut complet quand Suyan le demanda en mariage et lui annonça sa grossesse. Constantin vint le voir tous les jours essayant de renouer les fils perdus de leur vie, mais malgré la gentillesse d'Alexis, il ne put toucher son cœur et il sut que pour ses deux enfants il resterait un étranger.

Alors il espaça ses visites et bientôt il ne vint plus. Sergueï reçutun télégramme annonçant la venue de Katia et de Léna. Sarah repoussa son départ de quelques jours, elle ne se sentait pas bien. Elle, si pleine d'énergie avait toujours envie de dormir et ne pouvait rien avaler, elle maigrissait à vue d'œil. Un soir où ils étaient tous réunis, Suyan regarda Sarah et s'approcha d'elle.

- Depuis quand es-tu enceinte ? lui murmura-t-elle à l'oreille.

- Non, ce n'est pas possible, dit Sarah en blêmissant.

Elle réfléchit essayant de se souvenir de ses dernières règles et ne se rappela pas. Elle ne voulait pas de cet enfant, sa carrière était là à portée de main et elle ne pouvait pas laisser échapper cette occasion.

-Viens me voir demain au cabinet, on en parlera, dit Suyan qui avait suivi le cours de ses pensées.

Sarah croisa le regard d'Yvan et rougit quand elle comprit qu'il avait entendu les mots chuchotés. Ils vivaient dans la même maison, se rencontraient durant les repas mais ne se connaissaient pas vraiment. Elle savait qu'il écrivait des poèmes et qu'il était connu pour ses œuvres. Elle l'examina et s'aperçut qu'il était diffèrent. Il ne restait plus grand-chose du jeune homme efflanqué qu'elle avait épousé. Son corps s'était musclé et dégageait une grâce féline. Il était beau et avait de l'allure. Il lui sourit et dans ce sourire, elle vit toute la tendresse qu'il éprouvait pour elle. Le soir venu, à la grande surprise de Sarah il vint la rejoindre dans sa chambre muni d'une bouteille de champagne et de deux verres.

- Nous avons quelque chose à fêter n'est-ce pas, dit-il dans un sourire.

Sarah le regardait éberluée.

- Non, je ne crois pas, répondit-elle.

- S'il te plaît Sarah, écoute-moi, je sais que tu attends un bébé et j'aimerais que tu le gardes. Mon rêve de toujours est d'avoir un enfant et tu me donnes l'occasion de le réaliser.

- Mais ce n'est pas ton enfant et je n'ai pas envie d'être mère et de m'en occuper.

- Aucune importance, je prendrai soin de lui comme du mien, je serai sa mère et son père. Réfléchis à ma proposition avant de faire quoique ce soit. Évidemment tu es libre de ton choix, dit-il en débouchant la bouteille. Mes poèmes ont reçu le prix du public et grâce à toi et à ton père, je suis devenu célèbre, alors fêtons l'évènement.

Sarah sourit. Elle aimait cette délicatesse chez cet homme discret et elle trinqua en lui promettant de réfléchir.

21

Vladimir était stupéfait, il était libre. Il ne comprenait pas. Sa mort était si proche, les rats devenaient agressifs et se rapprochaient de plus en plus près. Il ne voulait pas être dévoré vivant par ces bestioles, Il en avait tué quelques-unes mais il les sentait à l'affût de la moindre défaillance, leurs petits yeux rouges le fixant dans le noir. La fin et la soif le tenaillaient, sa langue lui semblait énorme dans sa bouche. Le manque d'alcool devenait de plus en plus fort. Il avait perdu le décompte des jours et avait décidé d'en finir. Quand tout à coup l'eau s'était mise à couler sous ses pieds, son niveau monta brusquement, noyant les rats. Il s'était mis à jurer, il allait finir noyé comme eux, quand soudain la force de l'eau fit éclater le mur de la cave. L'eau rentra en force et se retira violemment, l'emportant dans un tourbillon où plus aucune prise n'existait. En se retirant, la vague le laissa sur le sol, épuisé, toussant et crachant l'eau saumâtre qu'il avait bien malgré lui avalée. Il était vivant. Il tituba sur le trottoir essayant tant bien que mal de se réchauffer dans ses vêtements trempés et se dirigea vers sa maison. Il avait besoin de se changer, de prendre de l'argent qu'il avait caché et ensuite il penserait à sa vengeance.

Quand il arriva chez lui, quelle ne fut pas sa surprise de trouver la porte fermée. Il tambourina mais personne ne vint lui ouvrir alors il resta là sur le palier, grelottant et attendant. Après plusieurs heures, il entendit des pas monter l'escalier et vit un homme déboucher devant lui, ouvrir la porte et y rentrer.

- Mais vous êtes chez moi, dit-il.

- Ça m'étonnerait, j'habite ici depuis de longs mois, mentit l'homme.

Vladimir le bouscula et entra. Il resta là éberlué, ne reconnaissant pas l'appartement. Il se mit à hurler très fort à l'imposture, au vol puis soudain se mit à rire, d'un rire aigu qu'il alla chercher loin et qui tordait sa bouche lui donnant l'air égaré.

- Ça suffit, dit l'homme le poussant vers l'escalier, partez ou j'appelle la police.

Manu-militari Vladimir fut expulsé et se retrouva dehors, ne comprenant pas. Sa bouche était sèche, il avait besoin d'un verre mais il n'avait pas d'argent pour s'en procurer. Sa soif devenait obsédante. Il pensa à ses copains, peut-être qu'ils pourraient l'aider. Il se mit à marcher, son corps agité de tremblements, tenant des propos incohérents et délirants. Les gens qu'il croisait l'évitaient, dégoûtés par l'odeur de cet homme et de son regard halluciné. Vladimir tituba et tomba sur le sol. Son corps se convulsa et il se mit à hurler d'épouvante, se battant contre les hallucinations qui lui peuplaient la tête.

Il ne vit pas les infirmiers l'emporter vers l'hôpital psychiatrique le plus proche, lui mettre une camisole et l'enfermer dans une cellule. Quand il se réveilla, hagard, ne pouvant bouger, il hurla de frayeur. Un homme s'approcha de lui et lui fit une piqûre, il se rendormit aussitôt. Les jours passèrent entre veille et sommeil. Il tenta d'expliquer ce qui lui était arrivé mais personne ne l'écouta. Les crises de délirium étaient de plus en plus fortes et Les médicaments injectés le mettaient dans une telle torpeur qu'il oublia qui il était, son cerveau devint de plus en plus végétatif et bientôt il ne resta plus rien de l'homme qu'il avait été. Vladimir avait disparu dans les méandres des hôpitaux psychiatriques russes.

22

Accompagnée de Katia et de Kenjeb, Léna était enfin de retour à Moscou. Elle se sentait très fatiguée mais avait hâte de revoir ses petits. Katia aussi connaissait cette hâte mais une crainte l'empêchait d'être pleinement heureuse. Elle sentait le soutien de Kenjeb près d'elle, lui qui la comprenait si bien, qui savait lire dans son esprit. La première personne qu'elle vit en entrant dans le salon fut Alexis. En voyant ce visage d'homme, le passé lui revint avec force et des larmes perlèrent à ses paupières. Par la Déesse, comme il ressemble à Constantin se dit-elle. Puis ses yeux furent attirés par la jeune femme assise près de lui et sourit. Elle reconnaissait cette magnifique chevelure rousse qu'elle avait aimé peigner et ce visage en forme de cœur, sa fille, sa Sarah. Alexis la regarda venir à lui et un flot d'émotions le parcourut, sa mère, il la reconnaissait dans les paroles de Suyan, dans ses descriptions. Enfant, il l'avait imaginée, rêvée, et elle était là. Il jeta un coup d'œil vers Sarah et vit la même émotion dans les yeux de sa sœur. Le regard de Katia allait de l'un à l'autre se posant sur sa fille, sur son fils voulant les embrasser, les étreindre mais elle n'osait pas, pas encore. D'un même mouvement, ils s'approchèrent et l'étreignirent. Katia se perdit dans leurs bras, de gros sanglots secouaient son corps. Une colère violente la saisit pour ces hommes qui l'avaient privée de ses enfants, de toutes ces années perdues qu'elle ne retrouverait pas. Alexis lui caressa le dos d'un mouvement circulaire comprenant son chagrin. Sarah ne bougeait pas, humant le parfum de sa mère, reconnaissant ces effluves qu'elle n'avait pas oublié. Soudain, Katia sentit son fils trembler dans ses bras et le regarda, il était pâle et avait peine à tenir debout. Toutes à leurs retrouvailles, elle avait oublié son agression et aussitôt la guérisseuse qui était en elle se réveilla, l'obligeant à s'asseoir.

Tout le reste de la famille était parti se coucher depuis longtemps quand ils arrêtèrent de parler, de raconter. Blottis contre leur mère aucun d'entre eux n'avaient envie de la laisser, la retenant de leur tendresse. Katia était heureuse, elle les écoutait, les voyait jouer, apprendre, rire sous la douce férule de Sergueï et de Léna. Elle était fière de ses enfants, de leur force, de leurs convictions et de la haine de toute violence faite à un être humain. Elle comprenait l'amour de Suyan pour Alexis. Elle adhérait à la liberté de sa fille de choisir sa vie hors des conventions instaurées par un patriarcat omniprésent.

Katia savait qu'elle devait revoir Constantin, leur histoire s'était arrêtée trop brusquement et il était important pour eux de la terminer. Suyan proposa de l'accompagner mais elle refusa. Elle devait y aller seule. Depuis plusieurs jours elle s'observait dans le miroir et à chaque fois était choquée par ce visage qui la dévisageait en retour, avec ses chairs qui s'affaissaient, ses rides au coin des yeux et ses cheveux blancs qui parsemaient sa chevelure. Elle devait se rendre à l'évidence, elle n'était plus la jeune femme qu'il avait connue. Elle allait avoir cinquante ans et se sentait fatiguée. Alors, Kenjeb la prenait dans ses bras, lui disant qu'elle était belle, lui faisait l'amour et l'espace d'un instant elle oubliait son âge et ses peurs. Aujourd'hui, elle était prête et partit en laissant un mot sur sa coiffeuse.

Quand elle arriva devant la petite boutique, elle s'arrêta, n'osant entrer. Elle se morigéna, puis prenant sur elle, poussa la porte et entra. Un flot de souvenirs l'assaillit, des larmes emplirent ses yeux. Elle les refoula. Constantin s'avançait vers elle et la regardait.

- Katia, dit-il en lui tendant les mains.

Une énorme tendresse afflua dans leur cœur. Ils se regardèrent longtemps ne pouvant détacher leur regard l'un de l'autre. Ils se reconnurent oubliant les années de séparation, retrouvant cette complicité qui avait cimenté leur union. Aucun désir ne vint rompre ce moment, juste le besoin de rejoindre le passé et ses souvenirs. Il lui sourit de ce merveilleux sourire qu'elle n'avait pu oublier. Il lui lâcha les mains. Katia regarda autour d'elle, rien n'avait changé, tout était resté à la même place. Pendant un long moment, aucun d'entre eux ne parla laissant les souvenirs aller et venir, puis les paroles vinrent, rompant le silence, créant un pont entre l'avant et l'après. Katia raconta Lia à celui qui l'avait bien connue. Constantin parla de sa rencontre avec Natalia, de sa fille, de ses retrouvailles avec leurs enfants. Chacun dévidait son histoire, tirant un fil puis un autre. Natalia vint les voir plusieurs fois, leur apportant du thé mais aucun ne s'aperçut de sa présence. Elle ne leur en voulut pas, elle savait que ces deux-là devaient vider l'abcès qui les empêchait d'aller plus loin dans leur vie, alors elle s'effaça.

Le jour était tombé depuis longtemps quand ils reprirent conscience de ce qui les entourait. Katia vit Natalia, assise pas très loin d'eux et se sentit mal d'avoir accaparé son mari pendant si longtemps, mais elle vit son sourire et elle comprit pourquoi Constantin était tombé amoureux de cette femme. Elle lui sourit en retour et à ce moment précis, elles surent qu'elles pourraient s'aimer. L'amour s'était envolé, emporté par le goulag. Les années écoulées ne laissant qu'une grande tendresse, ils le comprirent tous les deux et en furent soulagés. Katia se leva pour partir, il était temps pour elle de rejoindre Kenjeb et ce qui faisait sa vie. Le passé était mort et l'avenir était là. Une dernière fois, ils s'étreignirent sans amertume, confiants dans ce qui leur restait, ils allaient se revoir grâce à leurs enfants. Tout était juste et à sa place. Katia s'approcha de Natalia et se pencha à son oreille.

- Merci, merci d'être la femme que vous êtes. Merci de l'avoir sauvé de ses cauchemars, et elle partit.

Léna était fatiguée, le voyage vers la Mongolie l'avait épuisée. Elle sentait que sa fin était proche, des rêves étaient venus plusieurs fois la prévenir. On l'attendait là-haut et elle sentait qu'elle allait bientôt rejoindre le monde des esprits, elle n'avait pas peur. Elle avait eu une longue vie riche d'amour, de bonheur, de tristesse et surtout la joie d'avoir retrouvé sa petite fille, mais maintenant, il était temps de se retirer et de retrouver Igor et Mina. Tout était prêt, elle devait convaincre Katia et les enfants de son désir. Ce fut facile pour Katia et Alexis mais pour Sarah, son feu follet, beaucoup plus difficile. Quand Sarah entra dans la chambre et qu'elle vit sa Baboulia étendue sur le lit, elle ne put retenir ses larmes. La mort était une idée abstraite pour elle et elle la refusait totalement pour les siens. Elle ne pouvait concevoir la séparation.

- Je suis très fatiguée ma chérie et mon esprit veut partir, revoir mon cher Igor et ma Mina.

- Non, Baboulia, ton esprit ne veut pas partir, reste encore, je dois te parler, tu dois m'expliquer pour le bijou. Léna souriait, les yeux fermés, serrant fort les mains de Sarah.

- Tu trouveras les réponses à tes questions quand le

temps sera venu. Les lèvres de Léna remuèrent encore mais aucun son n'en sortit. Puis, soudain, elle cessa de respirer.

- Attends, murmura Sarah, attends !

Mais elle voyait bien que l'esprit de Baboulia était parti.

- Non, non cria-t-elle, en se jetant sur le corps de sa grand-mère, laissant éclater son chagrin.

Sergueï avait tout organisé, Léna lui avait exprimé son désir et il voulait que tout soit parfait pour cette femme qui l'avait aimé comme une mère. Il avait réussi grâce à de nombreux pots de vin, à obtenir les autorisations nécessaires pour transporter le corps de Léna vers la Sibérie. Pour Katia, ce fut un voyage éprouvant. Retourner là où elle était née, revoir son peuple car les anciens n'avaient pas oublié Léna et les générations suivantes connaissaient la vie des guérisseurs du clan, racontées dans les tchoums durant les longues nuits d'hivers. Pour rendre hommage à Léna, aucune motoneige ni engins à moteur ne fut utilisé. Les traîneaux tirés par les rennes furent rapidement chargés formant une longue chaîne serpentant à travers les collines enneigées. Ils arrivèrent après deux longues journées de froid et de bivouacs près d'un petit lac où fut dressé le campement.

Le lendemain matin ils partirent avec Youri, le chaman du camp, vers une colline enneigée où se trouvait le site sacré choisi par Léna. Là s'élevait un enchevêtrement de bois de rennes et de bandes de tissus multicolores qui virevoltaient au gré du vent. Les hommes construisirent une plate-forme funéraire sur laquelle Alexis porta la vieille femme, elle était si légère dans ses bras ne pesant presque rien. Il la déposa avec une grande douceur, enveloppée dans ses fourrures. Katia s'approcha et posa près du corps les objets personnels qui avaient accompagné Léna toute sa vie. Katia prit le tambour de Léna et d'un coup le fit vibrer une dernière fois. Un grand feu fut allumé, Sarah, Alexis et Sergueï, lovés les uns contre les autres pour se protéger du froid, regardaient autour d'eux. Près de la plate-forme, Katia, Suyan et Youri se tenaient droits et se mirent doucement à chanter, puis le son vint s'amplifiant. Un tambour chanta, des grelots tintèrent, la voix de Suyan s'éleva pure sous le ciel étoilé, faisant frissonner Alexis et Sarah. Leurs cœurs se mirent à battre plus fort au son du tambour, les faisant partir loin, loin dans un monde qu'ils ne connaissaient pas. Ils sentirent des âmes autour d'eux, des visages vinrent puis disparurent. Sarah sentit la chaleur du cristal irradier contre sa peau. Les chants durèrent toute la nuit. Enfin tout s'arrêta. Sarah et Alexis ouvrirent les yeux et regardèrent autour d'eux, rien n'avait changé, tout était à sa place, mais ce qu'ils avaient vécu et ressenti durant cette nuit resterait indélébile dans leur esprit. Ils avaient vécu une cérémonie ancestrale et en remercièrent Léna de leur avoir fait ce magnifique cadeau, d'avoir renoué avec l'esprit de leurs ancêtres. Les trois officiants étaient toujours debout, les bras levés vers le ciel puis ils se retournèrent d'un même mouvement rendant grâce aux quatre directions. Sergueï raviva le feu, chacun mangea en silence puis regagna le campement.

Ils restèrent là à surveiller les troupeaux de rennes, apprenant à chasser et à pêcher. Les femmes entretenaient le feu, cuisinaient des soupes de rennes. Ils apprirent à regarder ce qui les entourait, profitant de chaque instant. Le soir, autour du poêle, Ils écoutèrent les histoires des anciens transmises de générations en générations avant de s'endormir, serrés les uns contre les autres dans leurs peaux de rennes pour se protéger du froid. Katia et Youri les emmenèrent vivre les choses simples de la vie des nomades, oublier l'espace d'un temps leur vie de ville. Sarah accepta sa grossesse et décida de garder l'enfant à la grande joie d'Ivan. Katia adorait voir ses deux filles avec leur ventre qui s'arrondissait doucement. Elle profitait de chaque instant, essayant de rattraper les années perdues. Elle remercia Léna de cet état de grâce.

Un soir, la plus vieille femme du clan parla de Léna et de ses ancêtres chamanes. Sarah dont l'attention s'était échappée se mit à écouter plus attentivement. La vieille femme parlait d'une pierre transmise aux femmes qui leur donnait le pouvoir. Le secret était bien gardé et nul ne savait ce qu'il en était advenu. Katia regarda sa fille et sourit. Sarah était hypnotisée. Elle n'avait pas eu le temps de demander à Léna la provenance du cristal et là dans ce lieu perdu, l'histoire était racontée comme un joli conte. Elle toucha son collier caché sous les épais vêtements et sentit de nouveau la chaleur en irradier. Elle voulut parler, montrer le cristal mais d'un mouvement Katia lui fit signe de n'en rien faire.

Katia et ses filles partirent. Après plusieurs heures de traîneau au milieu de nulle part, elles s'arrêtent au bord d'une rivière aux eaux limpides. L'eau était si claire qu'elles pouvaient apercevoir les poissons allant de gauche à droite dans une chorégraphie virevoltante. Elles installèrent leur bivouac près d'un site où s'alignaient des centaines d'ossements et de crânes posés en cercle. Au milieu se dressaient des défenses très longues formant une sorte d'arche, des offrandes étaient posées à leurs pieds. Katia leur expliqua que cet endroit était un lieu de culte et était très vénéré par son peuple. Les esprits du lieu étaient très présents et ne devaient pas être dérangés. Rapidement elles allumèrent le feu et Suyan alla pêcher leur dîner. Le soir arriva très vite et après s'être régalées d'un repas de truite, Katia et Suyan sortirent leur tambour et guimbarde. Bientôt la nuit fut envahie par les sons des instruments. Une voix s'éleva faisant frissonner Sarah. Ce chant de gorge venue du tréfonds de la terre réveillait en elle ce besoin atavique de se lever et de danser. Alors faisant fi de toutes convenances, elle se mit nue et se mit à tourbillonner, accompagnant sa mère et Suyan dans leur voyage. Elles imitèrent la parade nuptiale des couples, la naissance des petits et la peur de leurs parents. Tout fut hommage à la nature, à la naissance, à la vie et à la mort. Le cristal brillait de mille feux, Sarah dansait, oubliant tout ce qui l'entourait, écoutant le son du tambour et la voix de sa mère qui l'emmenaient loin, toujours plus loin. Elle ne reconnut aucun lieu mais sut au plus profond de son âme que ses ancêtres étaient là, autour d'elle, dans cet endroit où ces dernières avaient vécues dans un autre temps, une autre dimension. Elle vit une grotte où elle devrait se rendre mais l'image lui échappa. Elle dansait, ne sentant pas la fatigue, aux sons des chants de plus en plus rugueux, surgissant de la nuit des temps. Enfin, tout s'arrêta, elle se coucha sur le sol, son corps brillait sous la lumière de la lune, elle haletait ne sachant plus où elle se trouvait. Sa mère lui apporta une pelisse et l'en couvrit. Elle se mit sur son séant et regarda autour d'elle. Elle se trouvait au milieu du cercle sacré, entourée de sa mère et de sa sœur. Katia lui sourit et lui expliqua le cristal.

- Cette pierre a été trouvée par une lointaine ancêtre dont le nom fut oublié et qui nous l'a légué. Elle est transmise de mère en fille de la lignée. On ne connaît plus ses pouvoirs mais on sait qu'elle doit être portée par l'une d'entre nous. Tu n'es pas chamane mais tu as le don d'entrer en communication avec ta lignée, peut-être connaîtras-tu son secret, toi qui a choisi de nous éclairer sur la vie de nos ancêtres.

Elles restèrent longtemps éveillées, écoutant le chant des loups, perdues dans leurs pensées mais heureuses d'être là, ensemble. L'aube les trouva endormies, enveloppées dans leur peau saupoudrée d'une légère couche de neige annonçant les prémices de l'hiver. Le paysage encore lumineux se métamorphosera en un univers inhospitalier de neige et de glace, balayé par de terribles tempêtes. Il était temps pour elles de partir, de rejoindre leur vie. Elles étaient nostalgiques mais heureuses d'avoir vécu cette expérience.

23

Alexis se sentait mal. Depuis son agression, il n'avait pas retrouvé le sommeil et quand enfin il s'endormait, ses nuits étaient peuplées de cauchemars. Il se retrouvait assis, les yeux hallucinés dans un monde connu de lui seul, haletant et transpirant, le plus souvent en pleurs. Suyan prenait dans ses bras le corps raidi d'Alexis, l'apaisant d'une voix douce, l'obligeant à se recoucher. La mort de Léna avait amplifié ses tourments, il les ressentait maintenant dans son corps et son mental, et son travail s'en ressentait. Dès son arrivée en Sibérie, ses cauchemars s'étaient accrus et il essayait de lutter contre le sommeil pour éviter la nuit. Pendant plusieurs jours, Youri le chaman du clan, regarda le jeune homme se débattre avec ses démons. Katia et Suyan étaient venues le voir pour quémander son aide. Elles étaient trop proches d'Alexis pour lui être d'un grand secours et savaient que Youri était un chaman respecté.

- Les esprits de tes ancêtres sont présents en toi et te demandent d'être ce que tu es vraiment. Ils t'ont choisi et nul ne peut aller contre leur volonté. Tu dois l'accepter sinon tu ne trouveras pas la paix. La préparation à ton devenir peut être longue ou courte tout dépend de ton acceptation. On ne devient pas chaman dans la sérénité et la joie, c'est un sacerdoce, dit

Youri à Alexis. Raconte-moi tes rêves.

Alexis parla longtemps face au vieil homme, se libérant de ses peurs au fur et à mesure. Youri hocha la tête, puis pendant un long moment aucun mot ne fut échangé.

- Ton ancêtre est décédé depuis longtemps, c'est lui qui sert d'intermédiaire entre les dieux et toi, qui confisque ton âme durant la nuit pour t'apprendre le savoir nécessaire à ton nouveau rôle. C'est aussi en te torturant que les esprits t'instruisent et t'enseignent, dans la plus totale solitude, à établir des contacts directs avec les Dieux, les créatures démoniaques et les âmes des Ancêtres. Si tu acceptes mon aide, je peux t'aider.

Katia expliqua à Alexis qu'il risquait la mort ou la folie s'il se débattait contre la volonté des Dieux. Aussi Alexis laissa partir les femmes qu'il aimait et resta avec Youri pour parfaire son apprentissage. Les bébés devant naître au printemps, elles promirent de revenir ici sur la terre de leurs ancêtres pour la naissance.

Suyan s'en voulait. Elle n'avait pas su voir le malaise profond d'Alexis, elle avait cru que les cauchemars étaient dus à son agression et non aux appels des esprits. Elle pensa à Sakem qui l'avait initiée et à son peuple qu'elle ne connaissait pas, les hommes cygnes, les Koumandines. Elle savait que durant la soviétisation, beaucoup étaient morts ou chassés de leur terre mais c'était son peuple et elle désirait retrouver ses racines, donner une histoire à son enfant. Elle fit appel à des collègues pour s'occuper du cabinet durant leur absence et demanda à Sarah qui n'avait pu se rendre à son nouveau poste, de l'accompagner.

Le voyage fut long jusqu'au contrefort de l'Altaï. Elles

restèrent peu de temps à Barnaoul car ce n'était pas là que Suyan retrouverait son peuple mais elle désirait faire une halte au musée Anokhina à Gorno-Altaïsk où la princesse des glaces dormait d'un long sommeil. Enfant, elle avait adoré cette histoire et s'en souvenait parfaitement. La découverte dans un tumulus d'une momie aux membres couverts d'étonnants tatouages et vêtue d'un vêtement chamanique était en parfait état de conservation. Un masque de loup recouvrait ses traits. Par un fait inexplicable, son tombeau s'était retrouvé rempli de glace qui n'avait jamais fondu. Sakem racontait qu'elle était une très grande chamane et que les esprits n'avaient pas voulu détruire son corps. On ne savait pas la date où elle avait vécu mais c'était des milliers d'années avant notre ère.

Elles étaient devant la momie, écoutant le guide d'une oreille discrète, lorsque soudain, Sarah chancela et devint toute pâle, son corps se raidit et elle manqua défaillir si Suyan ne l'avait retenu. Par chance elles purent s'asseoir. Suyan lui apporta une tasse de thé ; les couleurs revinrent petit à petit à la jeune femme qui jetait des regards furtifs à la momie. Le regard de Suyan devint fixe, devant ses yeux, un fil tenu et chatoyant reliait la princesse à Sarah. Elle sentait plus qu'elle ne voyait ces fils dorés, la reliance d'un esprit à un autre esprit, puis tout fut fini et repris sa place. Elles restèrent là sans parler, intégrant ce qu'elles avaient ressenti, elles se prirent la main. Le guide, qui avait repéré ces deux belles femmes, s'avança vers elles et leur demanda si tout allait bien. Elles acquiescèrent ne désirant toujours pas parler. D'un dernier regard à la princesse des glaces, elles quittèrent le musée.

Depuis cette visite, Sarah était perturbée, tout ce à quoi elle croyait partait à vau l'eau et sa curiosité était en éveil. Un changement s'était produit, la connaissance de quelque chose tentait d'effleurer sa conscience. Au fil du voyage, son insouciance reprit le dessus et elle laissa faire ce qui devait être fait. Les deux femmes arrivèrent bientôt au but de leur voyage, le Lac D'or, la perle de l'Altaï, le berceau du peuple Koumandine. Elles n'eurent aucun mal à trouver Sakem qui vivait dans une petite maison en bois ayant la forme d'une yourte. Sakem était devenue une jolie vieille femme au visage parcheminé par l'air et le soleil, ses yeux noirs toujours aussi perçants regardaient avec plein de tendresse les deux jeunes femmes entrer dans sa demeure. Son visage s'illumina dans un sourire sans dents.

- Suyan, ma petite fille, je t'attendais. Puis son regard se tourna vers Sarah : bienvenue à toi, fille de Katia.

Elles s'assirent sur les coussins où le thé au lait chaud et salé leur fut servi par une petite fille. C'est mon arrière-petite-fille leur dit-elle. Pendant un long moment, elles restèrent silencieuses, savourant leur thé et grignotant des petits biscuits. Sarah regarda autour d'elle, la pièce était tapissée de laine d'un bleu profond et donnait la sensation de se trouver dans un cocon. Le poêle diffusait une douce chaleur et doucement elle s'endormit d'un sommeil profond. Quand elle s'éveilla, elle était seule. Pendant un instant, elle se demanda où elle se trouvait puis se souvint de la vieille femme et eut honte de s'être laissée aller à dormir. Elle se leva et soudain son regard fut attiré vers le petit autel placé contre la paroi nord de la yourte. Elle s'approcha et y vit divers instruments, gris-gris, petit miroir reflétant un visage qu'elle ne connaissait pas. Elle sursauta quand elle sentit une main se poser sur son épaule.

- Ce n'est que moi, lui chuchota Suyan.

Elle respira, soulagée, puis regarda de nouveau dans le miroir où elle vit son visage aux traits tirés qui lui faisait face. J'ai dû rêver pensa-t-elle. Posé près de l'autel se trouvait un magnifique tambour dont la poignée se terminait par deux têtes de cygnes sculptées, l'une en haut et l'autre en bas. Sur la face extérieure était représentée les trois mondes les uns en dessous des autres. Au centre figurait la terre ornée de dents de scie qui symbolisaient des montagnes et une bande séparait le tambour en deux parties : en haut le monde supérieur et en bas le monde inférieur. Sarah n'avait jamais vu ce genre d'instrument, elle tendit la main pour le prendre quand un ordre sec jaillit :

- N'y touche pas !

Elle se retourna comme une enfant prise en faute et vit les yeux noirs, deux petites billes d'acier, se planter en elle, d'une telle puissance qu'elle recula. Puis tout redevint normal. Sakem prit le tambour et le caressa d'une main douce.

- Tu dois apprendre à faire attention jeune femme, ses objets ne sont pas décoratifs mais sont remplis du pouvoir des esprits et nul ne peut y toucher sans leur permission.

Sarah était confuse, par deux fois elle avait été irrespectueuse et s'en voulait, elle, qui avait appris dans ses grandes écoles de Moscou à respecter les choses anciennes, à faire attention à ce qu'elles pouvaient représenter, avait failli.

- Je suis désolée, mais il est si beau, dit-elle en regardant le tambour et ces dessins si symboliques. Tous vos tambours sont-ils comme celui-ci ?

- Oui, avec plusieurs variantes selon la force et la puissance du chaman, répondit-elle en le posant sur le sol. Allons manger maintenant, le repas est prêt.

Elles restèrent là quelques jours, profitant de chaque instant avec Sakem qui leur parla des plantes médicinales de sa région et de l'histoire de son peuple. Elle narra à Suyan la vie de ses parents avant l'incursion des russes dans leur village et des horreurs qui s'ensuivirent. Elle parla de l'amitié qui l'unissait à la mère de Suyan comme celle qui l'avait unie à Katia, elle fit revivre les deux femmes en racontant leur jeunesse, le don de double vue de la mère de Suyan et le don de guérisseuse de Katia. Le peuple qu'elle avait connue n'existait plus, les enfants avaient oublié les légendes, les soviets avaient détruits ce qui était leur vie, leur langue et leurs croyances. Il n'existait plus que quelques chamans qui essayaient de perpétuer les traditions, mais c'était devenu compliqué et elle avait peur pour son peuple.

Ce dernier soir avant leur départ, elle ferait appel aux esprits pour les accompagner dans leur vie. Un grand feu fut allumé au milieu du village, les gens arrivèrent par petits groupes et s'installèrent en cercle autour du brasier. Plusieurs chamans portant des coiffes différentes affluèrent lentement en costumes de toutes les couleurs, arborant des bannières représentant les esprits et les animaux aux pouvoirs protecteurs de chacun. Elles virent Sakem vêtue d'un long manteau blanc et au visage recouvert d'un masque en forme de tête de cygnes. De la vodka fut versée sur le feu attisant les flammes. Le son des tambours et le mouvement de la foule entraînèrent les deux femmes dans la transe. Elles ne surent pas combien de temps elles restèrent là, enveloppées dans le monde spirituel invoqué par les chamans, par les présences intenses des esprits. De nouveau Sarah reconnut ses anciens voyages, les femmes qu'elles avaient rencontrées et aussi la femme aux tatouages lui apparut dans un éclair accompagnée d'un loup blanc. Elle vit une grotte qui l'appelait, puis tout s'arrêta.

Le lendemain, elles se réveillèrent, surprises de se retrouver dans la maison. Elles n'avaient aucun souvenir de s'être couchées. Elles entendirent la voix de Sakem qui chantait de sa voix gutturale un chant venu du fond des âges. Après avoir bu leur thé au lait, elles allèrent la retrouver. Sakem se tenait debout, les mains offertes, regardant le lac qui baignait dans la lumière dorée du petit matin. Une légère brume à sa surface lui donnait un aspect irréel et magique. Les deux femmes s'abandonnèrent l'espace d'un instant à la beauté féérique de ce moment, n'osant déranger la vieille femme.

- Venez, les esprits m'ont parlé, dit-elle en regardant Sarah. Tu es la dépositaire d'un savoir ancestral, les ancêtres t'appellent. Tu dois trouver le réceptacle pour le transmettre à ton enfant. C'est ton but. Pour toi, Suyan, tu es dans ton chemin. Ne séparez pas vos deux petits, ils ont besoin l'un de l'autre pour accomplir leur destinée. Tout est lié dans le grand tissage.

Les jeunes femmes partirent dans des directions différentes, l'une vers Moscou et l'autre vers un site de fouilles où elle était attendue.

24

Quand Sarah arriva sur le site, elle fut accueillie à bras ouverts par ses collègues. On manquait de personnel et son arrivée fut la bienvenue. Elle se mit aussitôt au travail répertoriant les cinq mille gravures réalisées par des outils en pierre ou en métal. Les archéologues avaient mis à jour des images d'animaux, communs dans l'Altaï ainsi que des espèces prédatrices inconnues. Des scènes de chasse avaient été martelées sur la roche. Pendant un mois, elle travailla d'arrachepied, oubliant sa vie, se passionnant pour toutes ces découvertes. Un soir où tout le groupe essayait de se réchauffer en buvant de la vodka, la porte s'ouvrit laissant entrer avec le froid, un homme enveloppé dans une fourrure en peau de renne qu'elle reconnut aussitôt, Nicolaï. Son cœur fit un bond dans sa poitrine et elle se sentit rougir. Il ne l'avait pas encore aperçue. Elle se mit à le détailler, retrouvant tout ce qui faisait son charme, son sourire qui la faisait fondre et qui lui donnait des petits papillons au creux du ventre. Enfin, son regard vint se poser sur elle et un éclair de joie et de plaisir illumina son visage.

- Sarah, mais que fais-tu là ? dit-il en la prenant dans ses bras.

Elle s'y blottit, humant le parfum et l'odeur de cet

homme qu'elle n'avait pas oublié. Son amour revint en force. Elle aurait aimé faire durer cet instant mais elle sentit tous les regards converger vers eux, alors elle s'éloigna un peu. Il comprit sa réserve et prit un verre de vodka qu'il but cul sec essayant de ne pas montrer à tous ces regards curieux tournés vers lui, le plaisir et le bonheur ressenti à la vue de Sarah, sa boule de feu. Sarah n'avait plus envie d'aller dormir. Elle posa les mains sur son ventre comme elle le faisait des dizaines de fois dans la journée sentant les petits coups donnés par son bébé. Maintenant, elle ne comprenait plus son refus d'avoir cet enfant et elle en remerciait Ivan de l'avoir aidé à accepter sa grossesse. Nicolaï jetait de fréquents regards vers la jeune femme, il la trouvait toujours aussi belle avec quelque chose en plus, une douceur se dégageait de son visage, elle était aussi plus calme, plus posée. Il n'avait pas pu oublier leur dernière journée et se demandait si elle y pensait quelquefois. Il était surpris et heureux de la trouver là, car il avait besoin d'une personne qualifiée pour le seconder dans un tumulus qu'ils avaient découverts pas très loin d'ici. La population locale qui amenait ses moutons et ses chevaux sur le plateau pendant l'hiver pour pâturer, regardait d'un mauvais œil cette intrusion sur cette terre sacrée qu'elle considérait comme la deuxième couche du ciel. Sarah accepta la proposition de Nicolaï avec plaisir et quitta le groupe avec regret car elle avait aimé travailler avec eux.

Durant le trajet jusqu'aux fouilles, la conduite du UAZ retint toute l'attention du chauffeur, aucun mot personnel ne fut échangé entre eux. Le trajet fut long et pénible. Lancée à toute vitesse le véhicule sautait, bringuebalait, secouait dans tous les sens les passagers. Sarah avait du mal à s'accrocher et essayait tant bien que mal de ne pas tomber sur Nicolaï. La voiture ralentit enfin pour laisser passer un troupeau de chevaux sauvages qui passa devant eux à toute allure. Nicolaï riait, heureux comme un enfant avec son nouveau jouet. Il adorait la vitesse et là, sur cette piste où personne ne passait et où aucune barrière ne pouvait l'entraver, il s'en donnait à cœur joie. Enfin, ils s'arrêtèrent près d'un groupement de cabanes en bois, au milieu de nulle part. Sarah regarda autour d'elle, aucune enseigne, ni panneau et jeta un œil à son compagnon.

- Allons manger, lui dit-il.

Un plat unique leur fut servi, des raviolis à la viande. Sarah ne reconnut pas la viande mais se délecta de sa saveur riche. Elle avait faim, n'ayant rien avalé depuis la veille. Elle se régala du plat avec plusieurs tasses de thé. Repue, elle regarda enfin Nicolaï qui l'observait, les yeux pétillants de plaisir.

- Raconte-moi ce que tu es devenue depuis la dernière fois.

La jeune femme parla, choisissant ses mots, omettant de raconter les visions qu'elle avait eu lors de ses voyages chamaniques. Elle sentit son bébé bouger mais n'évoqua pas non plus sa grossesse. Nicolaï n'avait pas pu voir son ventre rond, enveloppée qu'elle était dans sa fourrure. Elle ne lui avait rien dit ayant trop peur qu'il ne la prenne pas dans son équipe. Ils restèrent là un bon moment, puis repartirent sur la piste.

Nicolaï désirait arriver avant la nuit tombée, aussi roula-t-il de nouveau à tombeau ouvert. Soudain un bruit terrible retentit accompagné d'une secousse violente. Le véhicule s'arrêta. Une pierre plus grosse que les autres était coincée sous le UAZ. Tant bien que mal, Nicolaï réussit à la retirer mais la voiture ne roulait plus qu'au pas. Ils furent obligés de s'arrêter dans le village suivant où on leur offrit un endroit pour la nuit. La pièce où ils se retrouvèrent enfin seuls après un repas bien arrosé à la vodka ne comportait qu'un lit posé sur des parpaings et recouvert de fourrure. Ils se regardèrent, gênés et ne sachant que dire.

- Je peux dormir par terre, dit-il.

Sarah s'approcha de lui et se blottit dans ses bras. Il huma le parfum de ses cheveux qu'il n'avait pu oublier et l'embrassa. De nouveau, la passion les emporta, il lui fit l'amour vite, l'orgasme les emporta, les laissant pantelants. Il la porta sur le lit et doucement la déshabilla. A la vue de son ventre à peine renflé, il s'arrêta, surpris. Sarah sut au plus profond d'elle-même qu'elle devait la vérité à cet homme.

- Le bébé que je porte est le tien, Ivan ne m'a jamais touché. Il caressa le ventre avec douceur, des larmes perlèrent à ses yeux.

- Je pensais ne jamais avoir d'enfant, ma femme ne peut en avoir, dit-il tristement en la serrant contre lui et en l'embrassant.

Elle ondula à l'écoute de leurs corps, toute pudeur envolée. Ses grands yeux verts brûlants de passion, elle l'attirait plus près d'elle, balançant ses hanches. Il tenta de résister mais c'était plus fort que lui, elle l'attira plus profondément en elle et il jouit en longues saccades, déversant sa semence dans le ventre de cette femme qu'il aimait. Blottis l'un contre l'autre, ils parlèrent longtemps, puis refirent l'amour, ne se rassasiant pas l'un de l'autre. Enfin, ils s'endormirent. Quand Sarah se réveilla, elle vit le visage de son amant penché sur elle, la regardant avec un tel désir qu'elle frissonna. Il laissa sa main caresser son visage, son cou, son ventre et remonta jusqu'au mamelon qui durcit aussitôt. Il l'embrassa doucement et sentit de nouveau son sexe durcir.

Le soleil était déjà haut quand ils quittèrent la pièce qui avait abrité leur amour. Nicolaï répara la voiture et ils purent repartir. Ils roulèrent doucement ne voulant plus arriver trop vite. En fin de journée, ils arrivèrent au tumulus dégagé des hautes herbes qui l'avaient caché pendant des siècles. Le hasard d'un berger un peu trop bavard avait amené les archéologues à s'y pencher. Les fouilles n'étaient qu'à leur début mais promettaient des découvertes intéressantes car par chance, il n'avait pas été pillé. Plusieurs personnes étaient encore à pied d'œuvre dégageant le tumulus des pierres qui s'étaient accumulées là. Nicolaï les convoqua en réunion et leur présenta Sarah. Tous, après avoir salué la jeune femme, firent un rapport circonstancié de leur recherche. Le tumulus avait été dégagé et on pouvait maintenant y accéder. Faisant fi de toutes convenances et d'un commun accord, Sarah partagea la tente de Nicolaï sous le regard ulcéré d'une jolie femme blonde.

Le lendemain matin toutes les précautions furent prises pour pénétrer à l'intérieur du tumulus. Pliés en deux, ils parcoururent un long couloir où ils furent arrêtés par de grosses pierres. Après avoir passé plusieurs jours à les extraire, vu l'étroitesse du couloir, ils débouchèrent enfin dans la chambre funéraire. Ils étaient là tous les deux, absolument émerveillés de leur découverte, n'osant en croire leurs yeux. Le rêve de tout archéologue se trouvait là, dans cette sépulture où ils ne pouvaient se tenir debout. Ils regardèrent autour deux. La sépulture était complètement glacée, le froid était intense et malgré leurs vêtements chauds, ils grelottaient. Sur toutes les parois étaient dessinés des cerfs et une meute de loups. À la tête du lit, un animal fantastique était sculpté dans la roche. Il avait l'apparence d'un cerf mais son corps se terminait par une tête de griffon. Sarah était stupéfaite. Comment ce peuple pouvait-il connaître cette créature ailée, mi-lion mi-aigle, née croyait-elle, de l'imaginaire. Elle s'approcha plus près et à l'aide de sa torche observa cette image tellement improbable en ce lieu. Nicolaï vint près d'elle.

- Généralement, lui dit-il, le cerf accompagne le défunt dans l'autre monde, mais je ne sais rien sur le griffon, nous pouvons seulement supposer que cet animal mythique aide également à passer dans un monde supérieur.

- Comment ces artistes connaissaient-ils le griffon, demanda-t-elle.

- Je ne sais pas.

Timidement, ils s'approchèrent d'un long sarcophage en forme de barque creusé dans un tronc de mélèze blanc. Sarah savait que le mélèze pour les petits peuples était un arbre sacré, l'arbre du monde ou l'arbre de vie comme ils aimaient l'appeler. Elle se souvint des histoires racontées par Léna sur l'arbre de guérison. Sa couleur blanche était la pureté sacrée et être enfermé dans son tronc aidait le défunt à renaître. Autrefois, leur disait-elle, on enveloppait les enfants dans de l'écorce de bouleau, symbole de pureté et on les suspendait aux branches des arbres. Certains grands chamans étaient inhumés dans un pin frappé par la foudre qui devenait ainsi le porteur de son esprit. Ici, dans cette magnifique chambre, une femme vêtue de tous les attributs chamaniques était étendue. Sarah frissonna, un froid glacial l'envahit, elle se mit à trembler et dut s'asseoir. Elle sentait autour d'elle un monde l'entourer, des visions éclatèrent dans sa tête qu'elle ne sut interpréter. Puis, tout s'arrêta. Elle vit le visage inquiet de Nicolaï posé sur elle et lui sourit.

- Tout va bien, lui dit-elle, un petit malaise, rien d'important.

Elle ne pouvait pas lui expliquer l'inexplicable. Elle devait en parler avec sa mère qui l'aiderait à comprendre. Elle se força à regarder de nouveau le corps. Dans le sarcophage, la femme, allongée sur un lit de feutre sombre, la tête orientée vers l'est semblait la fixer du regard. Ses épaules étaient découvertes, et sur l'une d'elle était tatoué un griffon doté d'une queue de tigre et de pattes griffues, sur l'autre un tigre aux dents de sabre. Toutes les parties découvertes de son corps étaient tatouées d'animaux et d'oiseaux, vivant dans les montagnes de l'Altaï. Sarah reconnut le loup et la chouette. Tous étaient colorés. Des restes de cheveux roux adhéraient à son crâne. Autour d'elle se trouvaient des osselets, une guimbarde et des petites poupées en lanières de peau. À ses pieds se trouvait un tambour de forme hexagonale, un griffon rouge et noir était dessiné sur la peau. Des grelots de métal étaient disposés à l'intérieur. Le percuteur était en os. Sarah et Nicolaï observaient, regardaient, poussaient des cris d'admiration, évaluaient le travail de répertorisation, de recherches, auquel ils devraient faire face.

Ils restèrent jusqu'à la fin de l'automne sur le site, malgré le rejet des habitants. Le chaman du village était venu les voir, leur intimant de fermer la tombe, de ne pas déranger l'esprit qui s'y trouvait. Nicolaï n'écouta pas, son rêve se réalisait. Sarah avait peur, elle savait que le monde des esprits était puissant. Nicolaî ne comprenait pas sa réaction, elle était une archéologue et son métier était de creuser, de chercher et de ne pas écouter toutes ces superstitions d'un autre âge. Elle resta. Le début de l'hiver s'annonçait. Le froid devenait de plus en plus intense, obligeant les membres de l'équipe à arrêter les recherches, fermer le site et rentrer à Moscou. Sarah ne savait pas quand elle allait revoir Nicolaï. Les moments avec lui avaient été si forts, si intenses, et là maintenant sur ce quai de gare, elle se sentait si seule, si abandonnée. L'épouse de Nicolaï était là à l'attendre, obligeant les amants à se quitter comme des étrangers. Elle lui tourna le dos, ne voulant pas montrer ses larmes et partit sans se retourner, sans un mot d'adieu.

Sarah passa l'hiver à étudier tout ce qu'elle pouvait trouver sur le chamanisme, à passer des soirées avec Suyan et Yvan. Un coup de fil de Nicolaï vint rompre la monotonie de ces longues journées. Il était désespéré, un tremblement de terre avait eu lieu dans l'Altaï à l'endroit des fouilles et des tonnes de pierre avaient recouvert le tumulus, détruisant tout leur travail et leurs recherches. Rien n'avait pu être sauvé. Le cœur de Sarah s'emballa, elle pensa aux paroles du chaman et un grand frisson la parcourut : la malédiction s'était abattue sur le site. Elle essaya de le consoler mais rien n'y fit. Il raccrocha sans lui demander de se revoir. La déception et le chagrin envahirent Sarah. Elle avait besoin d'être rassurée et monta vers la chambre de Léna où elle n'était pas venue depuis la mort de la vieille femme. Rien n'avait été touché, chaque objet était à sa place. Doucement elle s'avança, un frisson la parcourut, elle sentait tout autour d'elle une présence bienveillante. Elle s'allongea sur le lit où l'odeur d'encens et le parfum de Léna imprégnaient encore l'oreiller, elle s'enfonça dans sa douceur, se lova dans la fourrure qu'elle avait toujours vue et s'endormit. Elle rêva.

Elle se trouvait dans la steppe montée sur un cheval blanc près d'un énorme mélèze où se trouvait Léna.

- Tu as mis le temps fillette, dit-elle en lui prenant la main.

Elles marchèrent pendant un long moment. Sarah avait soif mais ne dit rien. Elles rencontrèrent des animaux sauvages qui les regardaient, certains grognaient, d'autres s'avançaient mais d'un geste, Léna les arrêtait. Le soleil brillait mais ne réchauffait pas Sarah de ses rayons. L'endroit était étrange, des herbes folles voletaient sans l'aide du vent, des fleurs aux couleurs magnifiques et violentes se trouvaient sur son chemin. Elle serra la main de Léna plus fort ne voulant pas la perdre, essayant de s'accrocher à ce qu'elle connaissait mais tout disparu de nouveau, la neige était là maintenant sous ses pieds chaussés de bottes en fourrure. Elle sourit en les regardant, introuvables dans les magasins de Moscou songea-t-elle. Elle regarda Léna mais ne la reconnut pas ; à sa place se trouvait une femme aux yeux vairons et à la longue chevelure rousse. Marchant à ses côtés, une immense louve blanche se tourna vers Sarah et lui montra les crocs. Elle n'avait pas peur et la regarda. Pendant un instant, la femme et l'animal s'observèrent et se reconnurent. La neige devint plus profonde, le froid paraissait plus vif bien que Sarah ne ressentit pas ses effets. Elle marchait la main dans celle de la femme, confiante. Une meute de loups vint les rejoindre, les encerclant. Au loin Sarah entendit un rugissement qui la glaça, la femme serra sa main plus fort, l'intimant de ne rien faire alors elle se laissa aller et vit un énorme lion venir vers elles. Les lions qu'elle avait vus dans les zoos étaient petits par rapport au mastodonte qui se dirigeait vers elles. Un lion des cavernes, entendit-elle dans sa tête. La neige fit place à la toundra, elle courait. Un homme dont elle ne pouvait voir le visage se tenait près d'elle, il avait la vélocité d'un coureur de fond et essayait de rester à sa hauteur. Son torse était nu et ses pieds chaussés de mocassins de peau, des jambières également en peau recouvraient ses jambes. Un pagne ceignait ses reins. Sarah regarda ses pieds, elle portait les mêmes mocassins que l'homme. Elle toucha son corps, il était nu. Elle était heureuse, libre et profondément amoureuse de l'homme qui se trouvait à ses côtés. Puis tout s'effondra, l'homme lui lâcha la main, elle se sentit chuter dans un grand trou noir. Elle se réveilla en hurlant, son cœur battant la chamade, se demandant où elle se trouvait. Puis, elle s'apaisa, son rêve toujours là.

- Assez pour aujourd'hui, lui intima Léna dans sa tête.

Sarah se laissa aller dans la fourrure, s'étirant comme un gros chat, l'enfant remuait dans son ventre. Pour la première fois depuis longtemps elle se sentait bien. Elle pensa au tumulus et remercia les esprits de l'avoir de nouveau caché aux yeux des hommes. Elle revit la femme rousse et l'image de la momie fut là, se superposant à celle de son rêve. Elle reconnut la femme de son rêve. Rapidement, elle se leva et partit rejoindre Suyan. Son besoin de parler était trop intense, elle ne pouvait pas garder ces images pour elle et Suyan pouvait la comprendre sans la prendre pour une folle. Les jours passèrent, Sarah retourna plusieurs fois dans la chambre de Léna mais rien ne se produisit. Tout était silencieux et malgré son désir de retrouver la femme rousse, elle ne lui apparut plus.

Toute à son repli sur elle, Sarah avait négligé les hommes de la maison. Suyan lui ouvrit les yeux sur la détresse d'Yvan et obligea Sarah à oublier ce qui n'était pas elle. Lors du repas du soir, Sarah observa Serguei, il avait vieilli, son visage s'était raviné, ses épaules voutées. Un élan de tendresse vers lui la poussa à se blottir dans ses bras. Elle le trouva amaigri mais ne dit rien. Connaissant la discrétion et la réserve de son père, elle regarda Yvan et vit le désespoir dans les yeux de son mari, ses mains tremblaient et il ne toucha pas à son assiette.

- Que se passe-t-il Yvan, demanda Serguei.

Yvan regarda l'homme qu'il admirait par-dessus tout, le père qu'il n'avait jamais eu, et se mit à pleurer à gros sanglots. Sarah s'approcha de lui et posa ses mains sur ses épaules. Puis les paroles jaillirent, décousues, sans suite, provoquant un épais malaise. Serguei comprit tout de suite, tout recommençait. Lentement il s'approcha d'Yvan et lui versa un verre de vodka. Yvan reprit des couleurs et sous les yeux médusés de Sarah, raconta son histoire.

- Depuis plusieurs mois, je suis amoureux de Piotr mon éditeur et il est devenu mon amant, dit-il en jetant un regard en coin à Sarah. Depuis deux jours il a disparu et je ne sais pas quoi faire, je suis allé chez lui et j'ai retrouvé son appartement sens dessus dessous. Il n'a pas pu disparaître comme ça, je sais qu'il lui est arrivé quelque chose.

Sarah repensa à la vison de Suyan, d'un homme enfermé dans une pièce. Elle regarda son père et sut que Suyan lui avait aussi rapporté ce qu'elle avait vu.

- Je vais essayer de voir ce que je peux faire, lui dit-il en voyant la lueur d'espoir dans les yeux du jeune homme, mais je ne te promets rien.

Serguei connaissait la psychiatrie punitive utilisée dans son pays pour punir ou emprisonner les dissidents ou les gens différents. L'homosexualité était fortement réprimée quand elle était découverte. Il devait faire vite car les traitements subis pouvaient être dangereux et avoir des effets irrémédiables sur la santé mentale et physique. Serguei savait que dans un premier temps les personnes étaient emprisonnées la plupart du temps près de chez elles, ensuite on les dirigeait vers des hôpitaux où personne ne pouvait avoir de nouvelles pendant de longues années. Il comptait sur cette infime chance. Son intuition fut la bonne, il retrouva rapidement Piotr, arrêté pour agitation antisoviétique et propagande. Son métier d'éditeur lui permettait de publier des ouvrages non conformes à la politique russe. Serguei poussa un soupir de soulagement car l'homosexualité de l'homme n'était pas mise en cause. Il lui aurait été difficile voire impossible de le sortir des griffes des homophobes qui pullulaient dans ces hôpitaux et il savait qu'il devait faire vite. Il avait encore beaucoup de relations et en deux semaines il put faire sortir Piotr. Yvan retrouva un homme défait, meurtri par sa détention. La peur au fond des yeux, il tressaillait au moindre bruit. Il parla très peu de ce qu'il avait subi mais le peu qu'il raconta fit trembler d'effroi son compagnon. Il ne dit pas la surpopulation extrême dans les cellules où il était déjà très difficile de circuler entre les lits pour une seule personne, et où on devait se tenir en permanence sur les lits, soit assis soit couchés. L'air y était vicié car aucune ventilation ne pouvait être faite dans ces pièces souvent sans fenêtre. Le peu de toilettes où les besoins physiologiques ne pouvaient se faire que pendant des heures déterminées et seulement quelques minutes pour chaque détenu au vu et au su de chacun. Le manque d'espace pour circuler et respirer à l'air frais. La promenade d'une heure dans une toute petite cour. Les tortures infligées par des surveillants sadiques, la promiscuité avec des idiots congénitaux, des simples d'esprits ou des malades mentaux atteints de troubles profonds. Les injections de produits chimiques à n'importe quelle heure du jour ou de la nuit. L'enfermement dans des cellules isolées pendant des jours et des jours. La peur, omniprésente qui faisait oublier son humanité.

Piotr ne voulait plus revivre ces semaines d'horreur. Les deux hommes décidèrent de quitter leur pays et en firent part à Serguei qui pensa à Kenjeb. Le mari de Katia avait tout de suite apprécié le père adoptif des enfants et une confiance et un respect mutuels s'étaient installés entre les deux hommes. Serguei connaissait les activités illicites de Kenjeb qui avait réussi à plusieurs reprises à faire passer des dissidents à l'étranger. La naissance des bébés étant proche, le moment était idéal à la famille de quitter Moscou, ville devenue dangereuse pour Piotr et Yvan. Tous partirent pour la Mongolie dans le train de nuit qui les emmena vers Oulan Bator. Kenjeb, prévenu de leur arrivée les attendait, un homme l'accompagnait et ne posa aucune question, la raison officielle étant la visite à Katia. Sarah adora aussitôt la ville sous le ciel bleu omniprésent qui englobe tout. Ils passèrent leur première nuit dans une yourte pas très loin de la ville. Pour Sarah, tout fut découverte et plaisir. La nuit dans la yourte sous le ciel constellé, là où les étoiles semblent si proches qu'elle avait l'impression de pouvoir les toucher, la changea profondément. Là était sa place, elle le sentait dans toutes les fibres de son être. Kenjeb avait tout prévu et la filière qu'il avait mise en place des années auparavant était toujours là. Ils restèrent quelques jours pour finaliser les derniers préparatifs des deux hommes, et enfin, fut venu le moment des adieux. Yvan vint près de Sarah et la remercia de tout ce qu'elle avait fait pour lui. Son plus grand regret était de ne pas pouvoir être là pour la naissance de l'enfant mais il devait partir, il ne voulait plus vivre dans la peur. Les adieux entre Serguei et Yvan furent teintés de tristesse, ils avaient aimé les rapports qu'ils avaient créés et savaient l'un et l'autre qu'ils ne se reverraient plus.

Le lendemain matin, quand les deux femmes se réveillèrent, elles étaient seules avec leurs hôtes. Elles attendirent plusieurs jours avant de voir revenir Sergei et Kenjeb fourbus de leurs chevauchées, un homme qu'elles ne connaissaient pas les accompagnait.

- Je vous présente Sacha, il est le fils de mon meilleur ami. Ses parents habitent dans notre village et il fera le voyage avec nous.

L'homme regarda les deux femmes, l'espace d'un instant son regard s'attarda sur le visage de Sarah, puis sur son ventre qui était maintenant énorme. Il détourna les yeux et se concentra sur les paroles de Kenjeb. Sarah était troublée, elle avait cette impression de le connaître, de l'avoir déjà rencontré mais elle ne savait où et ça l'agaça. Aucune question ne fut posée sur Yvan et son compagnon. Ils partirent avec le UAZ dès le lendemain rejoindre Katia et Alexis qui devaient maintenant être là. Le bonheur de Katia était à son comble. Bientôt elle aurait les personnes qu'elle aimait le plus au monde auprès d'elle. Alexis était arrivé quelques jours plus tôt avec Youri, le chaman avec lequel il avait partagé un pan de sa vie ces derniers mois. Il avait changé, elle ne reconnaissait plus l'homme qui lui faisait face. Son regard était plus profond et semblait fouiller à l'intérieur de l'âme, ses gestes étaient plus posés, mais l'étincelle qui l'animait était toujours là, prête à jaillir et elle en fut heureuse. Le charme d'Alexis était en grande partie dû à la joie et à l'énergie qui l'animait tout entier. Il dégageait un tel charisme qu'il était difficile de l'oublier après l'avoir rencontré. Il pouvait avoir toutes les femmes qu'il désirait mais il était l'homme d'une seule femme. Il trépignait d'impatience, il allait de la yourte à la colline plusieurs fois par jour, attendant Suyan avec une impatience qui amusait Katia. De ce lieu, la vue portait à des kilomètres à la ronde, les chevaux et les yacks n'étaient pas plus gros que des points sur les pentes encore enneigées des collines environnantes. Enfin, il aperçut au loin la poussière s'élevant de la piste menant au village de la steppe. Son cœur se mit à battre un peu plus fort et il redescendit la colline en courant sous le doux soleil du printemps. Il se sentait comme un adolescent à son premier flirt. Quand les passagers descendirent, il ne vit qu'elle et il se précipita avec une fougue juvénile pour l'enlacer. Ils restèrent longtemps l'un contre l'autre, un peu gênés du gros ventre de Suyan. Alexis sourit quand il sentit contre lui un coup de pied de son bébé et il souleva Suyan dans les airs en éclatant de rire. Leur bonheur faisait plaisir à voir, un pincement serra le cœur de Sarah, elle savait qu'elle ne connaîtrait pas ce moment avec Nicolaï qui lui sembla loin tout à coup. Elle se tourna vers Sacha qui la regardait mais ne dit rien, cachant les larmes qui affleuraient à ses yeux. Katia vint près d'elle sentant sa peine et la tint contre elle un bon moment. Ils furent invités à rentrer dans la yourte de Katia pour se désaltérer de thé au lait de yack. Des sucreries et des gâteaux étaient posés sur la table. Des tapis de laine de toutes les couleurs où le bleu dominait, ornaient la toile de la yourte. Au centre, le poêle où mijotaient à gros bouillons dans une énorme marmite, les entrailles du mouton. L'animal fraîchement abattu était suspendu pour y sécher en deux grands morceaux. Sacha était parti rejoindre sa famille mais il avait été invité à les rejoindre pour le repas du soir. Ils restèrent là longtemps, parlant, riant, racontant les derniers évènements. Sarah regardait autour d'elle, elle aima tout de suite cet endroit si accueillant et si douillet. Elle se sentait dans la yourte de sa mère en sécurité, à sa place. Une douce torpeur l'envahit et elle s'endormit, heureuse, le sourire aux lèvres. Alexis et Suyan partirent, ayant hâte de se retrouver tous les deux. Katia et Kenjeb, eux, sellèrent leurs chevaux pour une longue chevauchée qu'ils affectionnaient tant. Ils revinrent à la nuit tombée. Le repas était prêt, chacun se trouva autour d'un grand plat de viande et de pommes de terre, dégageant un fumet suave, typique des plats mongols. La tête du mouton qui trônait sur le plat fut dirigée vers Serguei. L'honneur était grand, et il commença à découper des petits bouts de viande qu'il fit passer à chaque convive. Les morceaux de poumons, de foie et autres abats furent coupés par Kenjeb. Chacun se servit, engloutissant à grands bruits sous les yeux ébahis de Sarah, fille de la ville. Elle picorait, le cœur au bord des lèvres. Katia se leva, prit un morceau de foie qu'elle fit griller dans un petit plat en métal. Sarah apprécia cette attention mais se rendit compte qu'elle ne pourrait jamais apprécier les autres organes comme un vrai mongol. Youri parla de l'initiation d'Alexis que les esprits avaient fixée là où la nature se réveille du long sommeil.

25

Des personnes arrivèrent de toute part et les yourtes furent rapidement montées dans la vallée. Ce fut un rassemblement de camions, de tentes colorées de rubans de prières. Des hommes et des femmes chevauchaient leurs montures décorées de petites clochettes, de peaux, de plumes d'aigle ou de chouette, saluant, heureux de se retrouver. Ils étaient tous vêtus de leur « deel » de fête, manteau mongol que les nomades portent depuis la nuit des temps. Les couleurs plus chatoyantes les unes que les autres formaient une magnifique palette. Sarah et Suyan assises près de leur yourte regardaient de leurs yeux ébahis cette débauche de couleurs, de senteurs et de vie. Toute la journée fut consacrée au tir à l'arc, à des joutes et à des courses de chevaux. Aucune compétition, seulement le plaisir de montrer son adresse et de se mesurer aux plus forts et aux plus adroits.

Lorsque le soir arriva, des piles de bois avaient été entassées et le feu allumé. Les hommes posèrent des grands récipients métalliques contenant des moutons démembrés et tués rituellement plus tôt dans la journée par les chamans. Malgré l'interdiction de pratiquer leur spiritualité, plusieurs étaient venus. Le joug russe était toujours présent et le risque d'être jeté en prison était grand mais dans cette vallée coupée du monde, ils se sentaient en sécurité. Sous les chants et les prières, les morceaux des animaux furent posés sur le feu en offrande aux ancêtres permettant ainsi de les rejoindre dans le monde caché. Sarah regardait ces rites d'un autre âge, envoutée par les flammes léchant le crâne, la chair et les os des animaux sacrifiés. L'initiation de plusieurs novices était terminée et cette nuit, les aînés confirmés allaient juger la puissance de leur invocation et la profondeur à laquelle ils fusionnaient avec les esprits. Suyan regardait Alexis. Vêtu d'un deel chatoyant, il brillait à la lueur des flammes. Des rubans et des bandes de tissus en formes de serpents ondoyaient sur son dos. Il était coiffé d'une somptueuse parure de cervidé et une frange de plumes de chouette et d'aigle mêlées, cachait son regard. A la surprise générale, son tambour était diffèrent. Sarah poussa un léger cri, elle reconnaissait ce tambour hexagonal, elle avait vu le même dans le tumulus. Elle essaya de distinguer le dessin sur la peau mais ne put le voir. Un frisson la parcourut. Alexis se lança dans une danse effrénée autour du feu. Sa vitesse de mouvement était si rapide qu'il était difficile de le suivre. Il était la flamme accentuée par les chatoiements de son costume. Il était le grand cervidé galopant dans la steppe. Il était le tigre quand le rugissement jaillit de sa bouche faisant vibrer de crainte l'assistance. Il était tout. Sa puissance était si forte que chacun s'arrêta regardant les esprits fusionner dans ce corps d'homme, rappelant la vie nomade des ancêtres, touchant chacun au plus profond de son âme, faisant jaillir des souvenirs anciens qui ne leur appartenaient pas. La danse dura longtemps, hypnotisant la foule. Jamais de mémoire de chaman, on avait assisté à une fusion si intense et si particulière. Cette force qui émanait de ce novice était bien supérieure à ce qu'ils connaissaient. Ils oublièrent l'initiation et se joignirent au jeune homme dans sa danse, tapant de leurs mailloches leur tambour, faisant corps avec Alexis. Les assistants tournaient avec eux, versant des offrandes sur le feu, l'attisant avec de la vodka en hurlant hurray hurray ! Le mot magique pour inviter les esprits à leur accorder leurs bénédictions.

Sarah se sentait mal, des douleurs de plus en plus fortes irradiaient de son ventre. Elle se leva et chercha sa mère des yeux mais ne la vit pas. Suyan était toujours allongée près d'elle, les yeux clos. Perdue dans la transe, elle ne pouvait lui être d'aucun secours. Son regard croisa celui de Sacha qui vint rapidement vers elle sentant la détresse de la jeune femme. Il l'emmena vers la yourte. En chemin Sarah perdit les eaux, la naissance était proche. Sacha était démuni et ne savait que faire, il devait trouver de l'aide dans cette foule mais pour l'instant il devait s'occuper de Sarah qui ne voulait pas le lâcher. La jeune femme se mit à faire les cent pas toujours accrochée à l'homme. Le lever du soleil était proche quand les contractions devinrent plus violentes. Sarah s'accroupit, retrouvant les gestes ancestraux des femmes, elle n'avait plus peur, se sentant protégée. Elle demanda à Sacha de mettre ses mains en coupe pour recevoir le bébé. Après une dernière poussée, elle expulsa son enfant au moment où le soleil éclaira le jour de sa luminosité. Sacha le reçut, une émotion si forte l'envahit qu'il se mit à pleurer. Doucement, il le retourna et le claqua. Le cri jaillit, symbole de vie. Délicatement, il le posa sur le ventre de Sarah qui le prit dans ses bras.

- C'est un garçon, lui dit-il.

Les douleurs qui contractaient son ventre avaient sorti Suyan de sa transe, son bébé était sur le point de venir au monde. Elle chercha de l'aide et ne trouva pas, elle fit appel à ses dons et localisa rapidement Katia. Doucement, elle l'appela faisant revenir sa mère de son voyage. Un soupir de soulagement lui vint quand elle aperçut le visage si familier penchée sur elle. Au moment où le soleil se leva et éclata en une boule jaune et orange, elle donna naissance à son bébé. Katia eut juste le temps de le recevoir.

- C'est une fille, lui dit-elle en posant le petit corps sur le ventre de sa mère.

Un hurlement de victoire jaillit du cercle des chamans faisant sursauter l'assistance. Alexis s'écroula sur le sol, inanimé.

Un vent frais s'éleva et la pluie se mit à tomber. Les réjouissances continuèrent toute la journée. Kenjeb avait soutenu et aidé Alexis à revenir dans la yourte et celui-ci était plongé dans un profond sommeil. Katia, après avoir ramené Suyan et son bébé, était partie à la recherche de Sarah. Quelle ne fut pas sa surprise de la voir revenir avec Sacha, un bébé enveloppé dans un tissu. Quelque chose s'était passé durant cette courte nuit, elle ne comprenait pas mais les faits étaient là, la ressemblance des deux enfants nés au même moment, la possession d'Alexis et son cri au moment où le soleil se levait devaient avoir une explication. Katia s'occupa des bébés, les lava de toutes mucosités et les posa dans les bras de leur mère. Le soir venu, elle sortit, l'obscurité commençait à tomber la cachant des participants à la fête qui battait son plein. Son tambour accroché à son épaule, elle marchait d'un pas vif. Elle arriva près du site sacré, en fit plusieurs fois le tour en jetant des gouttes de vodka. Ensuite elle s'agenouilla et creusa le sol détrempé par la pluie, posa au fond du trou la peau contenant les placentas des deux enfants puis l'enfouit profondément et la recouvrit de terre. Elle se mit debout se tenant les reins, prit son tambour et se mit à chanter. La vision vint rapidement ; deux enfants, de sexe différent, nés de la même mère se tenaient debout main dans la main. Elle les vit courir, grandir, être séparés, mourir, mais liés indissociablement.

Alexis blotti sous les couvertures regardait les femmes préparer un gigantesque ragoût de mouton et de nouilles. L'odeur suave remplit ses narines, le faisant saliver, son estomac gargouilla, il avait faim. Lentement il se leva et enlaça sa femme. La surprise le cloua net quand il lui toucha le ventre. Il regarda sa sœur et la vit penchée sur un berceau. Suyan lui prit la main et l'emmena près des bébés.

- Tu as une fille, lui dit-elle en souriant, posant le bébé aux cheveux roux dans les bras de son mari. On les a mis ensemble car ils ne supportent pas d'être séparés. Nous les avons mis au monde au moment où le soleil apparaissait à l'horizon.

Alexis regarda sa fille, une joie immense l'envahit. Les souvenirs de son initiation revinrent en force, son voyage, la possession de son âme par plusieurs entités, la naissance d'enfants et leur joie d'être de nouveau ensemble. Il prit le bébé aux cheveux noirs que sa sœur lui tendit et pleura. Tout était dit. La grande roue avait tissé sa toile et revenait dans le temps. Il regarda sa mère et il vit qu'elle savait. La réincarnation d'ancêtres avait eu lieu.

Le lendemain le soleil brillait haut dans le ciel. Les restes de la cérémonie furent brûlés, les costumes rangés, les yourtes repliées dans les UAZ qui s'éloignèrent emportant les participants dans le bruit pétaradant des moteurs. Doucement, le silence revint dans la vallée. Plusieurs chamans étaient encore là. Un vieil homme cassé par l'âge mais au regard perçant, s'approcha d'Alexis.

- Seuls les chamans du feu reçoivent le pouvoir des trois mondes à la fois. On nous appelle les chamans forgerons rouges, notre maître est Damdin Dorlig, le seigneur du feu dans le monde d'en haut, il se sert de l'épée enflammée pour soigner. Ton pouvoir est grand et Damdin Dorlig t'a choisi.

L'homme sortit un fouet noir où étaient dessinés sur le manche, des arcs, des flèches et des épées. À son extrémité était accrochée une multitudes de petits objets en métal représentant les outils du forgeron. Le chaman le tendit à Alexis qui se tenait droit et muet. Il savait l'honneur qui lui était fait, les chamans forgerons étaient respectés depuis la nuit des temps, eux qui pouvaient forger des armes, travailler le métal, et soigner des maladies. Ils possédaient tous les pouvoirs. Ils pouvaient circuler selon leur désir dans le monde d'en bas, pour évoquer des esprits pas toujours malveillants, ou celui d'en haut où les esprits étaient beaucoup plus compatissants. Profondément ému, Alexis prit le fouet, une décharge le parcourut, il sentait la puissance de cet objet touchant chaque cellule de son corps, fusionnant avec son être profond. Une lumière d'un bleu indigo l'envahit et s'éteignit. Il s'inclina et remercia. Le vieillard sourit et sans un mot se dirigea vers les deux bébés couchés dans leur berceau, posa une main décharné sur chacun d'eux et s'en fut.

Kenjeb et Katia partirent, ils avaient besoin de se retrouver seuls après toute cette agitation. Quand ils revinrent, ils trouvèrent Suyan et Sarah en plein désarroi et impuissants devant les deux petits êtres qui hurlaient chaque fois qu'ils étaient séparés. Les cernes qui mangeaient les yeux des deux femmes étaient profonds, elles donnaient le sein à tour de rôle portant les deux enfants et étaient épuisées.

Sacha était toujours là, il avait différé son départ trouvant mille excuses. Il était tombé amoureux de Sarah et de son bébé mais malgré ses efforts la jeune femme restait distante et l'évitait. Un soir où ils étaient tous dehors à profiter de la douceur de la nuit, un grand feu fut allumé, des histoires furent racontées. Kenjeb se mit à chanter et Alexis prit son tambour, Katia sa guimbarde et Sacha alla chercher son Morin Khuur, ce grand violon mongol que son grand père lui avait offert. Ce fut un magnifique concert où chacun écoutait, perdu dans la magie de la musique. L'émotion était palpable, Sarah regardait Sacha et en écoutant les accents déchirants de son violon elle sentit quelque chose de doux vibrer dans son cœur. Elle regarda cet homme dont le charme et la présence ne lui étaient pas indifférents mais son cœur était ailleurs, près du père de son enfant. La musique prit fin dans un son plaintif propre au violon. Sarah regarda le violon, son œil d'archéologue fut attiré par l'objet et elle s'approcha de Sacha. L'instrument était splendide et d'une grande rareté, il était assemblé avec un manche en os de cheval et des cordes en crin, une peau de cheval recouvrait sa caisse de résonnance. Au bout du manche était sculptée une magnifique tête de cheval. Sacha posa l'objet dans les mains de Sarah, une sensation étrange de respect et d'amour l'envahit. Des larmes jaillirent qu'elle ne put contenir, elle pleura à gros sanglots tout en caressant le violon. Sacha l'enlaça et ne dit rien. Sarah ne comprenait pas ce qui lui arrivait. Depuis son arrivée en Mongolie, la momie, le son des tambours, les découvertes dans le tumulus et maintenant ce violon d'un autre âge, touchaient une partie de son âme et de sa mémoire ancestrale. Elle se sentait perdue mais en même temps percevait quelque chose qui se réveillait en elle.

- Bientôt, sois patiente petite sœur, lui dit Alexis sentant son désarroi.

Elle lui sourit d'un pauvre sourire qui déchira le cœur de Sacha.

Le lendemain, elle s'approcha de Kenjeb et lui demanda de lui parler de Sacha.

- Sacha fait partie de la tribu des Touvas. Je pense que tu as déjà entendu parler de ce peuple indépendant n'appartenant ni à la Russie, ni à la Mongolie. Evidemment après les évènements du début du siècle, la révolution, la soviétisation, tout fut diffèrent. Des russes s'installèrent dans la province des Touvas qu'ils persécutèrent. Nous avons toujours eu de très bon rapports et échanges avec les Touvas, alors beaucoup ont cherché refuge dans les montagnes et sont venus s'installer chez nous. Sacha descend d'une longue lignée de musiciens chamans, il est lui-même un grand violoniste et sa réputation va au-delà des frontières.

- D'où tient-il son instrument ?

Kenjeb sourit :

- Tu lui demanderas toi-même, jeune femme.

Sarah se sentit frustrée mais ne put faire changer d'avis Kenjeb.

26

Un mois s'était écoulé, la vie devait reprendre son cours. Sacha était reparti depuis deux semaines sans avoir pu parler avec Sarah qui l'évitait toujours. La jeune femme se sentait mal, elle ne savait plus où elle en était, elle était attirée par Sacha et avait lu l'incompréhension dans ses yeux mais elle aimait Nicolaï et espérait au fond d'elle vivre une belle histoire avec lui. Quand elle lui annoncerait la naissance de leur bébé, elle était sure qu'il quitterait sa femme. Il lui avait dit maintes fois qu'il restait avec elle par devoir et qu'il ne l'aimait plus. Peut-être divorcerait-il et l'épouserait ? Elle avait hâte de retourner à Moscou, de le revoir, aussi partit-elle peu après Sacha, laissant son petit à Suyan et Katia. Tout bascula quand un message pour Sergueï arriva au village, il était recherché par la police pour avoir aidé des individus dangereux à s'enfuir. Ses biens avaient été confisqués et son ami lui conseillait fortement de ne pas rentrer. Il décida de rester. Rien ne le retenait dans son pays et ici il se sentait à sa place et plus proche de Mina son amour. Suyan décida de rentrer seule, il était trop risqué pour Alexis de l'accompagner. Etant trop proche de Sergeï, il pouvait être arrêté. Suyan mettrait en vente leur cabinet et reviendrait le plus vite possible auprès des siens. Alexis essaya de la faire changer d'avis mais rien n'y fit. Elle les quitta et prit le train pour Moscou, laissant sa fille auprès de son père.

Sarah s'était rendue directement à la maison de son enfance mais s'était vue refoulée par des gardes qui lui avaient posé des questions sur Sergeï. Les mises en garde de Sergei lui étaient revenues. Ne rien dire et partir le plus rapidement possible, tel avait été le leitmotiv de son père. Elle réussit à les convaincre de ne rien savoir et d'être seulement une amie de la famille. Elle repartit d'un pas ferme sans se retourner, sous le regard suspicieux des gardiens. Elle savait comment entrer et sortir de la maison sans se faire remarquer, aussi attendit-elle cachée jusqu'à la tombée de la nuit. Elle devait récupérer des faux papiers d'identité, de l'argent et les clés de l'appartement de Suyan. Tout avait été prévu par Sergeï qui n'avait rien laissé au hasard. Elle sortit de la maison munie de ce qui lui fallait, se faisant toute petite en passant devant les gardes buvant des lampées de vodka pour se réchauffer. Rapidement, elle gagna l'appartement de Suyan et s'y enferma. Après plusieurs jours elle réussit à joindre Nicolaï qui lui donna rendez-vous dans un café pas très loin de la gare. Elle l'attendait là depuis une heure, regardant sans cesse sa montre, se mordant les lèvres. Enfin elle l'aperçut, son cœur se mit à battre la chamade, il était toujours aussi beau, un désir primale l'envahit. Sarah se leva et se précipita dans ses bras. Ils s'assirent et commandèrent un café, Sarah le dévorait des yeux. Il commença à raconter les mois passés, les démarches pour essayer d'ouvrir le tumulus où ils avaient travaillé. Sa colère quand les autorisations lui furent refusées. Il parla de ses longues journées à remplir des papiers pour d'autres fouilles face à une administration qui ne comprenait pas son travail. Sarah l'écoutait sans se lasser quand soudain elle prit conscience qu'il n'avait pas dit un mot sur eux, sur elle, elle le trouvait disert mais distant, évitant tout sujet personnel. La gorge sèche, elle lui demanda :

- Et moi, as-tu pensé à moi durant ces longs mois ?

Il baissa les yeux sur sa tasse et se mit à la tourner sur la table, évitant son regard.

- Tu sais, lui dit-il, je n'ai pas eu beaucoup de temps, nous avons passé de bons moments ensemble mais tu vois j'ai rencontré quelqu'un, mon divorce a été prononcé et je vais me remarier.

Sarah choquée, anéantie, recevait ses paroles comme des gifles. Elle comprit qu'elle s'était leurrée, qu'il n'éprouvait rien pour elle. Son amour-propre la retint de lui annoncer la naissance de son garçon. Elle garda le silence un instant pour éviter à la colère et au désespoir de l'envahir, puis elle se leva et dit :

- Bonne chance à toi dans ta nouvelle vie.

Elle quitta le café et se mit à marcher dans la rue comme une automate, les yeux aveuglés par les larmes. Enfermée dans le petit appartement de Suyan, elle se laissa aller et fondit en sanglots. Elle se rendait compte de tous les espoirs qu'elle avait mis sur cet homme qui ne la méritait pas. Elle avait cru en son amour, à ses promesses et se retrouvait là le cœur vide et brisé. Elle avait envie de retrouver la douceur de Katia, l'odeur de son bébé et décida de repartir, de quitter ce pays qui n'était plus le sien. Roulée en boule dans son lit, elle s'endormit à bout de larmes et d'apitoiement sur elle-même. Elle resta là des jours à se traîner de son lit à la fenêtre, ressassant les paroles de Nicolaï, ne se lavant plus, laissant le désordre s'installer. Quand Suyan arriva et vit le capharnaüm laissé par Sarah, elle ne dit rien, s'approcha d'elle et la tint longuement dans ses bras. Elle comprit rapidement ce qui s'était passé dans les paroles décousues de la jeune femme Elle lui parla des bébés laissés aux soins de Katia, lui donna des nouvelles de Sacha qui était revenu entre deux tournées espérant voir Sarah. Elle trouva les mots qui touchèrent le cœur de la jeune femme et doucement l'espoir revint, la vie reprenant ses droits. Suyan caressa les cheveux sales et emmêlés de Sarah et huma l'odeur du corps oublié pendant si longtemps.

- Va prendre une douche, nous sortons, lui dit-elle.

Sarah regarda autour d'elle, se réveillant d'un long cauchemar et eut honte du laisser aller de l'appartement. Rapidement elle se glissa sous la douche, lavant son corps et son âme. Quand elle revint, tout était redevenu à sa place, l'air frais rentrait par les fenêtres ouvertes laissant entrer les rayons du soleil. Sarah sentit son ventre gargouiller, elle avait faim. Les deux femmes sortirent dans la rue, bras dessus, bras dessous et se dirigèrent vers le restaurant attitré de Suyan. Là, elles parlèrent longtemps, se régalant des mets apportés par le restaurateur content de retrouver Suyan qui avait sauvé sa fille d'une mort certaine. Le ventre repu, Sarah avait retrouvé son allant. Elle remercia Suyan de son aide et lui dit sa honte de s'être laissé aller. D'un geste accompagné d'un sourire, Suyan l'arrêta. Elles décidèrent de repartir le plus rapidement possible vers la Mongolie, plus rien ne les retenait ici. Suyan vendit les deux cabinets aux médecins qui les avaient remplacés et donna son congé au propriétaire de l'appartement. Tout était prêt, les bagages fermés, les billets achetés, elles passèrent la dernière soirée à parler de leur avenir, de leurs projets, à évoquer leurs souvenirs. Ce fut une soirée parfaite.

Le lendemain matin, un taxi vint les chercher et les emmena à la gare. Suyan souriait, bientôt elle tiendrait sa fille dans ses bras, quand des coups de feu éclatèrent. La panique fut à son comble, les gens se bousculèrent essayant de fuir, Suyan s'écroula, une tâche rouge s'élargissant sur son ventre.

Alexis se redressa en hurlant, des larmes roulèrent sur ses joues. Il s'assit, hébété, et secoua la tête. Mais son cauchemar était toujours là, si réel, une angoisse sourde le gagna, il avait senti l'âme de Suyan partir. Il sortit, essaya de respirer profondément mais une barre lui ceignait la poitrine. Il alla au bord du lac, là où ils aimaient se retrouver. Aussitôt, il sentit la présence de sa femme. Il ferma les yeux et la vit s'approcher plus près de lui, lui caressant le visage, lui souriant de son magnifique sourire et puis plus rien. Désespéré, il pleura. Il sentit une main se poser sur son épaule et vit le visage bouleversé de sa mère, il sut qu'elle savait. Suyan était venue lui dire au revoir, ensemble ils s'étreignirent murés dans le même chagrin.

Grâce à Sergueï et à ses relations, ils purent rapatrier le corps. Ils chevauchèrent toute la journée vers le campement d'été où elle avait passé sa jeunesse, où la voix et la vie lui étaient revenues. Alexis était désespéré, la douleur était là, intense, le rongeant. Il la sentait flotter autour de lui, sortir par tous les pores de son corps. Il regardait le corps de sa femme enveloppé dans un tissu multicolore que Katia avait voulu pour sa fille solaire. Allongé près d'elle, Alexis ne pouvait se résoudre à la quitter. Kenjeb s'approcha de lui, posa sa main sur son épaule. Il était temps de la laisser partir. Muré dans son chagrin, le visage fermé, Alexis la prit contre lui et la déposa sur la plateforme funéraire. Chacun prit son instrument et laissa les sons accompagner l'âme de la jeune femme dans l'au-delà. Le vent se leva, la pluie se mit à tomber de plus en plus fort, les trempant jusqu'aux os. Imperméables aux évènements, ils continuèrent à chanter, à battre leur tambour et à danser. La frénésie de la danse s'intensifiait de plus en plus et rien ne semblait étancher la soif des esprits, alors ils tournoyèrent de plus en plus vite, les vidant de toute pensée leurs larmes se mélangeant à la pluie, animés par une force supérieure qu'ils ne pouvaient plus contrôler. Katia s'arrêta épuisée, toute énergie envolée. La pluie avait cessé, l'aube se levait dans une intense couleur pourpre, inondant le lieu de sa lumière, alors Alexis se laissa tomber à terre et se recroquevilla dans la boue, laissant réchauffer son corps par les premiers rayons du soleil.

Sarah, dans les bras de Sacha n'avait plus de larme, la mort de Suyan avait profondément muri la jeune femme. Soudain, elle sentit un léger frémissement et une voix lui glissa à l'oreille : "n'oublie pas ta promesse". Elle cligna des yeux et regarda autour d'elle mais rien ne bougeait, tout semblait figé.

Plusieurs jours passèrent, Alexis restait prostré, buvant plus que de raison, toute vie semblait l'avoir déserté. Il n'était plus que l'ombre de lui-même, s'isolant de plus en plus, ne voulant voir personne, refusant l'attention de sa mère qui luttait elle aussi contre son chagrin en essayant d'oublier sa douleur pour secourir son fils. Son pouvoir n'était pas assez puissant pour combattre les démons d'Alexis.

Il était temps aussi de donner un prénom aux enfants. L'évènement était indispensable et avait été retardé mais la date avait été de nouveau fixée par le chaman et ne pouvait plus être reculée. Katia s'approcha doucement d'Alexis, la petite fille dans les bras et la posa dans ceux de son père qui eut un mouvement de recul. Enfin, après un long moment, son regard se fixa sur le petit visage de l'enfant qui le regardait, les yeux grands ouverts, semblant attendre. Une émotion autre que le chagrin remua au creux du ventre du jeune homme, des larmes perlèrent à ces yeux. Dans ce regard vieux comme le monde posé sur lui, il sentit l'âme des femmes du clan, ses ancêtres. L'espace d'un instant le sourire de Suyan éclaira les traits du bébé. Doucement Alexis approcha sa bouche et murmura à l'oreille du nourrisson Odontouiaa, ma lumière des étoiles. Katia attendit car selon un vieil adage mongol "Les ancêtres leur apprenaient à ne pas refuser de nom, mais un nom pouvait tout à fait refuser une personne "! L'enfant ferma les yeux, le prénom choisi avait été adopté.

- Alexis, tu dois choisir un prénom pour l'enfant de Sarah, le père étant absent c'est à toi que revient cet honneur.

Alexis se leva tenant toujours sa fille dans ses bras et se dirigea vers la yourte de sa mère. Pour la première fois depuis longtemps, il regarda le visage défait de sa sœur, des cernes profonds la marquaient de leurs empreintes, il posa l'enfant dans son berceau et prit Sarah dans ses bras.

- Raconte-moi ce qui s'est passé, demanda-t-il.

Sarah soupira et doucement sous les yeux de son frère et sa mère, se mit à parler. Les images lui revinrent en force, l'attentat contre le chef de la police, les coups de feu venant de nulle part, les gens qui fuyaient, essayant de s'échapper, la chute de Suyan, la vie qui la quittait, ses dernières paroles pour eux, Alexis et le bébé. De ce jour Alexis se sentit mieux, il sentait la présence de Suyan tout autour de lui, son chagrin était aussi douloureux mais il ne buvait plus. Il retourna au dispensaire créé par sa mère et recommença à exercer son métier.

À la surprise générale, Constantin et sa femme arrivèrent au village. Il avait été prévenu de la naissance de ses petits-enfants par Sergueï et Kenjeb. Il était le grand-père et pour ne pas fâcher les esprits il devait être là pour la cérémonie des prénoms qui eut lieu peu de temps après. Il eut du mal à reconnaître Katia dans cette femme triste. L'osmose et la tendresse qui les avaient unis pendant si longtemps revint en force mais ne put chasser le désespoir de Katia. Son devoir de grand-mère pour la cérémonie devait être fait, alors elle s'activa à la tâche, cuisinant le mouton dans des grandes marmites pour honorer les esprits et les invités, préparant la bouillie blanche, symbole de pureté, qui serait offerte à la fin des libations. Préparant l'airag, cet alcool à base de lait de jument fermenté dans des outres, qui sera servi tout au long du repas. Elle se couchait le soir, épuisée et s'endormait aussitôt. Ses nuits étaient peuplées de cauchemars et elle se réveillait souvent, le cœur battant, le visage baigné de larmes. Kenjeb, alors la prenait dans ses bras et elle se rendormait, recherchant le réconfort qu'elle ne trouvait plus.

Le jour de la fête, beaucoup de personnes vinrent, apportant des présents. Chacun sentait la présence de Suyan qu'ils avaient tous connue. Un vieil homme s'approcha de Katia et lui parla doucement ménageant cette femme qu'il respectait.

- Ta fille est toujours là, vous devez la laisser partir, lui laisser trouver le repos. Il n'est pas bon pour elle et pour vous de la laisser entre les deux mondes.

Katia, les yeux secs, opina et tourna le dos. Le soleil était à son zénith, heure choisie par les chamans pour le début de la cérémonie. Alexis confirma le prénom de sa fille en lui murmurant dans son oreille gauche, puis il s'approcha du bébé de Sarah. Le nourrisson le regardait les yeux grands ouverts. Alexis sursauta, les yeux étaient de deux couleurs, l'un bleu comme le ciel mongol, l'autre noir comme la nuit. Sonam, chuchota-t-il à l'oreille du nourrisson, le petit sourit et s'endormit.

Constantin et Katia, le visage fermé, s'approchèrent des nourrissons et entourèrent leur cou d'une écharpe bleue. Katia n'assista pas au repas laissant Kenjeb et Sarah s'occuper des invités. Elle retourna à la yourte avec les enfants et n'en ressortit plus.

Kenjeb était inquiet, depuis la mort de Suyan il la voyait s'isoler de plus en plus et il se sentait impuissant. Elle continuait à vaquer à ses occupations lui souriant mais la lumière s'était éteinte dans son regard. Katia était en colère contre le ciel, contre les esprits qui lui avaient pris son rayon de soleil. Alexis voyait la détresse de sa mère mais lui aussi ne pouvait rien faire, les esprits avaient parlé, seule Katia pouvait s'aider.

Un matin, Kenjeb se réveilla et sentit aussitôt l'absence de Katia. Rapidement il se leva, le cœur battant et se rua dehors. Pas de trace de son aimée, il appela, fit le tour du village. Katia avait disparu. Il essaya d'endiguer sa panique, calmant sa respiration, essayant de se raisonner. Une main se posa sur son épaule le faisant sursauter :

- N'aie crainte, elle reviendra, murmura Alexis.

Katia chevauchait, son cheval lancé au grand galop, les rênes libres, elle le laissait aller. Au bout d'un long moment, épuisé il s'arrêta. Katia descendit et regarda autour d'elle. Les souvenirs revinrent. Elle reconnut cet endroit. Doucement, elle s'approcha de l'anfractuosité de la montagne où avaient vécu Loup et ses petits. La tanière avait été abandonnée depuis longtemps. Le temps avait passé si vite. Elle continua à marcher, retrouvant les pétroglyphes, contre toute attente cette pérennité la rassura, elle les caressa, suivant des doigts ces magnifiques dessins, ressentant leur magie. Le flash survint brutal et la fit trébucher, puis tout s'éteignit. Elle regarda plus loin au-delà des dessins et poursuivit sa marche. Rapidement, elle retrouva ce qu'inconsciemment son âme recherchait. La grotte aux mains. Elle avait enfouie ce souvenir dans le creux de son cœur et n'y était jamais revenue. Elle sentit flotter autour d'elle les esprits des femmes qui étaient venues là en des temps immémoriaux.

Elle alla chercher la corde attachée à la selle de son cheval, la noua à l'arbre le plus proche et se laissa glisser dans le fond de la grotte. Aussitôt elle retrouva les sensations oubliées. Elle s'approcha de la statuette sans tête, la caressa s'imprégnant de l'atmosphère du lieu. Doucement, elle s'allongea près du plan d'eau, ferma les yeux et retrouva cette impression d'amour et de paix. Alors elle laissa enfin les souvenirs de Suyan affluer. Son cœur se vida petit à petit de cette chape de plomb qui l'empêchait de respirer. Elle rit, pleura, se rappelant chaque instant de la courte vie de Suyan. Tout était là, dans sa mémoire. L'évidence lui vint : tant qu'elle serait vivante, sa fille vivra en elle. Elle avait encore un rôle à jouer, elle qui ne voulait plus vivre : faire connaître Suyan à sa petite fille. Rassérénée, elle laissa le sommeil l'emporter. Quand elle se réveilla et remonta, le soleil était haut dans le ciel. Elle cacha l'entrée de la grotte en pensant à Sarah, son archéologue qui serait ravie de connaître cet endroit mais Katia savait que le moment n'était pas encore venu, qu'il était trop tôt pour lui en parler. Les esprits la guideraient quand il sera temps. Elle redescendit vers le village et trouva sa famille réunit dans la yourte. Aucune question ne lui fut posée.

Doucement la vie reprit son cours, laissant les cicatrices refermer les plaies. Constantin et sa femme étaient repartis promettant de revenir. Sergueï avait bâti sa maison avec l'aide des hommes du village et il adorait s'occuper des bébés. La mort de Suyan avait rapproché Sacha et Sarah, ils étaient devenus amants, mais Sarah n'était pas prête à s'engager dans une nouvelle relation. Sacha retourna dans la capitale où Il signa un contrat qui l'engagea pendant deux années pour donner des concerts à l'étranger. Sarah partit vers Oulan-Bator où elle avait trouvé un travail dans un musée. Elle ne voulait plus faire de fouilles, refusant de déranger les esprits. Elle laissa son garçon à la garde de sa mère car il n'était toujours pas possible de séparer les enfants.

27

Les années passèrent ainsi, Katia adorait s'occuper des enfants, elle admirait l'osmose qu'elle sentait entre eux et en avait malgré tout un peu peur. Odontouiaa et Sonam étaient toujours inséparables et ne se quittaient pratiquement jamais. Ils faisaient front avec un bel ensemble aux enfants qui ne comprenaient pas cette complicité. Katia et Kenjeb les emmenaient pour de longues chevauchées dans la steppe, ils revenaient rouges et heureux. De ces jours, l'amour qu'ils portèrent aux chevaux fut sans limite. Kenjeb leur apprit l'art de chasser, Sergueï leur confectionna un arc en mélèze qu'ils ne quittèrent plus, et Alexis leur dessina des symboles de protection qu'ils s'amusèrent à reproduire.

Sarah venait très souvent dans les premiers temps, mais bientôt ses séjours s'espacèrent et devinrent de plus en plus rare. Elle adorait la ville et la fête et elle se noya très vite dans la superficialité des boîtes de nuit. Elle prit de nouvelles habitudes et il n'était pas rare de voir le soleil se lever quand elle rentrait chez elle après avoir passé le reste de la nuit dans les bras d'un inconnu. Elle avait de plus en plus besoin de l'alcool et de cette nouvelle drogue qui réussissait à lui faire oublier ses angoisses et ses peurs. Quand elle était un peu plus sobre, la honte affluait en vagues gigantesques et la nausée l'envahissait, aussi repoussait-elle ses visites. Elle n'aimait pas le regard de son fils et quand Sonam la regardait avec ses yeux étranges, elle se sentait fouillée au plus profond d'elle-même et refusait de voir la femme qu'elle était devenue. Comment en était-elle arrivée là ? Alexis et Sergueï avaient essayé de lui parler mais elle ne voulait rien entendre et repoussait toute discussion d'une chiquenaude. Les moments de panique qu'elle éprouvait de plus en plus se répandaient tel un venin dans son corps et aujourd'hui tout particulièrement la terreur des prochains jours la faisait hurler d'angoisse. Heureusement, son travail ne se ressentait pas encore de ces nuits blanches mais c'était une question de temps et elle le savait.

Dans une petite heure, le taxi sera là et elle n'était pas prête. Elle avait essayé de dormir mais le sommeil n'était pas venu. Elle avait les nerfs à vif et un sale goût dans la bouche, elle se leva, ouvrit le frigo et se servit une bonne dose de vodka qu'elle additionna d'un peu de jus d'orange. L'alcool entra dans son corps et elle se sentit mieux, le tremblement de ses mains avait cessé. Elle tituba jusqu'à la salle de bain et laissa couler l'eau, nettoyant les miasmes et les larmes de ses yeux. À peine sortie de la salle de bain, elle fut inondée de transpiration, une sueur grasse et nauséabonde couvrit son corps, l'obligeant à retourner sous la douche mais rien n'y fit. Un regard sur sa montre lui confirma qu'elle était en retard, rapidement, elle s'habilla et sortit sans oublier la bouteille qu'elle avait remplie de vodka. Elle était satisfaite, la couleur pouvait faire illusion et tous penseraient que c'était de l'eau. Le taxi l'emmena à l'aéroport. Elle dormit durant le voyage qui l'emmenait vers sa famille, vers son père gravement malade. Alexis l'attendait, elle le trouvait de plus en plus beau et se demanda s'il avait rencontré une compagne mais n'osa pas lui poser la question. Tant de choses les avaient séparés depuis la mort de Suyan, tant de non-dit, de déception. Alexis la prit dans ses bras, elle avait encore maigri et il la sentit encore plus fragile que la dernière fois. Son odeur était différente, un mélange de parfum, d'alcool et de produits chimiques envahirent ses narines. Tristement, il sut qu'elle se droguait et buvait toujours. Il regarda le beau visage de sa sœur, ses yeux où ne brillait plus la petite étincelle qu'il avait toujours connu. Il vit le profond désespoir et la colère qui se lovaient tel un serpent dans le cœur de Sarah. Il la serra fort contre lui. Sarah sentit les larmes perler mais d'un geste brusque de la tête, elle les reflua.

Odontouiaa trépignait d'impatience, elle adorait Sarah et lui vouait une admiration sans faille. Sonam lui, était en retrait, n'osant pas approcher de sa mère qui malgré ses efforts le repoussait. Il en souffrait. La petite se jeta dans les bras de sa tante qui la serra fort contre elle. Elle ressemblait de plus en plus à sa mère et Sarah sentit le sentiment de culpabilité l'envahir. Elle eut envie de boire un verre mais elle devrait attendre d'être seule alors elle respira un bon coup et se dirigea vers sa mère et son fils.

- Où est-il ? demanda-t-elle.

- Près du lac, répondit Katia.

Sarah s'approcha de son père qu'elle n'avait pas vu depuis un long mois. Il était assis à sa place habituelle. Une bouffée de tendresse la saisit pour ce père qu'elle adorait. De là où elle se trouvait, elle ne voyait pas son visage mais la maigreur de son corps ne laissait aucun doute sur sa maladie. Elle eut brusquement envie de pleurer et de se blottir dans ses bras comme quand elle était enfant ou de s'enfuir à toutes jambes. Alors elle s'avança et l'embrassa doucement sur le front. Sergueï plissa le nez lorsqu'il renifla l'haleine chargée d'alcool de sa fille mais ne dit rien. Ils restèrent là un bon moment, Sarah n'osant pas parler, son envie de vodka se faisait de plus en plus sentir, elle pensa aux petits cachets qu'elle avait pris et caché. Elle avait hâte d'aller en prendre un, juste un. Soudain elle sentit Sergueï qui la fixait. Elle se mit à se tortiller, gênée par ce regard qui la fouillait. Elle n'avait jamais su lui cacher quoi que ce soit et cette fois-ci ne faisait pas exception à la règle.

- Comment se passe ton travail, Sarah ?

- Bien.

Le sujet était facile et elle s'y refugia en noyant son père de paroles. Il la laissa dire, la regardant de ses yeux toujours vifs. La sueur de nouveau inonda Sarah, la nausée revint plus forte, elle se força à se calmer en respirant calmement et à regarder le soleil se refléter sur le lac. De longues minutes passèrent, personne ne dit mot.

- Je suis fatigué, lui dit-il, tu veux bien m'aider s'il te plait ?

Il glissa son bras sous le sien et en s'appuyant sur elle, ils regagnèrent la maison à petits pas. Elle l'aida à se coucher et il ferma les yeux. Elle resta un instant à le regarder dormir et sentit son cœur chavirer. La perspective de le voir partir l'angoissa et elle repoussa l'idée tant elle lui sembla inconcevable, son père si fort, si indestructible ne pouvait la laisser seule face à ses démons. Elle se concentra sur sa petite personne et du verre d'alcool qu'elle avait envie de prendre. Elle espérait éviter de participer au repas, elle voulait juste dormir, oublier la migraine qui lui martelait les tempes et la nausée qu'elle tentait de refouler. Sarah se rendit dans la chambre que Sergueï lui avait emménagé et elle retrouva ses affaires que Kenjeb avait dû transporter. Rapidement elle glissa un comprimé dans sa bouche qu'elle avala avec un verre de vodka puis s'allongea sur le lit où elle sombra. Quand elle se réveilla le soleil était déjà couché. Désorientée, ne sachant plus où elle se trouvait elle paniqua. Sa migraine était devenue plus forte et elle se leva rapidement quand elle sentit la nausée revenir. Elle eut juste le temps de sortir pour vomir. Une main lui souleva les cheveux, une autre lui caressa le dos. Enfin les hauts de cœur prirent fin la laissant pantelante et sans force. Elle se retourna et vit son fils et sa nièce qui la regardaient. La honte l'envahit sous le regard plein de tendresse des deux enfants. Brusquement, elle se vit telle qu'ils devaient la voir, une femme échevelée, puant l'alcool, le regard vitreux et les vêtements chiffonnés, alors elle s'assit et pleura.

Lovée en boule, rien ne semblait la calmer. Elle hurlait sa peine, son chagrin, la colère d'être vivante qu'elle gardait depuis la mort de Suyan. À n'importe quel moment de la journée, les images, les sons revenaient en boucles, puis la terreur et le désarroi, l'empêchant de mener une vie normale. La nuit, les souvenirs forcés laissaient la place à des cauchemars épouvantables la réveillant en hurlant. La prise d'alcool et de drogue lui permettait alors de trouver un peu de repos. Sarah n'avait pas voulu en parler à sa famille et le fossé se creusait un peu plus à chaque visite. Elle ne savait plus comment se sortir de cette spirale infernale. Katia s'approcha et fit signe aux enfants de s'éloigner, elle se souvenait de ce qu'elle avait vécu, de la mort de son amie Lia, de sa colère et de sa tristesse. Elle s'assit auprès de sa fille et la laissa pleurer. Enfin, Sarah à bout de larmes s'arrêta.

Katia raconta son histoire qu'elle avait tu pendant si longtemps, son emprisonnement au goulag, son amie Lia qui lui avait sauvé la vie, leur amitié, leur fuite, la promesse faite à son amie mourante, de survivre et de vivre, la rage et la haine qui lui avaient permis de continuer la lutte pour sa survie. Sarah écoutait sa mère, sa peine et sa tristesse faisant écho à la sienne. Elle comprit enfin les dernières paroles de Suyan qui savait lire l'avenir. « Promets-moi de vivre, d'aimer et surtout de prendre soin des enfants et de toi », promesse qu'elle avait oublié tout à sa peine et sa culpabilité. Elle revit le visage de son fils, son chagrin de petit garçon face à elle qui l'ignorait et de nouveau elle pleura. De ce jour, elle accepta l'aide des siens. Alexis put alors procéder aux rituels de guérison et dut faire appel au seigneur du feu pour l'aider. Sarah se sentait mal et avait envie de mourir, le manque de drogue et d'alcool la faisait souffrir terriblement. Durant ces moments elle en voulait à tout le monde et devenait très agressive. Enfin, après plusieurs jours Sarah se sentit mieux physiquement, ses addictions n'étaient plus et les tremblements de ses mains avaient cessé mais elle était devenue l'ombre d'elle-même. Des cernes profonds entouraient ses yeux d'un halo noir et elle n'avait pas retrouvé la joie de vivre qui la caractérisait. Elle était devenue apathique et petit à petit sombrait dans une grave dépression. Alexis se sentait impuissant. Les messages des esprits étaient devenus confus et un mot revenait sans cesse « caverne ». Quand il en parla à Katia et qu'il vit le visage de sa mère s'illuminer, il sut qu'elle détenait la solution. Le lendemain, les chevaux furent sellés et les deux femmes partirent vers la montagne. Sarah se sentait mieux ce matin-là, la chevauchée était agréable et elle poussa son cheval au grand galop en hurlant son mal-être dans la steppe infinie. En arrivant vers les pétroglyphes, un calme étrange l'envahit. Elle regarda sa mère tout en descendant de cheval.

- Pourquoi ne m'as-tu rien dit ? Demanda-t-elle, le regard plein de reproches.

- Il n'était pas temps, lui répondit Katia dans un murmure.

Doucement, elle lui prit la main et la mena vers l'entrée de la grotte.

- Descends, lui dit-elle, je reviendrai te chercher quand ils l'auront décidé.

Sarah regardait ce grand trou noir, son cœur se mit à battre très fort, sa curiosité s'éveilla du long sommeil où elle l'avait laissée. Le talisman qu'elle n'avait jamais quitté se mit à briller et à palpiter. Elle descendit à l'aide de la corde que sa mère tenait, et se retrouva dans le creux de la caverne que le jour du dehors n'atteignait pas. Il y faisait très sombre. Elle alluma une des bougies que sa mère lui avait donnée et regarda autour d'elle. Des ombres aux formes fantasmagoriques envahirent la grotte. Mille questions l'assaillirent. Quelle était cette grotte, pourquoi sa mère ne lui en avait-elle pas parlé. Son métier d'archéologue aurait été différent, elle aurait pu devenir célèbre et être reconnue par ses pairs. Au lieu de cela, elle s'occupait d'un musée qui ne lui apportait rien. Une colère sourde l'envahit. À cet instant elle détesta sa mère et toutes les rancœurs accumulées depuis plusieurs années remontèrent à la surface. Elle s'assit en se demandant ce qu'elle faisait là, puis elle se releva, faisant les cents pas, ne voyant rien, se cognant aux pierres. Elle appela sa mère mais personne ne lui répondit. L'écho lui renvoya sa voix. Elle était seule et ne savait pas quand elle allait remonter. Elle hurla sa colère, sa frustration d'être bloquée dans ce trou. Elle se rassit et s'allongea, ruminant sa rage, fermée à toute intrusion. Elle s'endormit d'un sommeil sans rêve. Elle se réveilla en sursaut et s'assit sur son séant, regardant autour d'elle ne sachant plus où elle se trouvait. La mémoire lui revint. Elle appela Katia. Elle ne voulait pas être là, elle voulait remonter, revoir le jour. Elle avait soif et faim. Elle tâta autour d'elle et sentit le sac que sa mère lui avait glissé avant de descendre. De la nourriture se trouvait à l'intérieur. Pour la première fois depuis longtemps, elle sourit en prenant ses biscuits préférés. La soif se fit sentir, elle fouilla dans le sac mais ne trouva rien, la colère revint. Elle n'allait quand même pas mourir de soif. Elle chercha autour d'elle en tâtonnant mais rien. Enfin, la raison lui revint, elle alluma la bougie et regarda de nouveau. Elle vit un auroch et son petit, des rennes et des hommes, des peintures représentant la vie. Sur un des côtés, des empreintes de mains avaient laissé leurs traces. Au centre une statue représentant la Déesse Mère avait été taillée dans la roche. Au fond, une petite fontaine, elle s'en approcha la pensant impropre mais l'eau était claire. Elle mit ses mains en coupe, but cette eau glacée qui soulagea sa soif et sa gorge éraillée d'avoir tant crié. Elle se pencha et fut surprise de ne pas apercevoir son reflet. Des petites lucioles se mirent à danser sur l'eau. Elle cligna des yeux mais elles étaient toujours là. La couleur changea et devint d'un bleu plus turquoise puis redevint sombre. Sarah se frotta les paupières, une hallucination, pensa-t-elle. Elle sentit de nouveau la chaleur du bijou plus intense, presque insupportable sur sa peau, elle l'ôta. La couleur du cristal était devenue différente, d'un blanc presque translucide elle prenait les couleurs de l'arc en ciel. La tête lui tourna, des étourdissements de plus en plus forts l'obligèrent à s'allonger et elle sombra dans l'inconscience.

Elle était dans la steppe, la terre tremblait sous ses pas, une enfant lui tenait la main, elle se savait vieille car des longues mèches de cheveux blancs recouvraient ses épaules. Dans sa main, la pierre de cristal brillait de tout son éclat. Une spirale l'emporta plus loin dans le temps : elle vit une magnifique jeune femme aux cheveux couleur de flamme près d'un grand loup blanc, qui lui souriait. Une autre femme qui lui ressemblait se tenait debout devant une grotte, tenant deux enfants par la main, un garçon et une fille. L'osmose qui existait entre les deux était palpable, elle assista à la mort du jeune homme dans les eaux glacées d'un fjord, elle ressentit le chagrin de la jeune femme qui cherchait son frère. Des jumeaux pensa Sarah. Soudain elle sentit qu'elle n'était plus seule, qu'un autre esprit l'accompagnait, l'entraînant dans la vie de ses ancêtres porteuses de la pierre, la faisant voyager dans le monde d'en haut et d'en bas. Elle reconnut Suyan, son âme sœur qui l'avait toujours accompagnée dans toutes ses vies antérieures, qui l'avait guidée dans tous les mondes qu'elles avaient parcourus ensemble au fil de leurs vies. Elles étaient liées à jamais comme les enfants dont elles étaient les mères.

Sarah se réveilla et pleura, mais ses larmes n'étaient plus des larmes de tristesse et de rage mais d'espoir et d'amour. Sa vie continuait. Elle remercia sa mère de l'avoir emmenée là, dans la caverne des femmes, des mères. Elle prit son couteau et s'entailla la paume de la main qu'elle posa près des autres empreintes, laissant sa marque comme toutes les femmes avant elle puis attendit, sereine, le retour de Katia. Elle ne sut jamais combien de temps, la caverne l'avait engloutie mais le reste de sa vie en fut changé à jamais.

Quand Katia vint la chercher, elle quitta la caverne à regret et comprit pourquoi sa mère ne lui en avait rien dit. Ce sanctuaire ne pouvait pas être profané, il appartenait aux femmes qui étaient venues depuis la nuit des temps, y prier, se purifier et boire l'eau de sa fontaine. Elle leur devait le silence. Elle se revit dans la grotte de la momie, touchant les objets, violant ce qui était caché. Un frisson la parcourut. Les esprits avaient choisi de la cacher de nouveau au regard des hommes et celà était juste. Elle ne voulait pas que la grotte soit souillée par des hommes qui ne comprendraient pas l'esprit si puissant de ce lieu. En regardant Sarah, Katia sut que leur secret serait bien gardé et elle s'en réjouit. Sa prière avait été entendue. Ensemble elles refermèrent l'entrée, la cachant aux regards et repartirent. Elles restèrent plusieurs nuits au camp d'été, l'automne touchait à sa fin et les nuits étaient froides. Durant le jour, elles partaient pour de longues chevauchées à travers la montagne, revenant fourbues, les joues rouges d'avoir tant galopé, alors elles allumaient un feu, regardant les flammes danser dans le ciel étoilé. Elles aimèrent se blottir dans leurs fourrures et dormir dans les bras l'une de l'autre partageant une intimité qu'elles n'avaient pas pu avoir. Des liens très forts se nouèrent entre les deux femmes, elles pleurèrent, rirent, discutant de leur vie, racontant leurs épreuves, partageant des souvenirs. Elles eurent de la peine à quitter ce lieu mais elles avaient hâte de retrouver les enfants, leur famille. Sarah en revint plus forte, guérie de ses cauchemars, confiante dans la vie qui l'attendait et connaissant les réponses à ses questions.

Alexis les attendait, le visage grave, Sergueï était mourant. Sarah se précipita à son chevet, horrifiée de voir cet homme si fort devenu si maigre, si fragile devant la mort.

- Je t'attendais jeune femme, tu t'es fait attendre, dit-il dans un sourire.

Sarah lui prit la main et l'embrassa.

- Je suis ici maintenant Papa.

Sergueï la regarda, heureux de retrouver sa Sarah plus mure, plus grande.

- Raconte-moi, demanda-t-il d'une voix chevrotante.

Sarah raconta la femme au loup, la guerrière et ses jumeaux, les femmes de son clan qui avaient vécu sur ses terres en honorant toujours les esprits du lieu, Léna, sa babouchka, Suyan, son âme sœur. Elle parla longtemps à cet homme qui l'avait aimé et protégé, cet homme d'une seule femme sa grand-mère. Elle sentit à un léger frémissement, à un soupir si doux que son âme était partie rejoindre celle qu'il n'avait jamais oublié.

La porte du passé s'était refermée, l'avenir était là dans le regard des enfants, dans les yeux de Sacha qui était arrivé peu de temps auparavant. Son amour pour Sarah était resté le même malgré les souffrances infligées. Elle avait rompu avec lui, l'ignorant pendant de longs mois, refusant de le voir. Aujourd'hui, il se tenait près de la tombe, assistant aux funérailles de Sergueï. Quand il avait croisé le regard de Sarah, l'espoir lui était revenu. Sarah s'approcha de lui et lui effleura la bouche d'un baiser.

- Pardon, fut le seul mot qu'elle prononça avant qu'il la fasse taire d'un baiser.

28

Assise au bord du lac, une fourrure posée sur son genou, Katia, le regard perdu dans l'immensité du ciel, ce magnifique ciel bleu qui avait été présent tout au long de sa vie, pensait à toutes ces années écoulées depuis la mort de sa fille bien aimée. Le visage de Suyan lui apparut, lui arrachant un gémissement. Maintenant, elle pourra enfin rejoindre le monde des esprits. Katia était maintenant très vieille, son corps s'était ratatiné, son visage s'était ridé comme une vieille pomme mais elle avait gardé au fond de ses yeux cette vivacité et cette force qui avaient fait la femme qu'elle était. On venait de très loin pour la voir et ses paroles étaient toujours écoutées. Elle avait connu tant de choses, tant d'horreurs dans sa vie, elle était la mémoire de son clan. Katia pensa à tout ce qu'elle avait vécu et remercia ses gardiens de l'avoir aidée et protégée toute sa vie. Elle avait perdu des êtres chers, souffert, mais elle avait gagné l'amour des siens. Un sourire flotta un instant sur ses lèvres sèches en pensant à ses deux petits-enfants qu'elle avait réussi à élever, elle qui n'avait pas eu cette chance avec ses enfants. Les deux hommes qu'elle avait aimés l'avaient quitté. Un télégramme lui avait appris la mort de Constantin et peu de temps après Kenjeb l'avait laissée une nuit sans lune durant son sommeil. Au matin, elle s'était réveillée et avait senti l'âme de son homme partir. Ses pensées se tournèrent vers ses enfants, son Alexis, son merveilleux chaman qui n'avait jamais pu oublier Suyan. Il s'était pourtant remarié sans jamais avoir pu donner son cœur. Malgré les années, sa femme en souffrait toujours. Elle lui avait donné quatre enfants qui n'avaient jamais eu les pouvoirs de leur père. Ils étaient maintenant partis et ne revenaient que très rarement. Alexis s'isolait de plus en plus souvent dans la montagne. Katia savait que c'était elle qui le retenait. Un jour, il ne reviendrait plus. Sarah, son feu follet, elle qui était parvenue à taire ses craintes et ses doutes avait réussi à devenir une femme et une mère comblée. Elle avait épousé Sacha, se déchirant, s'aimant, désirant se quitter mais se retrouvant encore et encore. Rien n'avait été simple dans leur couple mais l'amour entre ces deux êtres était là. Ils n'avaient pas eu d'enfant. Katia soupçonnait Sarah de n'en avoir pas voulu mais n'en avait jamais eu la preuve. Elle avait essayé de questionner son fils mais n'avait rien pu lui soutirer. Sarah n'était jamais retournée à Oulan-Bator, oubliant ses études archéologiques pour se consacrer à l'animation. Elle avait réussi à ouvrir un conservatoire de musique et un théâtre où étaient jouées des pièces relatant la vie de son peuple. Les instruments et chants mongols étaient à l'honneur. Elle connut un franc succès et beaucoup de personnes y aimaient se retrouver. Elle avait tenu la promesse faite à Suyan et avait pris les deux enfants sous son aile. Très tôt elle avait découvert leurs dons et leur complémentarité. Sonam adorait travailler le bois et savait rendre avec un réalisme étonnant les émotions des animaux ou êtres humains qu'il sculptait. Odontouiaa que tout le monde appelait Odon savait tanner et dessiner des formes étranges sur les peaux. Son trait était d'une finesse exquise et savait rendre la vie de l'animal qu'elle avait choisi de dessiner. On vint de très loin pour leur commander et acheter les tambours qu'ils aimaient créer. Mais leur don le plus remarquable fut pour la musique et le chant. Ensemble, ils créèrent un duo où leurs voix se mêlaient et où leurs instruments les habitaient. Ils étaient capables d'imiter n'importe quel animal et ils firent beaucoup pour la culture mongole dans le monde. Katia sourit en pensant à ces deux êtres si beaux. Une grimace déforma son visage quand elle pensa à la jeune femme que Sonam avait ramenée d'un de leurs voyages. Elle se souvint de son prénom, Sofia. Une très belle femme à la pointe de la mode qui avait regardé les yourtes d'un air méprisant et qui mangeait les aliments du bout des lèvres avec un air de dégoût. Elle avait eu peur de cette femme à ce moment-là mais les esprits avaient veillé et elle était retournée dans la ville qu'elle n'aurait pas dû quitter. Odon leur avait présenté son amie dont elle était follement amoureuse, Katia et Sarah savaient que leur relation serait difficile, le pays n'était pas encore prêt à accepter l'homosexualité mais heureusement le gouvernement russe n'était plus au pouvoir et la Mongolie était devenue un état indépendant, s'ouvrant sur le monde. Katia faisait confiance à ses petits-enfants, ils avaient la force et le caractère du clan et l'aide des esprits gardiens. Elle sentit une main sur son épaule et sut que Sarah était là. Doucement, elle se leva, le corps perclus de douleur, elle sentit que sa fin était proche mais elle avait un dernier souhait qu'elle fit part à sa fille. Sarah la regarda et sut que rien ne ferait changer d'avis sa mère, alors elle s'inclina.

Ils partirent tous ensemble vers la montagne. Katia était allongée à l'arrière de la voiture qu'Alexis conduisait doucement pour éviter les cahots. Odon, Sonam et Sarah étaient partis à cheval quelques jours avant et les attendaient. Alexis arrêta le moteur le plus près possible du lieu où Katia désirait se rendre. Il souleva sa mère qui ne pesait plus rien dans ses bras et la porta près de la caverne que Sarah avait ouverte. C'était la première fois qu'il venait ici et il sentit dans tout son être les formes obscures et bienveillantes qui habitaient ces lieux. Doucement il descendit et posa Katia au centre du cercle, près de la fontaine et de la déesse sans tête. Il laissa sa mère qui lui caressa la joue en le remerciant et remonta rapidement sans s'attarder. Cet endroit était le sanctuaire des femmes et aucun homme ne l'avait foulé. Il rejoignit sa famille et ils attendirent. Katia était bien, ses douleurs avaient disparu, elle ne pensait à rien s'imprégnant du lieu, ressentant les esprits de toutes les femmes. Elle s'endormit d'un sommeil paisible qu'elle avait oublié depuis plusieurs années puis se réveilla. L'atmosphère autour d'elle avait changé. Elle sentit un souffle puissant dans l'air l'envelopper, elle poussa un soupir et ouvrit les yeux. Une forme auréolée d'une couleur bleue lumineuse se tenait au-dessus d'elle, lui tendant les bras. Sans réfléchir Katia se précipita dans les bras ouverts. Un bien être l'envahit toute entière et elle se laissa aller.

Avant tous les autres, Alexis prit son tambour et commença à jouer, puis les voix s'élevèrent dans la nuit éclairée par la pleine lune. Ils jouèrent et chantèrent pendant un long moment accompagnant Katia dans le monde qui sera le sien. L'aube se levait, baignant la montagne d'une couleur orangée. Sarah et Odon descendirent. Katia reposait allongée, un sourire très doux sur les lèvres, elle avait trouvé le repos. Odon défit le collier que sa mère lui avait transmis et le posa entre les mains de sa grand-mère puis remonta et ferma la grotte.

Les personnages de ce roman :

Alexis : fils de Katia et Constantin

Boris : époux de Mina

Constantin : amant de Katia

Doreen : chef de clan

Erika : amie de Katia

Ivan : époux de Sarah

Kenjeb : compagnon de Katia

Léna : grand-mère de Katia

Lia : amie de Katia

Mina : mère de Katia

Natacha : amie de Katia

Natalia : épouse de Constantin

Nicolaï : amant de Sarah

Odontouiaa : fille d'Alexis et Suyan

Pavel : frère de Constantin

Piotr : amant d'Ivan

Sacha : amant de Sarah

Sakem : amie de Katia

Sarah : fille de Katia et Constantin

Serguei : compagnon de Mina

Sonam : fils de Sarah et Nicolaï

Stue : femme de Doreen

Suyan : fille adoptive de Katia

Tooky : ancêtre de Katia

Tya : fille de Tooky

Ulla : sage-femme

Vladimir : époux de Katia

Ygor : grand père de Katia

Youri : chaman du clan

Remerciements

Pour ta patience, ton souci du détail et du temps passé à me corriger, merci à toi Jacques. Les “convocations” à ton bureau restent de bons moments de partages et de discussions.

Pour ta relecture attentive et tes suggestions, mille fois merci, Stéphanie (je te donne le diplôme de lectrice test). Malgré ton travail à plein temps de maman et de femme active, tu as su trouver le temps de lire, de me suggérer et d’appréhender des idées différentes.

Evidemment je n’oublie pas mes lectrices qui ont eu du mal à me corriger prises par leurs émotions et leur amitié, je veux parler de Sylvie Texier et Catherine Fily.

Merci à Régine Caillot, ma belle artiste qui a su trouver l’idée de la couverture sans dénaturer la photo de Jacques.

Merci à Dominique Garrau pour la mise en page de la quatrième de couverture. Bravo à tous les deux

Merci aussi à Karine Ducoin venue plusieurs fois à la maison pour la mise en page. Elle a réussi à ne pas trop lire malgré son désir, chapeau I

Merci à vous lecteurs qui m’avez encouragé à écrire ce roman.

Merci à mes ancêtres de ce monde et des autres mondes de m’aider dans l’écriture.

Merci à mon cher éditeur qui m’a de nouveau fait confiance.

Maquette finale aux Editions du Cordeau

Isbn 978 2 38091 034 6

Dépôt légal 2021